凤凰枝文丛

三升斋随笔

荣新江 著

凤凰枝文丛／孟彦弘 朱玉麒 主编

凤凰出版社

图书在版编目（CIP）数据

三升斋随笔 / 荣新江著. -- 南京 : 凤凰出版社，2020.6（2022.7重印）
（凤凰枝文丛 / 孟彦弘，朱玉麒主编）
ISBN 978-7-5506-3188-5

Ⅰ. ①三… Ⅱ. ①荣… Ⅲ. ①随笔一作品集一中国一当代 Ⅳ. ①I267.1

中国版本图书馆CIP数据核字(2020)第071234号

书　　名	三升斋随笔
著　　者	荣新江
责任编辑	倪培翔
书籍设计	徐　慧
出版发行	凤凰出版社(原江苏古籍出版社) 发行部电话025-83223462
出版社地址	江苏省南京市中央路165号，邮编:210009
照　　排	江苏凤凰制版有限公司
印　　刷	苏州市越洋印刷有限公司 江苏省苏州市吴中区南官渡路20号　邮编:215104
开　　本	880毫米×1230毫米　1/32
印　　张	10
字　　数	184千字
版　　次	2020年6月第1版
印　　次	2022年7月第2次印刷
标准书号	ISBN 978-7-5506-3188-5
定　　价	68.00元 (本书凡印装错误可向承印厂调换，电话:0512-68180638)

荣新江

1978 年考入北京大学历史学系，现为北京大学历史学系暨中国古代史研究中心教授、教育部长江学者特聘教授，兼任国务院学位委员会学科评议组成员、中国敦煌吐鲁番学会副会长。主要研究方向是中外关系史、丝绸之路、隋唐史、西域中亚史、敦煌吐鲁番学等。著有《归义军史研究》《海外敦煌吐鲁番文献知见录》《敦煌学十八讲》《中古中国与外来文明》《隋唐长安：性别、记忆及其他》《学术训练与学术规范》《中古中国与粟特文明》《丝绸之路与东西文化交流》《学理与学谊》，主编《唐研究》(1—23 卷)以及《中外关系史：新史料与新问题》《粟特人在中国：历史、考古、语言的新探索》《新获吐鲁番出土文献》《粟特人在中国：考古发现与出土文献的新印证》《马可·波罗扬州丝绸之路》《马可·波罗与 10—14 世纪的丝绸之路》等。

弁言

“凤凰台上凤凰游”，是李白《登金陵凤凰台》之诗句，昔年我江苏古籍出版社立足南京、弘扬文史，而更名所由也。

“碧梧栖老凤凰枝”，是杜甫《秋兴八首》所吟咏，今日我凤凰出版社为学林添设新枝，而命名所自也。

30多年来，凤凰出版社围绕中华传统优秀文化，彰显传承文明、传播文化、服务大众、贡献学术的出版理念，坚持以整理出版中国文、史、哲古籍及其研究著作为主的专业化方向，蒙学界旧雨新知之厚爱、扶持，渐已长成“碧梧”，招引了学界“凤凰”翩然来栖。箫韶九成，凤翥凰翔！嘤其鸣矣，求其友声！

“凤凰枝文丛”是本社与学界同人共同打造之文史园地，除学术研究论文外，举凡学人往事、经典品评、学术札记之文化随笔，旧学新知，无所不包。是作者出诸性情而诗意栖息之地，读者信手撷取而涵泳徜徉之处。

“凤凰鸣矣，于彼高冈。梧桐生矣，于彼朝阳。”

愿“凤凰枝文丛”成为我们共同的文化家园。

2019.5.22

目录

【西域史】

【敦煌学】

【吐鲁番学】

【中古史】

图版目录

序

中国文人学士常用室名别号明志，如容斋、直斋，若观堂、选堂，多为藏书盈室、学富五车之士。小子不敏，上大学一、二年级时，听王利器先生来北京大学讲《汉书·食货志》，其中有“治田勤谨，则亩益三升；不勤，损亦如之”，颇觉用以比拟治学，也十分合适，于是斗胆给自己起个斋号，名曰“三升斋”。其实那时住在北大38楼202室，八人同窗，哪里有斋！我处上铺，只有一张床而已。不过这句话的后半，正是我着意所取，以此来鞭策自己。因为78级中国史这个班，年龄差距在一轮以上，而所积累的知识，也有天壤之别，我只得暗下决心，以勤补拙。既然自命为“三升斋主”，勤勉治学成为此后人生的唯一道路与坚持，虽然有“倒赔”的时候，但也不时收获“三升”。

自上世纪80年代初以来，笔耕不辍，虽然采用广种薄收之法，治学颇杂，但作为“文革”后入学而科班出身的历史学者，谨守“家法”，不敢随兴趣而动。日积月累，也略有几分收成，在西域史、敦煌学、隋唐史、中外关系史等领域，都多多少少发表过一些论文，辑成专著的有《于阗史丛考》（与恩师合著）、《归义军史研究》、《敦煌学十八讲》、《辨伪与存真：敦煌学论集》、《中古中国与外来文明》、《敦煌学新论》、《中国中古史研究十论》、《隋唐长安：性别、记忆及其他》、《于阗与敦煌》（合著）、《中古中国与粟特文明》、《丝绸之路与东西文化交流》等，如农民劳作，春种秋收，一类文章积累多了，就辑成一书，以广流传。

西方学术的“书评”传统和中国学术的“随笔”习惯，对我都有很深的影响。因此，纯学术的论文之外，我喜欢写书评，不论批评的，还是表扬的，我都写。这些书评文字，从前编辑学术论集时，也分类辑入若干，后来论文写得多，书评写得少，所以新编的几种论集，就没有再收书评文字；还有一些历年撰写的书评，因为内容与论集不符，因此也就一直没有收入任何集子中。这次收罗一下，竟然卷帙盈匣。此外，还有一些应约就某个方面的学术发展，有感而发，形成文字，略可说是一些随笔性质的东西。这两类文字集中起来，按内容分为“中外关系史”、“西域史”、“敦煌学”、“吐鲁番学”、“中古史”几个方面，虽然不敢比《容斋随笔》之“考据精确，议论高简”，但追求

“读书作文之法”，却是一直以来的努力方向。故仿平日喜读之洪迈著作，名此小书曰“三升斋随笔”，以期今后还有“续笔”、“三笔”、“四笔”、“五笔”。

最后感谢孟彦弘、朱玉麒二位仁兄鼓动编辑此书并收入他们主编的《凤凰枝文丛》，感谢凤凰出版社社长兼总编辑倪培翔先生亲自责编此书，他们都对本书的内容和编排提出过宝贵意见，谨此致谢。

荣新江

2019年7月5日

中外关系史

梵蒂冈所藏汉籍目录两种简介

在早期中欧关系史上，罗马教廷所在的梵蒂冈无疑是最重要的史料收藏中心。然而，由于种种原因，学者们对梵蒂冈教廷图书馆（Biblioteca Apostolica Vaticana）所藏有关书籍的了解，远不如对法国国立图书馆、英国图书馆、上海徐家汇图书馆所藏书籍的了解程度，原因之一，是梵蒂冈一直没有出版相关书籍的目录。事实上，早在1922年6、7月间，法国汉学家伯希和（Paul Pelliot）教授就编成一部《梵蒂冈图书馆所藏汉文写本和印本书籍简明目录》（*Inventaire sommaire des manuscrits et impreimés chinois de la Bibliothèque Vaticane*，以下简称《梵蒂冈汉籍目录》）。但这部目录只有打字本存在梵蒂冈图书馆和极少数汉学图书馆以及个别学者手中，而没有为学术界广泛使用。可喜的是，日本京都大学人文科学研究所的高田时雄（Takata Tokio）教授，在获得伯希和打字稿本

《梵蒂冈图书馆所藏汉籍目录》书影

《梵蒂冈图书馆所藏汉籍目录补编》书影

后，数访罗马，仔细核校，终于把伯希和这部遗稿整理成书，由京都的意大利国立东方学研究所（Italian School of East Asian Studies）列为该所的《参考文献丛刊》第一种（Reference Series 1），于1995年12月出版。高田教授在核正伯希和目录的同时，把梵蒂冈图书馆所藏伯希和目录之外的汉籍，也按伯希和目录的注录方式一一登录下来，汇编成《梵蒂冈图书馆所藏汉籍目录补编》（*Supplément à l'inventaire des livres chinois de la Bibliothèque Vaticane*，以下简称《补编》），由京都大学人文科学研究所列为《东洋学文献中心丛刊》第7册，于1997年5月出版。这两本目录使我们了解到梵蒂冈所藏汉籍和基督教或天主教传教士的中西文著作的基本情况，它们无疑是研究中欧关系史，特别是基督教入华史和明清时期中国文化西渐史的重要参考文献。

正如意大利东方学研究所所长富安敦（Antonino Forte）教授在序言中所推测的那样，伯希和应当是为了研究唐建中（780—784）时立的《大秦景教流行中国碑》及其研究史而到梵蒂冈收集材料的[①]，他以极为丰富的汉籍知识和刻苦工作的学者毅志，在短短三个星期里，编制了这份现在看来仍是相当详细的目录。《梵蒂冈汉籍目录》

① 此书已由富安敦整理出版：P.Pelliot，*L'inscription nestorienne de Si-ngan-fou*，edited with supplements by A. Forte，Kyoto et Paris 1996.

按图书馆收藏单位，分七组藏品著录，由于一些藏品在图书馆内部已有分合，并增加了“Palatino 收集品”，所以高田时雄氏将全书分八组著录，著录号码约八百余，每一号码少则一种书，多则有二、三十种。对于每一种书，伯希和都给出汉文书名的拉丁转写（用法国远东学院转写法），高田时雄则极为明智地改成拼音体系，因为这一体系对今天的大多数读者更方便使用。高田氏的另一贡献是给出每个汉文书名、作者名、出版地、出版社的汉文原字，这对于中、日学者来讲更为方便而且准确。伯希和的著录还包括作者、出版社、出版地，有时对作者和内容有所说明，他还给出高第（H. Cordier）《中国书目》（*Bibliographie des ouvrages publiés en Chine par les Européens au XVIIe et au XVIIIe siècle*，Paris 1901）和古恒（M. Courant）《中韩日文书目》（*Catalogue des livres chinois, coréens, aponais, etc.,* Paris 1902-1912）中的编号，以便可以得知汉文原名。高田时雄的工作除了保留所有伯希和注记内容外，订正一些错字，并就藏本的转移，参考文献等作了必要的补充，写在脚注或方括号中以示区别。他在王重民先生《罗马访书记》中提到的几种汉籍处都做了注记，便于我们今天查找王先生提示的珍本。高田时雄没有保留伯希和编的没有汉字的汉文书名索引和欧洲作者索引，而是统编为一个索引，包括汉籍书名、人名、出版社名，更为方便。高田氏的《补编》，体例一同于伯希和目录。

据高田时雄教授在序言中介绍，伯希和所编目录虽然题为《梵蒂冈图书馆所藏汉籍目录》，但其中也包括许多传教士用欧洲语言所写的著作，同时还有一些日文、韩文、藏文、蒙文、满文、越南文、泰文著作。这批藏书不是某种特藏，而是陆续受赠的，因此没有系统性。其中的主要部分是传教士在华印刷的书籍和所写的传教文献，包括一些汉文和某种欧洲文字的字典稿本，天文、地理等科技著作和地图，大量的传教和教义著作。至于非基督教内容的汉文古籍，主要是明末清初版的儒家典籍、史书、小说、通俗类书和字典等，价值不高。

此外，还有一些石刻拓本和早期佛典印本较有价值。就今所知，最早的一批大宗入藏品是1685年比利时耶稣会士柏应理（Philippe Couplet）捐赠的约五百卷中文书。此后，不断有传教士或东方学家的藏书加入，特别是名为“Barberini Orientale”和“Borgia Cinese”的两大收藏，使梵蒂冈的汉籍藏书量剧增。《补编》所著录的汉籍，主要是1911年以后出版的，其中值得一提的是罗马大学汉学教授华嘉（Giovanni Vacca，1872-1953）的藏书也在其中。

从中西文化交流史的角度来看，《梵蒂冈汉籍目录》所著录的材料中，以基督教各派教士在华传教和他们回到欧洲后所写的文件、著作，编制的地图、词典等最为重要。属于写本的材料更富于历史研究旨趣，如其中的布教对话录、往来书信、传教士研究儒家经典的笔记、宣教文件、基督教教义著作稿本、地图，以及许多部词典稿本等等。如 1694 和 1699 年 Basilio Brollo 在南京编纂的汉语拉丁语词典，分别收词约 7000 和 9000，是欧洲第一部综合性的词典，曾以稿本的形式为欧洲汉学家所使用，但因部头太大，始终没有出版。1813 年，法国汉学家小德金（C. L. Joseph de Guignes）奉拿破仑之命，据 Brollo 的稿本，编纂出版了《汉法拉丁语词典》(*Dictionnaire chinois, français*，Paris 1813)，但只署了自己的名字，随即为法国汉学家雷慕沙（J. P. Abel-Rémusat）和柯恒儒（J. Klaproth）所指出。Brollo 的原稿本就存在梵蒂冈图书馆（Borgia Cinese 392-393）[①]。已刊写本中有价值的材料，还有随法国耶稣会士傅圣泽（Jean-Francois Foucquet，1663-1740）到欧洲的中国人胡若望（John Hu）的一封汉文信，由耶鲁大学教授史景迁（Jonathan D. Spence）在《胡先生的故事》一书中发表[②]，而广为人知。

中西文印本书籍中，也不乏有价值的文献。1937 年

① Cf. G. Bertuccioli, "Sinology in Italy 1600–1950", *Europe Studies China. Papers from an International Conference on the History of European Sinology*, London: Han–shan Tang Books, 1995, pp. 69–70.

② J. D. Spence, *The Question of Hu*, New York 1988, xiv–xv. 参看 T. H. Barrett 为《梵蒂冈汉籍目录》所写的书评，载 *BSOAS*, 1997, p. 590.

10月，王重民先生走访梵蒂冈图书馆，用了两个星期的时间，以一天数百册的速度，翻阅一过，“薄而录之，罕传者手抄，珍贵者摄影”。他在《罗马访书记》中，择要介绍了《西字奇迹》、《大西利西泰先生行迹》、《坤舆全图》、《中国图》（卜弥格尔撰）、《汤若望恩纶褒荣录》、《天学传概》、《身见录》、《本草品汇精要》及《目录》等[①]。该文提到的王先生所编《明清之间天主教士译述书录》，惜后来将稿本遗失[②]。王重民先生在文中说的“暇中稍加校注而刊布之”的《身见录》，后遇专治中西关系史的阎宗临先生，即交其整理。此书是1707—1720年间奉清廷之命与传教士艾若瑟出使罗马的山西平阳人樊守义所写的旅行记，可以说是中国人写的第一部欧洲游记，诚为中西交通史要籍。原稿夹在梵蒂冈图书馆藏《名理探》（Raccolta Generale Oriente 231）书中，大约与王重民先生同时走访罗马的阎宗临先生，也将此书抄出，并加以笺释，撰成《身见录校注》，先刊桂林《扫荡报》文史地副刊第52—53期（1941年），后列入1948年编辑的《国立北京大学

① 原载《图书季刊》第3卷第4期，1936年12月出版；收入王重民《冷庐文薮》下，上海古籍出版社，1992年，799—809页。
② 参看刘修业《王重民教授生平及学术活动编年》，《冷庐文薮》下附录一，893页，907页。关于王重民罗马之行，还请参看刘修业《王重民1935—1939年英德意诸国访书记》，《文献》1991年第4期，206—207页。

五十周年纪念论文集》中[①]。解放后又发表于《山西师范学院学报》1959 年第 2 期[②]。

从历史研究的角度来看，除了一些重要文献的历史价值之外，梵蒂冈聚集的这批藏书本身，也可以反映出 17 世纪以来中欧文化交流史的某些方面。我们可以看到传教士们收集什么类的书，读什么程度的汉文典籍，他们的笔记表明他们对儒家经典的理解程度，这对于我们认识传教士对罗马教廷乃至欧洲社会影响的片面性问题。而传教士在中国传教时留下的档案资料，更为真切地展现了明清时期许多地方民众皈依基督教的实态。

中国学者很早就关注梵蒂冈的汉籍及相关材料。1927 年 4 月 25 日徐宗泽致陈垣函称："北平图书馆自袁先生回来后，亦曾寄下华谛冈图书馆书目，惟查各书，敝处（指

① 由于当时北京的战争形势影响，此书没有正式出版，论文集目录见《北京大学五十周年纪念特刊》第 6 页。阎宗临先生 1936 年出版《杜赫德及其对中国描述之研究》（*Essai sur le P. Du Halde et sa description de la Chine*, Fribourg 1937），为写此书，他曾七次往返于瑞士和罗马。参看拙撰《阎宗临〈大月氏西移与贵霜王国的建立〉按语》，《学术集林》卷十三，上海远东出版社，1998 年，138—139 页。

② 参看阎宗临《身见录校注后记》，《山西地方史研究》第 1 辑，山西人民出版社，1960 年，152 页。另外，方豪也将《身见录》全文抄入其所著《中西交通史》中，岳麓书社，1987 年，855 页。

徐家汇藏书楼——引者）都有矣。”[①] 不知袁同礼先生所抄目录是否完备。王重民《罗马访书记》中也提到“袁守和先生返国后，将过罗马时手钞华谛冈教皇图书馆书目十余叶见示”，似乎不全。徐宗泽先生后来编有《梵蒂冈图书馆所藏明清间中国天主教人士译著简目》，但极为简略[②]，他又以《华谛冈图书馆所藏明末清初耶稣会士及中国公教学者译者书目》一名，将同样内容收入他的《明清间耶稣会士译著提要》，所据为张正明司铎抄本[③]。据刘修业女士文中讲，王重民先生摄回的胶卷入藏北京图书馆，惜未能广泛利用。此外，台湾的方豪神甫曾走访梵蒂冈图书馆，在许多论著中都使用过那里的中西文藏书[④]，另外，他还在台湾影印刊布了一些梵蒂冈藏汉籍。

近年来，部分中国学者又有机会走访梵蒂冈图书馆。1984 年我留学莱顿大学，汉学研究院图书馆主任马大正先生告我他从梵蒂冈影印回一份伯希和目录，浏览一过，颇有意前往罗马，一窥所藏。但因当时我主要的访查目标是敦煌吐鲁番写本，所以旅行路线未过巴黎以南。时日匆

① 陈智超编《陈垣来往书信集》，上海古籍出版社，1990 年，323 页。

②《上智编译馆馆刊》第 2 卷第 2 期，1947 年，161—163 页。

③ 中华书局，1949 年，459—463 页。

④ 除上引《中西交通史》外，均收入《方豪六十自定稿》及《补编》。

匆，此愿至今未了。值得欣慰的是，我的同事李孝聪先生已数次走访该馆，在所著《欧洲收藏部分中文古地图叙录》中，对其中的地图略有涉及[①]。而东友高田时雄先生又将伯希和目录整理出版，加上他的《补编》，成为最佳指南，相信有越来越多的学者，在伯希和和高田时雄目录的指引下，探访梵蒂冈宝藏，揭示中西关系秘史。

（原载中国中外关系史学会编《中西初识》，郑州大象出版社，1999年3月，139—144页。）

① 国际文化出版公司，1996年。

考据与义理的相互为用

——张广达先生《文本、图像与文化流传》读后

此书是广西师范大学出版社2008年出版的《张广达文集》中有关中外文化交流的一本，收录了张先生自20世纪80年代初到近年发表的论文、讲演稿、百科词条、书评计22篇，长的有数万言，短的仅一两页，集中展现了张先生对于古代中外关系史，特别是唐代中外文化交流史的研究成果。虽然这些文章过去都拜读过，但此番一口气地看下来，对于张先生有关唐代多元文化的整体思考和对个案研究的精雕细刻，又有了更深入的理解。

虽然中国传世的典籍浩如烟海，但是由于中国古代史家、文人对于周边戎狄和外夷的歧视，有关的记载有许多不够准确的地方。而且，从中国古代王朝传统的经营四夷的观念出发，传世史料所记载的中西关系，主要是中原王朝经营西域的历史，文化交流的记录相对较少。我们从书的《总序》中可以看出，张先生研究中西文化交流史的重

张广达先生《文本、图像与文化流传》书影

要文本依据，是 20 世纪初叶以来西北敦煌障塞、塔里木盆地周边遗址出土的简牍、文书、胡语文献、图像，这其中的主要文本，来自敦煌藏经洞和吐鲁番盆地各遗址出土的汉语和各种胡语文献，也包括近年来中原地区发现的胡人首领墓葬中的图像和墓志资料。作者特别声言，这些新的文本和图像，带来了中外关系史研究上的一个“文献的转折”（documentary turn）时期，使得这一领域的研究，呈现出日新月异的气象。

作者最早的专题研究始自一方洛阳发现的六胡州大首领安菩的墓志，在《唐代六胡州等地的昭武九姓》（1986）一文中，除详细讨论了六胡州地区昭武九姓的来龙去脉之外，更扩大到从粟特本土到东北营州地区的昭武九姓的活动情形。所谓“昭武九姓”，就是现在大家已经颇为熟悉的“粟特人”。此前日本学者桑原骘藏主要利用中国传世史料，勾勒过包括粟特人在内的隋唐时期来往中国的西域人；中国学者向达先生也利用史籍和墓志，集中探讨过唐代长安的粟特胡人和他们所带来的西域文化。张先生此文在前人研究的基础上，利用新出墓志、阿拉伯文波斯文史料、突厥碑铭、敦煌吐鲁番文书等，勾勒出粟特人东渐中国的更为广阔的画面。作者提到的“唐代昭武九姓聚落的分布、迁徙、延续情况”，在文章发表的当初，学界可能还无法认识它的意义。二十多年过去以后，由于新的文书、石刻史料以及正规考古发掘的胡人墓葬及其图像材料，我们对此已经有了认识上的巨大进步，现在不仅可以清晰地描绘出粟特胡人聚落在北方丝绸之路沿线从索格底亚纳到东北营州的分布情况，而且对于深入到江南甚至岭南地区的粟特胡人，以及他们在安史之乱后的发展变化，都有了相当程度的认识。从这一点来看，张先生的这篇文章不仅仅是对六胡州昭武九姓问题的贡献，更重要的是开启了一个广阔的研究领域，引发出一系列研究成果。

在这篇文章最后，张先生说道："至于昭武九姓在唐代政治生活中所起的作用以及对中原地区的文化、艺术、宗教等多方面的深远影响，则是另行撰文论述的任务了。"虽然此后若干年由于研究"任务"的转移，作者主要的研究志趣专注在其他问题上，但在十年以后陆续发表的《祆教对唐代中国之影响三例》(1996)、《唐代祆教图像再考》(1997)、《吐鲁番出土汉语文书所见伊朗语地区宗教的踪迹》(1999)、《唐代的豹猎——文化传播的一个实例》(2001)、《唐代长安的波斯人和粟特人——他们各方面的活动》(2003)，则正是作者研究粟特文化对唐代中国文化、艺术、宗教等多方面影响的结果。不难看出，研究的范围已经从粟特人扩大到同为伊朗种的波斯人，因而又有《再读晚唐苏谅妻马氏双语墓志》(2002)的撰作；在宗教方面，也包括了与粟特人密切相关的摩尼教，因而有《唐代汉译摩尼教残卷》(2004)这篇长文问世；其在材料运用上的突出一点，是图像资料的引入和仔细分析。

从这里读者一眼就可以看出，张先生的关注点，集中于粟特和波斯人的宗教，首先是袄教，即源自古代波斯的琐罗亚斯德教。虽然从 20 世纪 20 年代初陈垣先生发表《火袄教入中国考》（《国学季刊》第 1 卷第 1 号）以来，探讨袄教入华的学人代有其人，但主要的研究仍然停留在袄教徒的入华活动以及一些确定的或似是而非的袄教崇拜痕迹的解说上。张先生在 20 世纪 90 年代后半连续发表的三篇有关袄教的文章，其所探讨的记太原“以尸送近郊以饲乌兽”的《旧唐书·李暠传》、敦煌所出袄教女神像、吐鲁番高昌王国时期的祭祀胡天文书，等等，都不是什么新发现的资料，但作者以其对琐罗亚斯德教（Zoroastrianism，中国称之为袄教）经典和习俗的了解，大量引用该教基本经典，如《阿维斯塔经》（*Avesta*）、《闻迪达德》（*Vidēvdād* 或 *Vendīdād*，《伏魔法典》）、《祭仪书》（*Yasna*）、《赞偈》（*Gāthā*）、《颂神书》（*Yasht*）以及晚出的琐罗亚斯德教经典《阿尔塔·维拉甫入地狱记》（*Artā Virāf Nāmak*），甚至包括反映袄教内涵的吐鲁番出土粟特语摩尼教文献和敦煌出土粟特语佛教文献中的有关记载，深入分析了袄教的丧葬仪轨、祭祀对象、袄教神祇等问题，尽管同样的文本、图像也可以有不同的理解和释读，但张先生根据袄教经典所给予的解说，对于我们认识袄教这种史籍记载只在胡人中流传的夷教，是怎样深入到中国的民间社会，并对高昌、敦煌、太原乃至唐朝首都长安产生了多少影响，都有极大的帮助。

从事中外关系史研究，学者必须兼通中外。如果你只是看汉文材料这一面，那也就只有一种“汉式”的解说，固执一点的人，就难以接受其他的说法了。我们先来看看1955年西安西郊大土门村附近发现的一方晚唐苏谅妻马氏墓志的汉文部分，文字不长，全引如下：“左神策军散兵马使苏谅妻马氏，己巳生，年廿六，于咸通十五年甲午岁二月辛卯建廿八日丁巳申时身亡，故记。”如果仅仅看这些刻在完全汉式的墓志石上的文字，我们只不过知道，这是一位担任唐朝禁军兵将的苏谅的妻子马氏的墓志，我们甚至不知道苏谅抑或马氏是波斯人，因为苏氏也好，马氏也好，都是地道的汉姓。可是，当我们看到刻在同一方墓志上的婆罗钵文（Pahlavi）铭文后，才知道苏谅是萨珊王族的家族名称（Sūarēn），马氏是出自这个家族的某人的女儿，她的婆罗钵文墓铭和汉文的并不等同，特别是墓志使用与伊朗地区婆罗钵文墓志相同的‘sp’nwl/aspānūr（安息之地）来指称墓所，用“愿她归位于阿胡拉马兹达和诸天使（身侧），光明的天堂中永生，愿她安宁”这样地道的琐罗亚斯德教用语来结束，表现出晚到公元874年，也就是会昌灭法以后，萨珊波斯的遗民不仅继续使用本民族的官方文字婆罗钵文，而且保持着本民族的祆教信仰，很可能还采用着某些祆教徒的丧葬仪式。张先生在《再读晚唐苏谅妻马氏双语墓志》中为我们层层揭示出苏谅妻马氏墓志的婆罗钵文的内涵，为今后理解有关中外关系史的汉文材料的深层含义提供一个极佳的例证。

《唐代汉译摩尼教残卷》一文，更是立足于西方百年来伊朗语、回鹘语摩尼教文献研究的成果之上，为汉语读者展现了一幅绚烂多彩的画面。敦煌出土的唐代汉语译本摩尼教《残经》和《下部赞》，根据西方学者的研究，其表面的词汇看上去好似佛教的经典，可是表层意思的背后，却是地地道道的伊朗宗教内涵。西方学者从缪勒（F. W. K. Müller）、安德列斯（F. C. Andreas）、恒宁（W. B. Henning）、楞茨（W. Lentz）、瓦尔德施密特（E. Waldschmidt）、博伊斯（Mary Boyce）、宗德曼（W. Sundermann），几代学人，孜孜以求，给汉译摩尼教经典的词汇追寻出伊朗语的原语、原义，对勘出有些段落的中古波斯语或帕提亚语的平行对应文本，取得了相当丰厚的成果和学术积累。张先生这篇文章的重要意义在于，从另一个角度，即站在唐代汉译摩尼教《残经》的译者和《下部赞》的编译者道明的立场上，来看当时在汉语的语境（contextuality）下，他们对于摩尼教文献的不同段落、不同词汇，怎样分别采用音译、直译和意译，指出入华摩尼教信徒在面对唐朝时期兴盛的佛教教派、丰富的佛教语汇，采用了佛教唯识论的术语，来翻译摩尼教的教义。作者特别论证了“心”、“心性”、“心王”、“相”、“三常”、“四处”、“清净”、“净”、“种子”等概念从佛教到摩尼教的词义转换，同时指出佛教术语和形式的借入，并没有影响东传摩尼教教义的完整。他还提醒道，汉地译者所“加上”的一些东西，不能求之于伊朗语原本。最后，他指出唐代佛经目录中著录的《弥勒摩尼佛说开悟佛性经》很可能是现存摩尼教《残经》的原名，也即宗德曼先生复原的《〔明使演说〕惠明经》(*Der Sermon vom Licht-Nous*)。中国学者对于摩尼教的研究，从陈援庵到林悟殊，基本上理清了摩尼教在华传播的历史。至于敦煌发现的三部汉译摩尼教经典，则仍然停留在校录文本的阶段，对于其中所含丰富的摩尼教教义的理解，张先生本文可以说是一个重要的进步。今日能从汉语语境理解摩尼教教义者，环视左右，恐怕不出三四人而已，期盼张先生能够继续发表他有关汉译摩尼教经典的研究成果。

同样期许的，还有张先生对波斯、粟特人带来的西方文化的研究。在日本发表的讲演稿《唐代长安的波斯人和粟特人——他们各方面的活动》中，他提到“粟特人将许多方面的习俗和工艺技术带到了长安，这在华美的金银器皿和多种舞乐、服饰、狩猎、娱乐、饮食、岁时历法、节日风俗诸多方面都有具体反映”，并举了坐床、金银器等个别的例子，但没有展开论述。真正详细讨论过的主题，是“唐代的豹猎”。同名文章利用阿拉伯文献，把粟特人带入长安的这一狩猎动物，从驯养到实用，给予了详细的解说，使我们今后面对唐墓壁画和陶俑展现的带猎豹和带猞猁的图像时，就可以联想起当年贵族狩猎的刺激场景。这一精彩的关于西方文化进入唐朝的个案研究，也更让我们期盼张先生能将这一序列研究继续下去。

猎豹虽然在唐朝主要是由粟特人带至中国的，但其发源地则在西亚、北非。因此，张先生的这篇《唐代的豹猎》，实际上也是唐朝与阿拉伯（唐宋称为大食）文化交往的一个重要篇章。张先生之所以能够把唐朝贵族豹猎活动的情况如此完整地描述出来，得益于他对阿拉伯文史料的熟悉，这一点，我们只要读一读他给宋岘先生翻译的伊本·胡尔达兹比赫《道里邦国志》所写的《中译本序言》，就可以明白了。在这篇虽名为“序言”，实则为一篇论文的长文里，他分析了古典阿拉伯地理学的发展，并对其中的“伊拉克派”和“巴里黑派”的异同以及主要代表人物做了阐释。张先生利用阿文史料不仅仅研究中外关系史，他对西域史地的研究，如《关于马合木·喀什噶里的〈突厥语词汇〉与见于此书的圆形地图（上）》（1979）、《碎叶城今地考》（1979）等文（收入《张广达文集》中的《文书、典籍与西域史地》），阿文材料也作为论据而起着关键作用。

在中国与阿拉伯世界的关系史上，张先生最大的贡献应当是《海舶来天方，丝路通大食——中国与阿拉伯世界的历史联系的回顾》（1987）这篇长文。这是一篇通史性质的长文，根据中西史料和前人研究成果，勾勒出从唐高宗永徽二年（651）大食王噉密莫末腻（Amīr al-mu'minīn）第一次派遣使者访问中国，到1981年7月1日阿曼苏丹国的一艘双桅三帆船苏哈尔号完成从首都马斯喀特东来中国广州的航行之间，双方政治、文化、科技、宗教等多方面的交往史，其规模迄今尚无人逾越。这篇文章原本发表在周一良先生主编的《中外文化交流史》（河南人民出版社）上，记得周先生送给我这本书的时候，对于书中有些篇章过于简略而有所遗憾，而对这篇文章则赞不绝口。我每次见到社科院考古所的马文宽先生，他都带着感激的心情让我转达对张先生的问候，这也表明穆斯林学者对这篇文章的肯定。听说法国汉学重镇谢和耐（J. Gernet）教授，在张先生主讲法兰西学院国际讲座时，曾建议张先生以此为基础用法语出版一本中阿关系的通史。我倒不觉得非要用法语写书，因为那样会浪费太多的阅读和写作的时间，只是觉得张先生在阿拉伯学这样发达的法国这么多年，一定又积累了相当多的中阿关系史料，期盼他能用汉语陆续写出，最后可以汇编翻译成法文。

张先生说："应当充分重视深入细致地比较一些相近的个案，以小见大，得出具有普遍参照意义的认识。"（《总序》）上述论文，正是如此。与此同时，张先生其实也一直在考虑中外关系史上的一些"具有普遍参照意义的认识"，早年他发表的《论隋唐时期中原与西域文化交流的几个特点》（1985）、《古代欧亚的内陆交通——兼论山脉、沙漠、绿洲对东西文化交流的影响》（1985）、《唐代的中外文化汇聚和晚清的中西文化冲突》（1986），可以说是这方面的经典之作。其中，前两文可以充分体现张先生宏观和微观相结合的研究方法，后一文是他所倡导的比较与对照研究方法的范本，而且撰写此文的年代，正是“思想解放”时期，文章也体现了他的现实关怀。近年来他有关中西文化交流的理论思考，虽然没有写成专文加以论证，但在一些学术史的论述中，时有阐发，其中比较集中的表述，就是在给拙著《中古中国与外来文明》所写《序言》（2001；收入《文集》之《史家、史学与现代学术》）中。他写道：

中西文化交流的研究除了自身具有科学研究旨趣之外，又具有现实意义。我国的漫长历史从来没有脱离过与另外的民族、另外的思想、另外的信仰、另外的风俗的交光互影，文献中保存着与另外的文化、另外的社会实践、另外的心灵交际的丰富记录。这使中国认识了“他者”和异域，并且借助于与“他者”的来往和与异域的交流而更好地认识了自己。对于这种与“他者”的对话，过去人们更多地体认到的是如何丰富了我国物质文化和艺术生活的内容，实际上，这样的对话也同时引发了人们对另外的思维方式的注意。中外文化异同的比较有助于破除思想上的畛域之见，改变仅凭自我存在、自我经验而形成的思维定式。

……

在疏证、考信史实层次上，我们有丰富的传统文献和层出不穷的考古文物和文书，可供研究中西交通、中外文化交流的具体过程；在义理层次上，我们有大量的新颖资料可供探讨什么是“他者”（the other）、“他性”（otherness/alterity）、“异己性”（foreignness）和怎样“涵化”（acculturation）、怎样“认同”（identity）的“他者学”（heterology）理论。考据与义理的相互为用，不仅有助于今后中西交通、中外文化交流史的研究，也将促进近代历史上的西方的概念让位于世界的概念，并为人们今天在实际生活中遇到的跨文化问题提供某种启示，打破西方某些论述话语的垄断地位。

这既是张先生对我的训导，也是他研究中外文化交流的宏观思考。

（2008 年 9 月 14 日完稿，载《中国图书评论》2008 年第 11 期，82—86 页。）

跟随张信刚在文明之间游走

——读《大中东行纪》

一

最近十年来我有几次机会到香港城市大学中国文化中心讲学，经常参加郑培凯教授组织的“行山”活动，即每个周末走一段山路，常常是沿着海边断崖上崎岖不平的小路行走，既锻炼了身体，又欣赏了山海景色。对于我来说，还有另外一个收获，就是和张信刚教授边走边聊，听他讲说在北非、中东、南欧各地的行纪和见闻。特别是2009年春天的两个月，我们聊得最多。2011年，他记述这些旅行的文字结成一个集子，分别在7月和9月，由香港天地图书公司和桂林广西师范大学出版社出版繁简两种文本，就是我们今天读到的《大中东行纪》，是他的“游走于文明之间”系列著作的第一部。

所谓“大中东”，是张信刚教授从文化的角度给出的

理想国
[游走于文明之间]
张信刚 著
大中东行纪
Reflections on the Greater Middle East by H. K. Chang
世界并非静悄悄
……
寻路大中东
从历史解读硝烟
用脚步探讨文明

张信刚《大中东行纪》书影

地理概念，除了传统的中东所包括的十六个国家外，还有疆域毗邻或从文化和地理上关系密切的十五个国家。这本书的内容涵盖了所有这三十一个国家的历史、文化、宗教与现实政治。繁简两种版本的文字内容几乎完全一样，但篇章结构略有不同。香港版前面是《绪言：这里并非静悄悄》，然后将书的内容分作四篇，即第一篇《非洲雄狮》，第二篇《拜占庭和奥斯曼的余晖》，第三篇《文明曙光》，第四篇《通史而知今》。大陆版的《绪言》相同，而书的主体分做上下两辑，上辑是《大中东外缘：舛错的命运》，下辑是《传统中东：历史的足迹》，最后是别辑《通史而知今》。后者似乎更符合作者对中东和大中东的定义，也更学术性一些；而前者更偏重地理脉络，似乎更通俗一点儿。不论哪种编排，都不影响阅读。只是两种版本的部分图片有别，而作者不同时期所拍摄的照片，的确是本书的特色之一。如香港版不见于大陆版的照片“柏柏尔人的遗迹”（81 页）、“戈里的斯大林博物馆前的塑像”（187 页）、“伊朗西阿塞拜疆省一个小镇商店”（204 页）、“叙利亚境内的贝杜因人”（235 页）、“作者与一位 90 岁的黎巴嫩老人合影”（258 页）等，都是很有意义的写真，过若干年以后，就会成为珍贵的历史影像。

二

读者或许要问，作为一位学有专长的理工科学者和科学家，成就卓著，荣誉满身，为什么要辛辛苦苦到处跑来跑去地写这样一本书呢？我想，这或许和作者早年的一段传奇经历有关。

1963 年，作者台湾大学毕业要去美国留学，美国使馆暗示他因为有移民倾向，在台北是拿不到留学签证的，不如到他父母为世界卫生组织工作的埃塞俄比亚去申请美国签证。这样，他的父母就花了一笔可观的路费，让他“曲线留学”。1963 年 7 月中旬，年轻的张信刚从台北飞香港，然后飞泰国曼谷、印度孟买，到黎巴嫩的贝鲁特停留三天，还去了贝卡谷地（Bekaa Valley）。然后转往埃塞俄比亚的首都亚的斯亚贝巴（Addis Ababa），停两天，飞到 17 — 19 世纪的首都贡德尔（Gonder），见到在那里协助当地建立一所全新医学院和附属医院的父母。在一个多月的时间里，他走访了青尼罗河的源头塔纳湖（Lake Tana）等地。8 月底，从贡德尔到厄立特里亚首府阿斯马拉（Asmara），逗留三日，看意大利刻意建设的这座新城。又走访红海之滨的海港旧城马萨瓦（Massawa）。再从阿斯马拉乘飞机到苏丹首都喀土穆（Khartoum）转机，在短暂的时间里，把护照压在边防门卫那里，出门打车去市区参观，并看青、白尼罗河的交汇。然后经埃及首都开罗，到希腊雅典游览两日，再经意大利罗马、瑞士苏黎世，最后从法国巴黎转机去美国纽约。——这一大圈的旅行，如果在今天也不是那么容易，更何况是在1960年代初！作者那个时候已经开始观察世界最古老的文明区域，在“大中东”的外围游走了一圈。

作者的这段富有传奇色彩的经历，为他日后关注大中东地区的历史、文化、现状埋下了种子。此后，在他以一个理工科学生求学、任教、走向事业辉煌的间隙中，都不放过任何一个机会，学习、了解那片土地上的一切。我们看到书中自述的片段里，他积极与中东地区来的同事或学生交流，努力借讲学、开会、访问、旅行等各种机会，游走于大中东的各地。关于他的游走，我从这本书中按年份粗略统计一下，就让人看得眼花缭乱：

1981 – 1982年在巴黎任客座教授时，一家人驾车到西班牙南部安达卢西亚（Andalusia）具有阿拉伯风格的地区旅行，见识了科尔多瓦（Cordoba）的巨大清真寺，萨维利亚（Sevilla）的阿尔卡扎（Alcazar）王宫城堡，格拉纳达（Granada）的阿尔罕布拉（Alhambra）王宫和庭院。

1998年8月在西班牙最南端的塔利法（Tarifa）小镇，遥望北非。

2000年从南到北游览约旦全境，包括世界最低的湖泊死海、罗马古城杰拉什（Jarash）、安曼市郊区、南部古城佩特拉（Petra）。又跨过阿卜杜拉国王大桥，进入以色列占领下的“西岸”地区，参观耶路撒冷的哭墙和耶稣圣墓，穿行于“西岸”的大小城镇，从赫布伦（Hebron）到伯利恒（Bethlehem），从拉姆安拉（Ramallah）到纳布卢斯（Nablus）。

2004年到土耳其讲学，游览伊斯坦布尔。

2005年12月在开罗大学作为期一个月的学术访问，走访上埃及的阿斯旺（Aswan）一带古迹。2006年元旦又到了亚历山大城。

2006年10月在土耳其首都安卡拉的科学之城大学（Bilkent University）讲学。

2007年作者从香港城市大学校长位置上退休，有了更多的时间游走各地。

2008年初到马耳他的瓦莱塔（Valletta）、穆地那（Mdina）等地旅行。同年春，访问伊朗大不里士（Tabriz）、德黑兰（Tehran）、库姆（Qom）、伊斯法罕（Ispahan）、波斯波里斯（Persepolis）、设拉子（Shiraz）等地。10月初，又到地中海的罗德岛（Rhodes）参加一个国际文化论坛。

2009年10月至2010年2月之间在土耳其伊斯坦布尔的海峡大学（Bosphorus University）任客座教授，走访了许多地方，对社会各阶层人士都有接触。其间在2010年1月，重访非洲，去吉布提的飞机因为延误而先到了也门首都萨那，再到亚的斯亚贝巴，再到贡德尔，重走半个世纪以前去过的地方。

2010 年 1 月底，又再次到访黎巴嫩贝鲁特，并特意去北方名城特里波利（Tripoli）参观。同年 4 月到雅典，参观卫城新博物馆，并沿海岸线向南旅游。夏天，往亚美尼亚首都埃里温（Yerevan），参观国家历史博物馆、古籍博物馆、种族灭绝纪念馆。再从亚美尼亚北部进入格鲁吉亚，走访首都第比利斯（Tbilisi），到过斯大林的故乡哥里（Gori），参观斯大林博物馆。又去古代文化中心姆茨赫塔（Mtskheta）。又到阿塞拜疆首都巴库（Baku），以及 12 世纪杰出诗人内扎米（Nizami Ganjavi）的故乡占贾（Ganja）。

同年 10 月，往叙利亚首都大马士革，走访商业城市阿勒颇（Aleppo）和著名的丝路古城帕尔米拉（Palmyra）。11 月，从西班牙塔利法，乘渡轮过直布罗陀海峡，到摩洛哥的丹吉尔（Tangier），也就是作者心仪的大旅行家伊本·白图泰的故乡，还去了罗马古城沃吕比利斯（Volubilis）遗址，以及阿拉伯什叶派伊德里斯王朝都城非斯（Fes）和穆拉比特王朝首都马拉喀什（Marrakech）。

此外，还有我不知他哪一年去的突尼斯的圣城凯鲁万（Kairouan）。还有……，还有……

三

作者游走的地方远远不止我上面所能罗列的这些城镇，他的书不是纯粹的游记，因为他已经从一个凭兴趣而撞进人文领域的理工科学生、科学家，成为一个通过观察、思考、读书而有自己独到见解的学者。用他自己的话说："这本《大中东行纪》，既是游记，也是历史，更是作者对人类不同文明之间横向交流与纵向演变的观察与体会。"（226页。以下所引均为大陆版）可见，随着作者的大中东旅行次数的不断增加，他已经成为穿行在不同文明之间，自觉观察它们的横向交流和纵向发展的情形，并有所体会和感悟的思想者了。

作者观察中东地区的视角，重点在地理、文化、历史，正如书中所说的那样："地理环境（主要地）决定文化的发展，而文化传统会影响历史的进程。"（170页）全书也是这样展开的，对于大中东的每个国家或地区，都清楚地交代了地理位置、交通道路，然后对于这一国家和地区的文化发展，特别是不同宗教的影响和作用，做了非常透彻的阐释，并把错综复杂的各个国家、地区政治地理版图和宗教文化的轮替，从历史发展的脉络中加以梳理。我过去也看过一些"世界通史"或国别史的书，仍然有许多盲点不甚了然。作者在这样短的篇幅中，把这样广阔地理范围内各国历史演变和文化传承清晰地勾勒出来，对于我来说，真有阻塞的经络被打通的感觉。

作者对于大中东的地理和历史有着深厚的知识储备。比如在谈到阿拉伯半岛西南部的也门时，他说：“早期埃及与非洲南部以及亚洲的贸易大多通过红海进行。但红海的风浪很大，并不便于船只航行。自从三千多年前骆驼被引进阿拉伯半岛之后，也门就成为亚、非、欧贸易的重要转口地：从印度等地来的货物经海路运到也门后，一般由骆驼队沿阿拉伯半岛西部的陆上商道运往地中海地区。这样，也门很早就有了比阿拉伯半岛其他地区较多与外界接触的机会，因此也就有了较高的文明。”（49 页）好像是从地图的表面，说到了深层的内涵，其简洁的描写，让读者眼前浮现出一幅丝路驼队的图画。这对一般读者来说，胜过学究们费尽心思的绵密解说。

作者之所以选择大中东作为他“游走于文明之间”的第一步，可能是基于他所说的这样一种考虑：“人类学家、考古学家和历史学家一定会同意，大中东是农牧和畜牧业的起始点，城市文明的发源地，象形和拼音两类文字的首创区，世界三大‘一神教’的诞生地。”（7 页）“但大中东伊斯兰国家的整体表现是政治民主化迟缓，经济全球化滞后。这就意味着它们可能要面对国内纷扰和在国际竞争中被边缘化的双重危机。”（11 页）而且，这一地区又是近年来世界上最为动乱的地区，各种政治势力角逐其间，战争风云变幻莫测，恐怖事件频频发生，各国的智库都在为这一地区的未来绞尽脑汁。

张信刚教授作为一个具有文化意识的知识分子，在游走于文明之间的时候，他有着自己的思考："依我看，'大中东'地区哪个伊斯兰国家能够涌现大批'独立判断'的学者，在大众接受的教法范围内找到一条可行的现代化途径，哪个国家就会成为'大中东'伊斯兰国家未来发展的模式。"（23页）他特别指出："民主的真谛是人民有权利选择并监督政府，目的是寻求幸福生活。"（18页）而且强调"国家世俗化"这一在法国大革命之后出现的概念，"即公民可以有信仰自由，但国家不可尊奉任何宗教。"（19页）他对比了中东许多国家的宗教文化以后，特意指出："什叶派的教义比逊尼派更容易接受新事物，更加重视'公众议决（Ijima）'的法学原则，因此与现代民主概念没有本质的冲突。"（20页）这似乎和我们从一般媒体所见到的对什叶派的宣传相违背，但我相信他的观察是更有道理的结论。其实，他对伊斯兰文化的许多真知灼见，我还没有很好的体会到家，因此也就不敢过多地阐释。

作者最为关怀的，是中东地区的命运和前途，也设身处地为这些国家的未来提出美好的建议。这些看法是作者在大中东地区到处游走，与政府官员、大学教授、青年学子、中学教师、餐馆老板、出租车司机等"三教九流"不同阶层人士交谈以后得出来的，因此许多想法是从这些国家和地区的自身出发来考虑问题，可以说对于各国的问题点应当说看的很准，比如对于以巴冲突的死结在哪里，对于格鲁吉亚、亚美尼亚、土耳其等国之间的问题焦点在何处，都有准确的定位。这些对于我这个历史学者来说，只有钦佩和认同。而从我自己的理解来说，本书对于奥斯曼帝国以后的近代西方殖民时代交代太少，或许作者觉得这是人们耳熟能详的近事，不必费词。但作者在一些地方已经提到，这些殖民强国的做法是这一地区政治斗争的主要原因，并且延续至今。所以在全球化的今天，要考虑中东的问题，是无法离开它的外部环境，甚至距离十分遥远的一些国家，像美国、日本，还有中国。

四

张信刚教授的书无疑是写给中国读者的，所以他也时常“从非洲之角东望华夏神州”，他对中国历史、文化、现状的思考散在书中不同的段落中，也很有启发。

比如在谈到伊朗波斯波里斯王宫的各国使臣雕像时，他说道：“我们不必过分沉湎于中华帝国旧日的光辉，因为‘万国衣冠拜冕旒’这个写作于盛唐时期的名句，完全适用于更早一千多年的波斯帝国。”（238 页）这是对狭隘的民族主义观念的批判，而希望今天的中国不要总是强调盛唐的辉煌，而是要更加勇于创新。

在对比东西方各国历史、地理以后，他指出：“由于中国的地理位置在欧亚大陆的最东部，东、西向的来往相对要少。又由于中原地区与北方有长城和黄河的阻隔，南、北向往来的程度也比不上欧洲、西亚和南亚。”（339 页）这种从更广阔的空间来看“伟大的”长城和作为“中华母亲”的黄河在历史上所起的作用，其实是很有道理的。

在书中，作者曾简要地回答过李约瑟难题，即现代科学和工业革命为什么没有在中国首先出现。他说：“现代科学之所以出现在西方有三个要素：古典希腊文明、中古伊斯兰文明和近代欧洲的文艺复兴及启蒙主义。”（116 页）“文艺复兴时代的人本主义，启蒙运动的理性主义，都以希腊古典著作为滥觞。这就是现代科学出现在西欧之原因所在。”（117 页）由此，他对于明朝末年来华的耶稣会士利玛窦的历史贡献，从学理的角度做了评价：“我认为利玛窦在东西文化交流史上最大贡献是他首次把希腊古典时代的数学介绍到中国来。他用传授以理性主义为基础的学问作为传播信仰的手段，以此打开了某些中国士人通过神灵世界的心扉；他也使更多中国士大夫认识了一种以往从未接触过的知识领域和思维方式。”（110 页）

我们时常在中国大地上游走，我们也不缺乏对于祖国伟大文明的认知，我们更加富有从革命时代带来的爱国主义热情。但是，我们的确需要和世界上其他文明加以对比，来观察我们祖国文明发展的历史。应当承认即使在我们认为是秦皇、汉武的辉煌时代，我们在远征、在艺术等方面也不能与波斯大流士、希腊亚历山大大帝以及他们国家的创造力相比；虽然我们到明朝有了所谓资本主义萌芽，但我们还是要等到利玛窦的到来，带给我们理性主义和新的思维方式。这本《大中东行纪》对于中国读者来说，也给予我们丰富的中东文明作为对比的参照物，让我们正确地认识自身的文明史；同时，中东的现实也为我们的今后敲响了警钟。

五

张信刚教授对于中国文明、中西文化对比，以及对于伊斯兰社会、游牧与农耕文明的关系，还有对整个东西方文明的思考，在书中随处可见，从中我们也可以看出，他一边游走，一边思考。在这本书里面，他把他的分析和认识，集中呈现出来，让我们分享他的“中东盛筵”，也使我们从他处处闪烁的智慧之光中得到了知识和教益。

2007 年，张信刚教授在北京的清华大学给本科生上一门通识教育的课程，名字就叫“游走于文明之间”。在他短期回香港开会的时候，曾经让我去代过一堂课。因为我没有听过他的课，看了助教交给我的课程表，也没明白多少。到了 2011 年 9 月中旬，他在北京大学光华管理学院就此话题做了一场精彩的讲演，我才略微听出一些道道。在我愉快地阅读这本书的过程中，就像随着张信刚教授游走于中东各种具有深厚底蕴的文明之间，听他如数家珍地一一道来；又好似在香港海岸边的“行山”途中，穿透时空，望见“西洋”那边另一类文明的世界。

（2012年2月4日完稿，原载《书城》2012年4月号，22—27页。）

韩森编《丝绸之路研究论文精选集》书评

这部由美国耶鲁大学韩森（Valerie Hansen）教授编选的丝绸之路研究文集，是《丝绸之路研究论文精选集》（*The Silk Road. Key Papers*）系列丛书的第一部分《前伊斯兰时期分册》（Part I: The Pre-Islamic Period）的两卷（Leiden & Boston: Global Oriental, 2012 年出版）。全书共收集了欧美、中国、日本学者与丝绸之路相关的论文 29 篇，除法国学者童丕（Éric Trombert）的一篇为法文外，其余皆为英文文章。29 篇文章被归入六编：一、丝绸之路的序幕（The beginnings of the Silk Road）；二、贵霜帝国及其影响（The Kushan Empire and Beyond）；三、龟兹、鸠摩罗什及佛经翻译的广阔问题（Kuche, Kum ā raj ī va, and Broader Issues of Translation）；四、撒马尔干和粟特人（Samarkand and the Sogdians）；五、吐鲁番（Turfan）；六、敦煌与于阗（Dunhuang and Khotan）。除第一编外，从其

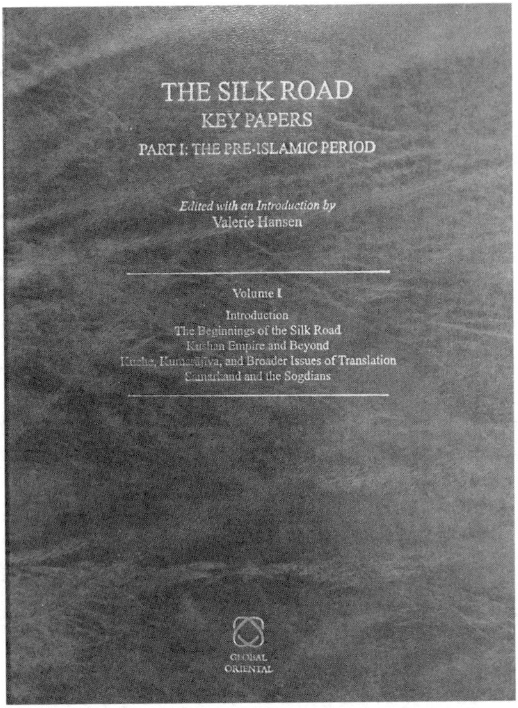

韩森（Valerie Hansen）编《丝绸之路研究论文精选集》（The Silk Road. Key Papers）

他几编的标题，不难看出该文集是以地域为主要架构来谋篇布局的。从结构看，本书很像是与作者新著《丝绸之路新史》（*The Silk Road: A New History*, Oxford University Press, 2012）相配套的一本教学参考书。

在该书所涵括的敦煌、新疆到中亚这一陆上丝绸之路经行的重要区域内，作者将前伊斯兰时代的丝绸之路历史划分为三个历史时段：丝绸之路贸易之初始到公元500年、500—800年、800—1006年。以地域为经，以年代为纬，同时兼顾内容的多样性，举凡丝绸之路所包含的主题：贸易、宗教、技术及文化交流等等，该论文集皆有所涉及。编者本人多年来从事相关研究，熟悉欧美、中日学界的研究情况，文章的选取充分反映了编者对学界研究的追踪及把握能力，其中很多篇章可谓是了解、研究丝绸之路的经典必读之作。

以下对所收文章略作介绍，兼附笔者的评论。依据原书顺序，以见编排的匠心。

第一编《丝绸之路的序幕》收录四篇文章：索利（J. Thorley）《奥古斯都时代罗马帝国与东方的贸易发展》（The Development of Trade between the Roman Empire and the East Under Augustus）、艾琳·古德（Irene Good）《汉代之前欧亚大陆的丝绸问题》（On the Question of Silk in Pre-Han Eurasia）、斯坦因（A. Stein）《公元630年玄奘的沙漠穿越》（The Desert Crossing of Hsüan-Tsang, 630 A.D）、

荣新江《海路还是陆路——佛教传入汉代中国的途径和流行区域研究述评》(Land Route or Sea Route? Commentary on the study of the paths of transmission and areas in which Buddhism was disseminated during the Han period)。

《奥古斯都时代罗马帝国与东方的贸易发展》一文[①]，在充分挖掘西方史料的基础上，对公元前 1 世纪至 1 世纪前后罗马与东方的海、陆贸易的路线、商品、中间角色等问题，进行了深入分析。尽管在这一时期，丝绸贸易只在其中占据很小的一部分，但却揭开了分处欧亚大陆两端的中国与地中海世界沟通的大幕。此文是从西方的角度看罗马与东方贸易问题的，和我们从汉代史料来看与罗马的丝绸贸易有所不同。《汉代之前欧亚大陆的丝绸问题》[②]则是提醒我们在面对中国以外地区考古发现的丝绸时，应持有一种审慎的态度，如此方可客观地考察中国丝绸外输的时间、范围等相关重要问题。此文让我们简明扼要地了解了西方出土的丝绸情况。斯坦因《公元 630 年玄奘的沙漠穿越》是一篇 1919 年发表的一篇老文章[③]，但他用亲身经历来考证玄奘从瓜州到哈密的穿越沙漠之路，是迄今也很难有人取代的，因此对于认识古代丝绸之路的历史地理

① 原载 *Greece & Rome*, 16.2, 1969, pp. 209–223.

② 原载 *Antiquity*, 69.266, 1995, pp. 959–968.

③ 原载 *The Geographical Journal*, 54.5, 1919, pp. 265–277.

仍然是有价值的。拙文《海路还是陆路——佛教传入汉代中国的途径和流行区域研究述评》[①]对佛教传入中国的文献、考古资料加以辨析，并坚持汤用彤先生的陆路说。

编者的目的显然是想集中在罗马帝国和汉朝时期，这正是张骞通西域之后丝绸之路正式开通，东西方政治、经贸往来频繁的时期，印度的佛教也在稍晚一点的西汉末东汉初年传入中国。因此上述至少三篇文章可以说是对丝绸之路开始时期重要的贸易往来和文化交流问题的研究。但有关 7 世纪初玄奘越过沙漠的一篇文章在时间上并不属于编者给出的范围内，或许她考虑在这部书的第一编，应当给读者一个丝路上艰险旅行的概念，这样的安排从地理上来说也有道理的，当然，如果能够选用更早时期有关丝路地理情况的一篇文章或许更为合理。

第二编《贵霜帝国及其影响》也收四篇文章：贾森·尼利斯（Jason Neelis）《“古道”之再探：南亚边地之外的佛教早期传播的其他路径》（*La Vieille Route* Reconsidered: Alternative Paths for the Early Transmission of Buddhism beyond the Borderlands of South Asia）、辛维廉（N. Sims-Williams）《古代阿富汗历史的曙光——大夏语的

① 原载 *Sino-Platonic Papers*, No.144, ed. by Victor H. Mair, July 2004, pp. 1—32. 汉文原发表于《北大史学》第 9 期，2003 年，320—342 页。

解读》(New Light on Ancient Afghanistan: the decipherment of Bactrian)、艾鹜德 (C. Atwood)《公元 3—4 世纪精绝的生活——民丰北 (尼雅) 发现的俗语文书所得信息综 述 》(Life in Third-fourth Century Cad'ota: A survey of Information gathered from the Prakrit documents found north of Minfeng (Niya))、布腊夫 (J. Brough)《关于公元 3 世纪的鄯善及其佛教史的几点评注》(Some Comments on Third-Century Shan-shan and the History of Buddhism)。

《"古道"之再探：南亚边地之外的佛教早期传播的其他路径》是篇将近三十页的文章[①]，利用过去三十年来学者在巴基斯坦北部、印度河上游一带考古调查的岩画、岩刻铭文，以及追踪流散至欧洲的犍陀罗语古代写本等图像及文字材料，将白沙瓦盆地、斯瓦特 (Swat)、克什米尔和我国新疆之间的古代交通路线清晰地呈现在我们面前。相较于以往关注较多的翻越阿富汗北部兴都库什山、连接犍陀罗 (Gandhara) 和大夏及中亚西部的路线，经由喀喇昆仑山的这些路线的重要性也日益为学界所认识，因为有充分的证据显示，这是佛教向东方初传的重要通道。值得一提的是，作者所附的两幅地图 (72—73 页)，不仅大大消解了读者在面对一堆陌生的地名时手足无措之感，也让

① 原载 *Bulletin of the Asia Institute*,16, 2002, pp. 143–164。

人不得不认同作者所概括的——经行这些地区的纵横交错、四通八达的古代交通路线的确是“像毛细血管一样的路线”。相关的深入研究可参看作者的博士论文《佛教早期传播与贸易网络》（*Early Buddhist Transmission and Trade Networks,* Brill, 2011）。

《古代阿富汗历史的曙光——大夏语的解读》是辛维廉的一篇演讲稿[①]，尽管并非一篇严格意义上的学术论文，但这是他1996年向学界首次报告20世纪90年代初从巴基斯坦古物市场流散至伦敦的一大批大夏语文书的解读成果。学界对大夏语的研究，从最初仅有钱币铭文可资利用，到突然出现的一百多件写在皮革上的世俗文书，诚如作者所言，这不能不说是一个“激动人心的发现”，更何况这些文书不仅数量众多，且内容丰富，有书信，还有买卖契约、收据等法律文书。但若没有作者长达五年的辛苦工作，丝绸之路上的贵霜帝国的官方用语之一——大夏语的最终解读不知将会是何年何月。大夏语的解读不仅对了解曾经以阿富汗北部为中心的贵霜帝国的历史意义重大，也对了解这一地区此后几百年风云变幻的历史不可或缺——要知道，贵霜帝国灭亡之后，大夏语依然被使用了六个世纪之久！这批文书可以帮助我们理解贵霜以后嚈哒、吐火罗诸

①单行本London: the School of Oriental and African Studies, 1997。笔者当年托人邮购，到手才知道是本很薄的小册子，且价格不菲。

王国的一些问题，甚至有些内容可以和汉文史料中关于这一地区的记载相印证[①]。

《公元 3–4 世纪精绝的生活——民丰北（尼雅）发现的俗语文书所得信息综述》[②] 利用语言学家翻译的尼雅、楼兰出土梵文俗语文书，对以精绝为主的鄯善王国的社会史做系统的整理阐述，包括行政地理、农副产品、婚姻性别、亲属关系、佛教教团、官僚体制、社会结构、动态的经济、与周边贸易、外界的经济状况等方面，强调了西域绿洲王国自身的特性。比前一篇文章早二十多年发表的《关于公元 3 世纪的鄯善及其佛教史的几点评注》一文[③]，是尼雅、楼兰文书研究奠基之作，通过布腊夫的考证，基本确定了这些鄯善文书的年代，并且把文书所反映的鄯善王国与印度、中原王朝的关系，以及佛教早期通过丝路南道进入中国的印证，都做了透彻的研究。本文原有一个《补编》[④]，没有收入，读者可以参看。

① 参看马小鹤《嚈哒族属伊朗说》，作者《摩尼教与古代西域史研究》，中国人民大学出版社，2008 年，429—479 页；又《旃檀忽哩与天可汗——上海博物馆藏中亚三语钱币研究》，朱玉麒主编《西域文史》第 6 辑，科学出版社，2011 年，137—165 页。

② 原载 *CAJ,* 35.3–4, 1991, pp. 161–199。

③ 原载 *BSOAS*, 28, 1965, pp. 585–612.

④ J. Brough, "Supplementary Notes on Third-Century Shan-shan", *BSOAS*, XXXIII/1, 1970, pp. 39–45.

第二编的前两篇文章主要是贵霜帝国本身的情况以及对外交通，特别是佛教从贵霜传入塔里木盆地的道路问题。而后两篇文章集中讨论尼雅、楼兰文书反映的鄯善王国的各个方面，特别是佛教的东渐西域绿洲王国的问题，在西方学者眼中，鄯善王国因为用了贵霜的语言文字——佉卢文书写梵文俗语（又称犍陀罗语），因此可以说是贵霜帝国势力的外延。这四篇文章的确是描述公元2–4世纪时期贵霜以及受其影响的鄯善王国的最好论文，但从编排的角度来说，似乎把布腊夫的文章放在阿特伍德文的前面更顺通一些。最近几十年新疆文物考古研究所与日本佛教大学共同对尼雅遗址做过系统的发掘，获得了许多新的文献和文物资料，但迄今还没有利用新旧材料概述鄯善王国的英文论文发表。

第三编《龟兹、鸠摩罗什及佛经翻译的广阔问题》有四篇文章：许理和（E. Zürcher）《中国佛教研究透视》（Perspectives in the Study of Chinese Buddhism）、梅维恒（V. H. Mair）《印度与中国——对文化受容的几点观察》（India and China: Observations on Cultural Borrowing）、赖恩（G. S. Lane）《论吐火罗语方言的内部关系》（On the Interrelationship of the Tocharian Dialects）、亚当斯（D. Q. Adams）《吐火罗语在其他印欧语言中的位置》（The Position of Tocharian among the Other Indo-European Languages）。

许理和是西方研究中国佛教史的权威，著有《佛教征服中国》，他的这篇《中国佛教研究透视》[①]从三个方面，阐述在研究公元4–8世纪间作为历史现象的佛教时，汉文材料存在的偏颇和不足。梅维恒《印度与中国——对文化受容的几点观察》[②]一文是在其研究敦煌变文和讲唱故事印度来源的基础上，批驳某些学者关于文明自发生成论的看法，指出中国文化中的绘画理论、戏剧、汉语语法与音韵、音乐等受印度影响的例证。

在公元4–8世纪的丝路北道上，主要流通的是所谓"吐火罗语"A、B两种方言，这种语言因为属于西支印欧语而备受关注，同时这种语言流行的龟兹、焉耆、高昌，也是这一时期佛教传播的重要通道，著名的佛经翻译家鸠摩罗什的母语应当就是吐火罗语B。这里选用的《论吐火罗语方言的内部关系》[③]和《吐火罗语在其他印欧语言中的位置》[④]两篇文章，是讨论吐火罗语两方言的关系以及

① 原载 *Journal of the Royal Asiatic Society of Great Britain and Ireland,* 2, 1982, pp. 161–176.

② 原载 *Journal of the Asiatic Society* (Calcutta), 31.3–4, 1989, pp. 61–94.

③ 原载 *Ancient Indo-European Dialects*, ed. by Henrik Birnbaum and Jaan Puhvel. Berkeley: University of California Press, 1966；本书据 *Studies in Historical Linguistics in Honor of George Sherman Lane*, ed. by Walter W. Arndt et al. Chapel Hill: University of North Carolina Press, 1967, pp. 105–134.

④ 原载 *JAOS,* 104.3, 1984, pp. 395–402.

这种语言在印欧语言中的位置，后者认为它与日耳曼语最为接近。

宗教的传播与交流一直都是丝绸之路研究的重要范畴。在沿丝绸之路进入中国的外来宗教中，佛教是最早也是影响最大的一种，以上第二、三编的相当篇幅都是与佛教相关的文章，体现了编者对这一问题的重视，入选论文涉及佛教东传的时间、路线、途径，佛教对西域和中国中原社会的影响，以及以佛教为媒介的中印文化交流等重要问题。第三编的标题中提到的鸠摩罗什的确是一位重要的人物，但编者似乎没有找到一篇有关他的合适的论文。

第四编《撒马尔干和粟特人》选收五篇文章：辛维廉《中国和印度的粟特商人》(The Sogdian Merchants in China and India)、葛乐耐（F. Grenet）的《粟特人的自画像》(The Self-Image of the Sogdians)、马尔沙克（B. I. Marshak）与腊丝波波娃（V. Raspopova）合撰《片吉肯特一所带有谷仓的房子中发现的壁画（公元8世纪前25年）》(Wall Paintings from a House with a Granary. Panjikent, 1st Quarter of the Eighth Century A.D.)、韩森《有关公元500—1000年丝绸之路上最重要的贸易者粟特人的新著》(New Work on the Sogdians, the most Important Traders on the Silk Road, A.D. 500-1000)、荣新江《北朝隋唐粟特人的迁徙及其聚落》(The Migrations and Settlements of the Sogdians in the Northern Dynasties, Sui and Tang)。

《中国和印度的粟特商人》[①] 利用敦煌西北长城烽燧下发现的粟特文古信札和中巴友谊公路巴基斯坦一侧发现的粟特文铭刻材料，仔细论证了粟特商人在印度与中国之间的贸易中所扮演的角色。他结论指出，粟特人在粟特、中国、印度的三角贸易中是贸易的主要承担者。《粟特人的自画像》[②] 根据屈霜你迦和撒马尔干的壁画，指出粟特人存在着以粟特国王为中心的粟特自我为中心的世界观，但在这些壁画中却明显缺少贸易和商旅的图像，这一缺失在中国发现的粟特首领萨保的墓葬中得以展现。《片吉肯特一所带有谷仓的房子中发现的壁画》[③] 介绍了撒马尔干的考古及所发现的城市建筑，对于这所房子四壁的壁画内容做了详细的复原和考释，为人们提供了认识粟特本土

① 原载 *Cina e Iran. Da Alessandro Magno alla Dinastia Tang*, ed. by Alfredo Cadonna & Lionello Lanciotti, Firenze: Leo S. Olschki Editore, 1996, pp. 173–189. 笔者撰有此书《中国与伊朗——从亚历山大到唐朝研究论集》的书评（《唐研究》第 3 卷，1997 年；收入笔者《中古中国与外来文明》，2001 年），对此文有详细介绍，请参看。

② 原载 *Étienne de la Vaissière et Éric* Trombert, *Les Sogdiens en Chine*, Paris: *École française d'Exrême-Orient, Paris, 2005*, pp. 123–140; 汉译本载荣新江等编《粟特人在中国——历史、考古、语言的新探索》，中华书局，2005 年，305—323 页。

③ 原载 *Silk Road Art and Archaeology*, 1, 1990, pp. 123–176.

物质文化和精神生活的极好素材。《有关公元500—1000年丝绸之路上最重要的贸易者粟特人的新著》是一篇书评[①]，评2002年出版的魏义天（É. de la Vaissière）的《粟特商人史》（Histoire des marchands sogdiens）和2001年出版的荣新江《中古中国与外来文明》，借此二书讨论丝路上的粟特商人问题，最后附有吉田丰（Y. Yoshida）提供的吐鲁番发现的639年粟特文买婢契约的最新英译。《北朝隋唐粟特人的迁徙及其聚落》[②]是系统阐述粟特人东渐中国及其在一些城镇建立殖民聚落的长文，实际上英文翻译时有所节略。

粟特研究是近年来有关丝绸之路研究的重要进步领域，编者利用有限的篇幅，涵盖了从撒马尔干到中国的不同地点和不同内涵，对于相关的两本专著，则用书评的方式加以介绍。如果从撒马尔干出发来考虑文章的编排，还是应当以马尔沙克与腊丝波波娃、葛乐耐、辛维廉、荣新江、韩森的顺序排列文章似乎更为合理。被视作陆上丝绸之路贸易主要承担者的粟特人，可以说是本论文集的主要关注点之一，除了这一编的五篇文章，其他编的一些文章

① 原载 *T'oung Pao,* 89.1–3, 2003, pp. 149–161.

② 原载 *China Archaeology and Art Digest*, IV.1: Zoroastrianism in China, December 2000, pp. 117–163. 汉文本原载《国学研究》第6辑，北京大学出版社，1999年，27—85页。

也多多少少与之有关。

第五编《吐鲁番》收录六篇文章：张广达、荣新江《吐鲁番绿洲及其探险简史》(A Concise History of the Turfan Oasis and Its Exploration)、韩森《丝绸之路贸易对吐鲁番地方社会的影响：公元500—800年》(The Impact of the Silk Road Trade on a Local Community: The Turfan Oasis, 500–800)、邓小南《六至八世纪的吐鲁番妇女——特别是她们在家庭以外的活动》(Women in Turfan During the Sixth to Eighth Centuries: A Look at their Activities Outside the Home)、童丕《丝绸之路上的纺织业与织物——产地与交换的地理因素》(Textiles et tissus sur la route de la soie: eléments pour une géographie de la production et des échanges)、斯加夫(J. K. Skaff)《吐鲁番发现的萨珊银币和阿拉伯—萨珊银币——它们与国际贸易和地方经济的关系》(The Sasanian and Arab-Sasanian Silver Coins from Turfan: Their Relationship to International Trade and the Local Economy)、汪海岚(Helen Wang)《公元800年以前东部中亚流通的钱币》(Money in Eastern Central Asia before AD 800)。

其中，《吐鲁番绿洲及其探险简史》是作为《泰东》杂志一个吐鲁番研究专号所写的导言，对吐鲁番及其考古探险的历史做简要概述[①]。《丝绸之路贸易对吐鲁番地方社会的影响》[②]根据吐鲁番出土文书，认为公元500—800年丝绸之路贸易在吐鲁番整个经济体系中作用甚小。《六至八世纪的吐鲁番妇女——特别是她们在家庭以外的活动》[③]探讨了唐朝西州地区妇女的各种状态。《丝绸之路上的纺织业与织物——产地与交换的地理因素》[④]则依据唐朝史籍和敦煌吐鲁番出土文书、庸调布等，讨论了唐朝各种织物的产地和运输情况，以及汉唐间丝织业向西域的传播问题，指出唐朝政府在丝路贸易的兴起中发挥了重要的作用。《吐鲁番发现的萨珊银币和阿拉伯—萨珊银币——它们与国际贸易和地方经济的关系》[⑤]仔细分析了这两种货币的流通时间以及在贸易中的作用。《公元800年以前

① 原载 *Asia Major, third series*, 11.2, 1998 (1999), pp. 13–36. 汉译文收入张广达《文书、典籍与西域史地》，广西师范大学出版社，2008年，92—113页。

② 原载 *Les Sogdiens en Chine*, pp. 283–310；汉译文载《粟特人在中国——历史、考古、语言的新探索》，113—140页。

③ 原载 *Journal of Asian Studies*, 58.1, 1999, pp. 85–103. 汉文原载《敦煌吐鲁番研究》第4卷，北京大学出版社，1999年，215—237页。

④ 原载 *La Serinde, terre d'échanges: Art, religion commerce du Ier au Xe siècle. XIVes Rencontres de l'Ecole du Louvre*, Paris: La Documentation française, 2000, pp. 107–120.

⑤ 原载 *Asia Major, third series*, 11.2, 1998, pp. 67–116. 汉文本载《敦煌吐鲁番研究》第4卷，419—463页。

东部中亚流通的钱币》[1]根据出土钱币和各种文字的文书材料，来说明其时西域地区钱币流通情况。

编者选择的有关吐鲁番的文章相对多一些，这或许和其本人的兴趣有关。但《简史》和《妇女》两篇和丝绸之路研究的关联并不太直接，只是对于西方读者了解吐鲁番的历史及其特性有所必要。有关丝绸和钱币的研究占据主要篇幅，也牵涉到地方经济和丝路贸易的关系问题，作者的看法并不一致，在中、日文的研究论著中也有相关的优秀论文，值得在阅读本书时参考。无可否认，贸易是丝绸之路得以延续发展的重要助推器。第五编选取的好几篇文章都与这一主题相关，对应着贸易所涉及的商品、路线、货币等重要方面。

第六编《敦煌与于阗》（Dunhuang and Khotan）也收录六篇文章：高田时雄（Takata Tokio）《敦煌发现的多种语言文献》（Multilingualism in Tun-huang）、布卢姆（J. M. Bloom）《丝绸之路还是纸张之路?》（Silk Road or Paper Road ?）、黎北岚（Pénélope Riboud）《唐朝景教研究综述》（Tang）、熊本裕（Kumamoto Hiroshi）《于阗人在敦煌》（The Khotanese in Dunhuang）、吉田丰《伊斯兰时

① 原载 *After Alexander, Central Asia before Islam*, eds. Joe Cribb and Georgina Herrmann, London: British Academy, 2007, pp. 399–409.

代以前于阗的税收制度研究》(On the Taxation System of Pre-Islamic Khotan)、荣新江《敦煌藏经洞的性质及其封闭原因》(The Nature of the Dunhuang Library Cave and the Reasons of Its Sealing)。

《敦煌发现的多种语言文献》[①] 描述了作为汉人聚居的敦煌，其多语言流行的状况。东西方科学、技术的交流也是丝绸之路研究中的一个不可忽视的重要部分，作者选取了《丝绸之路还是纸张之路?》[②] 来体现对这一问题的关注。《唐朝景教研究综述》是为《基督教在中国手册》所写[③]，其中涉及景教写本的情况。《于阗人在敦煌》[④] 根据敦煌出土的于阗语文书，指出 10 世纪的敦煌应当有一个拥有相当一批僧侣和带有家口的于阗人所组成的社团。《伊斯兰时代以前于阗的税收制度研究》[⑤] 将和田地区出土的于阗语文书分组，并对其反映的各种税收制度做了详细的

① 原载 *Acat Asiatica*, 78, 2000, pp. 49–70. 汉译本见高田时雄著、钟翀等译《敦煌·民族·语言》，中华书局，2005 年，3—20 页。

② 原载 http://www.silk-road.com/newsletter/vol3num2/5_bloom.php.

③ 原载 *Handbook of Christianity in China, vol. One: 635-1800*, ed. N. Standaert, Leiden – Boston – Köln: Brill, pp. 1–42.

④ 原载 *Cina e Iran,* Firenze 1996, pp. 79–101.

⑤ 原载 *Acat Asiatica*, 94, 2007, pp. 95–126.

研究。《敦煌藏经洞的性质及其封闭原因》① 一文，是从多个角度来考察藏经洞的封闭问题，也涉及丝绸之路的物质文化交流和公元 11 世纪初的国际关系。

编者把敦煌和于阗放到一起是有其道理，因为 10 世纪的敦煌和于阗有着密切的关系，大批于阗语文献在敦煌发现，因此有几篇文章都涉及敦煌的于阗人。但于阗毕竟是和鄯善、龟兹、吐鲁番地位相同的西域绿洲国家，自可成为一编，吉田丰的文章就是以于阗王国为探讨对象的。而敦煌更是可以独立讨论的一个丝路城镇。编者把黎北岚关于敦煌景教文献的研究综述放在这一编中，但这篇文章的主要内容还是景教在中原的情况，而且，如果选择了有关景教的内容，其实也应当有一篇关于摩尼教文献的研究文章，或许选择克林凯特（H.-J. Klimkeit）一篇反映丝绸之路的宗教多元性的文章可能更为合适一些。

总之，虽然还有一些编排上的问题可以挑剔，但面对这样丰富多彩的丝绸之路及相关研究，能够挑选并分编成这样两卷本的文集，可以说是极为难能可贵的了。

对中国学者来说，在学术资源电子化已日趋普遍的今天，尽管这些文章中的绝大部分都不难获得，甚至其中的

① 原载 *Cahiers d'Extreme-Asie*, 11 (Nouvelles etudes de Dunhuang), ed. J.-P. Dr è ge, Paris/Kyoto 1999–2000, pp. 247–275. 汉文原文载《敦煌吐鲁番研究》第 2 卷，北京大学出版社，1996 年，23—48 页。

有些文章也有中文本，但编者把散见于不同杂志、论文集的相关文章搜罗汇编为一本书，从便于研究、教学之用来说，还是有相当大的功德，特别是中国学者关注不够或不易觅得的一些重要文章，有此论文集在手，就方便了许多。

本书在印刷方面还有一些不应当出现的错误，这表现在两个方面：

其一是排版方面的错误，特别是汉字排印的错误，多得离谱。定价如此高昂（Brill 官网定价 419 美元）的一本论文集，排印错误却比比皆是，如 18、28 页的 Ribaud 当作 Riboud）；42 页的“牟之”当为“牟子”；134 页的人名 Witt-fogel 中间不应有连字符。作为一本专题研究文章的选集，本应是后出转精，即新编的论文集应尽可能避免之前的一些错误，提供给读者一个更好的本子，但很遗憾的是本书没有做到。以第二卷中所选 Skaff 文章的注释为例，汉字排印错误之多，实在让人无法接受。如 520 页注 10 所引日本学者小谷仲男文章标题，应为“死者口中含币习俗——汉唐墓葬所反映的西方因素”，“敦煌学刊辑”当为“敦煌学辑刊”；521 页注 14、524 页注 43、525 页注 54“考古学论文记”当为“考古学论文集”；529 页注 100“李羡林”当为“季羡林”；526 页注 65“彦惊”当为“彦悰”；注 70“郑学样”当为“郑学檬”；528 页注 83 姚薇元的“北朝胡姓考”竟然被排成了“沛超胡兴家”；529

页注 104“黄惠贤”被改姓为“寅惠贤”，而所引其文章“从唐西州高昌县征镇名籍看垂拱年间西域政局之变化”竟然被简化成了“西高昌州年西政化”！同注的“资治通鉴”变成了“资治逋鉴”；530 页注 105 的“唐令拾遗”误作“唐令拾道”；注 106“陈寅恪”变名为“陈寅各”！

其二是图版的质量实在不敢恭维。插图是文章的重要组成部分，一幅好的插图可以省去许多无谓的笔墨。这本论文集里的一些有画面的图，用“漆黑一团”来描述一点儿也不为过。这些内容模糊不清的插图，影响读者对文章内容的理解。如辛维廉教授关于大夏语解读一文所配 7 幅插图中，有 3 幅完全看不清内容（101、102、104 页），马尔沙克与腊丝波波娃关于粟特壁画的文章，研究的对象是图像，除线图外，其他插图在此完全无法体现其出现的价值（280、284、285、297、303、317、318 页插图）。

此外，116 页下面的标题 Central Asiatic Journal 是排版错误，当删。

（2013 年 3 月 19 日完稿，原载《敦煌吐鲁番研究》第 13 卷，上海古籍出版社，2013 年 8 月，579—588 页。）

丝绸专家笔下的丝绸之路：

读赵丰《锦程——中国丝绸与丝绸之路》

最近我一直在读各种有关丝绸之路的书，赵丰先生这本《锦程》一直放在案头，反复翻阅，爱不释手。在众多的丝绸之路著作中，这一本有它自己的特征，正像副标题所示的那样——“中国丝绸与丝绸之路”，它是以中国丝绸为主线来讨论丝绸之路的，而且，它出自一位名副其实的丝绸专家之手。

赵丰自小就生活在丝绸的氛围里，母亲是丝织厂的缫丝女工，父亲是厂里的技工，从少年时代就受到丝织技术的熏陶。“文革”后成为第一届大学生，就读浙江丝绸工学院（今浙江理工大学），学的是丝绸制造。硕士研究生毕业后，又考入中国纺织大学（今东华大学），攻读博士学位，专攻丝绸历史，特别是隋唐时期的丝织史。以后常年任职于杭州的中国丝绸博物馆，多年来在中国西北、中亚各地考察丝绸遗物，并走访欧美、日本、韩国等地，观

赵丰《锦程——中国丝绸与丝绸之路》书影

摩各种各样的收藏，与国内外学者、收藏家、博物馆文物保护修复专家交流学术，参与国内外各种有关丝绸的展览。赵丰的足迹就如同一条“丝绸之路”，他的这本《锦程》，也可以说是他走过的“丝绸”之路。

《锦程》一书以中国丝绸为线索，大致按照时间的顺序，对于通过丝绸之路进行的丝绸贸易，特别是技术、纹样的传播，做了详细的阐述。从上古时代丝绸的产生，然后是春秋战国时期的通过草原丝绸之路运送的纺织品，欧洲对丝绸最早的传说；到汉晋时期中国丝绸的西传经过，以及同时期希腊化艺术对于纺织品的影响；中国发现的西方蜡染棉布与缂毛上的西方图样，东西方织锦的传播与影响。到了中古时期，从波斯、粟特织锦的东传，到隋朝何稠仿制波斯锦；从唐初窦师纶的陵阳公样，到中晚唐的大唐新样。然后是唐朝风格的丝绸向日本的传播，以及对契丹、回鹘的影响。最后描述了蒙元时期中国丝绸对高丽的影响，以及与波斯的技术交流；直到大航海时代到来后，明清之际中国宫廷中的西洋锦的来历和西方中国风的形成。作者用非常简洁的语言和鲜活的例证，简明扼要地概述了以丝绸为中心的丝绸之路历史，没有拘泥于众所周知的丝路故事，除了交代一些必要的历史背景外，都把浓重的笔墨放在丝绸上面，因此别具一格。

本书的特色之一，是注重考古材料，重视对实物的观察。中国古代有关丝绸的记载非常丰富，作者对于传统史料和出土文献中的有关记载是做过收集整理工作的，但文献的记载往往不够细致，最主要还是数量、尺寸、纹样、产地等方面的情况。而考古工作者不断发现的文物，则提供给丝绸专家观察丝绸的经纬、纹路、精粗、图案、衬里等具体情形提供了可能，也可以根据遗址、遗物的所在，判定丝织品的功用。《锦程》的作者对于从 20 世纪初叶西方探险家在中国西北所获织物，到最新的中国考古专家的发掘品，都不断追踪，甚至亲自参与整理工作。比如作者参与的营盘 15 号墓墓主人所穿红地显黄花锦袍的揭取工作，得以对这件表现希腊纹样风格的对童子、对牛羊双层锦做出细致的分析和复原（112-117 页）。又如作者所带领的团队对吐鲁番阿斯塔那 170 号墓出土红地兽面对鸟、对兽纬锦裤的整理，详细阐释了这件具有当地特色的平纹纬二重组织的织造技术（137-139 页）。还有作者带领的团队从 2006 年开始，与英、法等国学者合作整理敦煌莫高窟藏经洞出土的纺织品，使得本书在讨论从波斯、粟特锦到大唐新样的转变过程，取样解说，得心应手。

本书的特色之二，是以技术和纹样的理解为基础对出土丝织品残片的复原。因为沟通东西方的丝绸之路很早就已开通，不仅中国生产丝绸，中亚粟特、西亚波斯，以及罗马、拜占庭，都能够织造独具特色的丝织品，即便是中国本土，北方与南方的纹样有异，河北与巴蜀的产品不同，要勾勒出各地出产的织物是如何从丝绸之路的一个点传到另一个点，需要对织物的技术和纹样做非常细致的分析研究。《锦程》的作者在考察、研究丝织品的时候，由小见大，从一块块残片，复原出整个或局部完整的丝绸面料。比如作者对尼雅出土的“五星出东方利中国”和“讨南羌”两件织锦残片的缀合，复原出连续的织锦与图案（88-90 页）。又如在帮助美国大都会博物馆“走向盛唐展”准备展品时，作者有机会亲自调查 1959 年尼雅遗址出土的蜡染棉布，并将两块布片直接缀合，使得这件蜡染布上的希腊丰饶女神提喀和大力神赫拉克利斯之间的组合更趋完整，其他纹样也得到比较合理的解说（98-108 页）。此外，作者对青海都兰出土的太阳神锦图案的复原（121 页图 14），对敦煌藏经洞发现的联珠野山羊纹锦图案、对鹿纹夹缬图案的复原（163 页图 6，194 页图 12），特别是根据敦煌晚唐寺院账单中所记“番锦……又一张内每窠各狮子二，四缘红番锦，五色鸟九十六”，复原出 1 米 ×2 米左右的狮子团窠，外面两圈单只立鸟的团窠纹锦的整幅图案（165-167 页，图 8），让读者赞叹不已。

本书的特色之三，是作者的视野广阔，对于世界范围内各类丝绸精品的准确把握。由于种种原因，丝绸之路沿线的丝织品现在分散收藏在许多国家的博物馆、图书馆或私人手中，考古发现也在不断进行，有些仍在考古研究单位整理修复当中，有些盗掘品则流入市场，真伪混淆，因此从这些收藏品和发掘物中检出说明丝绸之路的物件，并非易事。所以，丝绸研究者需要有“动手动脚找材料”的能力，而《锦程》的作者，正是这样一位不知疲倦、到处走访的人。我们看本书《寻访赞丹那村》一节，跟随作者到布哈拉周边的小村里，去寻访中世纪曾经织造著名的“赞丹尼奇锦”的地方，就可以感受到作者的执着，为了研究丝绸生产技术如何从中国传到中亚，中亚如何织造更加漂亮的斜纹纬锦，再传到中国的过程而付出了多少努力。说来也巧，笔者在赵丰 2006 年 8 月走访赞丹那村两个多月后，曾经走访布哈拉古城，在一个由联合国教科文组织资助的手工作坊（UNESCO Training Workshop for Traditional Carpet Weaving and Natural Dye Making Ishani Pir Madrassa），看到一些姑娘正在用手工织锦，所模仿的正是“赞丹尼奇”锦，但当时没有想到去赞丹那村追根究底。

此外，赵丰利用帮助美国大都会博物馆策展，与英、法、俄国学者合作整理敦煌丝织品的机会，以及走访日本正仓院、东京国立博物馆的契机，对海外藏品有充分的把握，加上对国内考古发掘品以及各类出土物的谙熟，使得本书能够把反映丝绸之路上东西传播的各类织物中最能说明问题的典型样本选择出来，加以阐释，说明其技术特点和纹样特征，这恐怕是这位丝绸专家带给我们最为难得的考察结果。

《锦程》是一本对中国丝绸与丝绸之路的通论性著

作，这背后，其实是有着作者雄厚的学术积累作为支撑的。我简单梳理一下赵丰的相关著作，就有《唐代丝绸与丝绸之路》(三秦出版社1992年版)，《织绣珍品：图说中国丝绸艺术史》(艺纱堂1999年版)，《辽代丝绸》(沐文堂2004年版)，《中国丝绸艺术史》(文物出版社2005年版)，《天鹅绒》(苏州大学出版社2012年版)，《敦煌丝绸》(与王乐合著，甘肃教育出版社2013年版)等。另外，他还自己或与其他人共同主编过一系列论著，如赵丰、于志勇主编《沙漠王子遗宝：丝绸之路尼雅遗址出土文物》(艺纱堂2000年版)，赵丰主编《纺织品考古新发现》(艺纱堂2002年版)，赵丰、金琳主编《黄金·丝绸·青花瓷：马可波罗时代的时尚艺术》(艺纱堂2005年版)，赵丰、尚刚主编《丝绸之路与元代艺术国际学术讨论会论文集》(艺纱堂2005年版)，赵丰主编《中国丝绸通史》(苏州大学出版社2005年版)，赵丰主编《丝绸之路：艺术与生活》(艺纱堂2007年)，赵丰、伊弟利斯·阿卜都热苏勒主编《大漠联珠——环塔克拉玛干丝绸之路服饰文化考察报告》(东华大学出版社2007年版)，赵丰主编《敦煌丝绸艺术全集·英藏卷》(东华大学出版社2007年版)，赵丰主编《西北风格·汉晋织物》(艺纱堂2008年版)，赵丰主编《敦煌丝绸与丝绸之路》(中华书局2009年版)，赵丰、齐东方主编《锦上胡风》(上海古籍出版社2012年版)，赵丰主编《敦煌丝绸艺术全集·法藏卷》(东华大学出版社 2010 年版）；赵丰、屈志仁主编《中国丝绸艺术》（中国外文出版社与美国耶鲁大学出版社 2012 年版）。罗列这些著作的原因，除了要说明本书作者用功之勤外，还有一个目的，就是让读者可以按照自己的兴趣，从这些专题论著中继续阅读，跟着赵丰，去深入了解丝绸之路上的中国丝绸。

（2017 年 2 月 20 日完稿，原载《中国图书评论》2017 年第 4 期，16—18 页。）

创作应体现丝绸之路的内涵

现在国家的“一带一路”倡议，主要还是经贸的考虑比较多。但是这一倡议提出之后，确实在相关历史文化知识方面储备不够。对于古代丝绸之路，我们做了多年研究，所以在“一带一路”建设时，不管是经贸、文化，或者绘画，我觉得古代丝绸之路的内涵，有很多是可以挖掘的。

选取特别的点很重要

我觉得确实很值得从古代去挖掘一些素材，传统的丝绸之路有很多课题，怎样把最新的研究成果融合进去？丝绸之路内涵十分丰富，但不能全是战争的场面。现在我们倡导丝绸之路，你的画卷表现的应该是比较正面的，而且事实上我们有很多好的例子。

比如西安有一块碑记载，有一个像郑和一样的人物，叫杨良瑶，是唐德宗手下的一个宦官，他从广州出发，为了联合大食来夹攻吐蕃，他完整地走完从广州一直到巴格达的这条路线。这有多么伟大！在公元8世纪中叶的时候，就走出这么一条路。我们要问他为什么走这条路，大概是因为杜环的《经行记》记载杜环是从那边回来的，而且杜环的叔叔当时做广州刺史，实际他是先到广州，去找杜环，至少能够看到《经行记》，然后顺着《经行记》走到大食，再返回来。杨良瑶带回来的航海日记，应当就是唐贞元时期的宰相贾耽写的《皇华四达记》中广州通大食道路所本，这条路线跟杨良瑶走的道路一样。所以像这样一个乘风破浪的英雄人物，应该大书特书。

如果今天画丝绸之路而不画杨良瑶的话，那就根本不懂丝绸之路。所以我觉得要发掘古代的丝绸之路上的内涵，如果把这个历史转化到艺术，我觉得应该选取到一个特别好的点。

我们为什么肯定《步辇图》，因为它抓住历史场景的一个点，表现唐太宗接见吐蕃使者，很典型，所以它能够影响后世。当然有些是偶然留存下来的，比如隋代展子虔的《游春图》。其实在画史里头，他最有名的是画车马人物，其中有一幅《北齐后主幸晋阳宫图》，这个图我们找不到了，但是在元代的时候，就是去南方出使被抓住的那个郝经，他写了一首长诗，把整个画作描述了一遍，其中讲到猎豹。一般学者认为猎豹是唐朝从西亚引进中国的，但这个画卷中就有猎豹了，猎豹都是从阿拉伯地区来的，是跟那些中古的贵族一起去打猎的。如果我们画猎豹或这幅车马出行图中的一些内容，就是表现了丝绸之路，就有这背后的丝绸之路故事了。上面说的《步辇图》，你放大了一看，就知道吐蕃使臣禄东赞身上穿的是联珠纹袍子，上面有对鸟对兽的联珠纹，跟康国首都阿夫拉西亚卜发现的壁画上描绘的客使身上穿的是一样的。所以如果我们把这些当时的图文抓出来，就可以在一个极小的空间里，表现出一个多元文化。但是要表现得非常合适，比如这里吐蕃使臣穿粟特式的联珠纹袍，而实际上考古学者从都兰的考古发现可以得知，都兰出了那么多锦，这些锦是丝绸之路贩运过来的锦。我们知道吐鲁番出土的波斯锦上面有汉字，那是当地织了外销的，而都兰那些锦上有中古波斯语，那是真正转贩过来的锦，而且我觉得都兰的锦很可能是吐蕃的。所以吐蕃的客使见唐太宗的时候，他为什么要画一个波斯或粟特系统的锦袍呢？我想这是画家要把当时文化交流中最高级的东西在画幅中表现出来。

所以在我们的这些创作里，如何把一些东西，通过一些题材的抓取，把它融汇到一个展现多元文化的层面上来。但不是说一幅里头什么都有，必须有一个学术的支撑，要考虑放在哪儿合适，能够把古代丝绸之路的题材表现出来。

应表现一些物质文化交往的东西

我刚才看了这么多题材，中国画家对于风景画、人物画，都是非常见长的。但是，除了风景和人物画，我觉得其实丝绸之路上一个非常重要的东西，是动物、植物，也就是物质文化交往，物品的交流。比如葡萄是怎么来的？还有胡瓜、西瓜，我们刚才说的猎豹，以及哈巴狗等大量的动物和植物，其实中国现在自己的东西，包括许多食物，如红薯、玉米等，都是舶来的。所以我觉得应该要表现丝绸之路的物质文化，能不能结合中国工笔画，还有波斯、中亚的细密画手法，来描绘丝绸之路上的物品，不管用工笔，还是用油画，能不能表现一些物质文化交往的东西。比方驼队进来的时候带的东西。现在我们的展览有时候总是靠墙摆，其实唐朝的骆驼，它的两面是不一样的，一面是挂一溜丝，一面是挂一片肉和一个兔子，或者是一个小动物，往往是固定的几个东西，用这些最典型的物品来表现丝绸之路。美国一位学者写了一本《骆驼的生死驮载》，仔细分析骆驼背负的东西，中国画家现在可以把骆驼驮载的东西考虑进去，看能否通过骆驼和它的驮载物，来表现丝绸之路。最终我们要考虑东西方运载的最重要的东西是什么，然后用画笔把它体现出来。

尽可能展现多元文化

今天要表现丝绸之路也不是我们一家的事。丝绸之路虽然是跟中国有关的，最初是从中国走出去，但是今天的丝绸之路的概念，是从长安到罗马，或者是海上丝绸之路，就是说其实是无所不在的。所以，从题材到画法，都应当扩大。真的应该把一些细密画研究一下，里头有很多丝绸之路题材，非常有意思。早期《马可·波罗游记》的本子，巴黎国家图书馆收藏的抄本就有很多插图，里头也有商队图。中国敦煌纸画里头也有商贾图，所以把这些东西如何融会贯通？我觉得应该把整体的丝绸之路上的各种文化，或者各种画法，以及各种文化的内涵，尽可能地表现出来。

当然这里有两个层面：一个层面是表现伊斯兰时期之前的，就是琐罗亚斯特教和佛教。中亚整个是一个脉络，北边是突厥人，南边就是伊朗系统的人，所以过去受整个波斯文化的影响。然后亚历山大东征又留下很多的希腊文明。所以吐火罗斯坦地区（今天阿富汗、巴基斯坦），就是佛教的势力范围；而索格底亚那地区，隔着一座山，北边就是琐罗亚斯特教的势力范围。有些夹在中间的地方，其实文化是混合的，民众信佛，但是表现形式可能是琐罗亚斯特教的。第二个层面是伊斯兰时期，实际上也是一样，但有它自己的表现方法。所以我说要展现丝绸之路的多元文化，而不仅仅是中国的，或者只是我们熟悉的两头，西面的希腊、罗马和东面的中国。而是把整个这条线，把不同时代文化能够尽量多地展现出来。

（原为 2017 年 4 月 9 日在中国国家画院座谈会上的发言，后载《中国美术报》2017 年 5 月 1 日学术月刊版。）

一本图文并茂的权威丝路新书

——刘迎胜《话说丝绸之路》

"丝绸之路"这个概念最开始所指只是一个比较狭义的东西方贸易之路，但随着人们对东西方世界关系认识的深入，丝绸之路的概念也越来越大，含义越来越广，从陆路到海路，从商品到思想文化。在研究丝绸之路的学者的脑海中，对于丝路的理解也不一样。同时，东西方的作者都有自己的学术背景，视角也不相同，因此有关丝路的著作虽然很多，但内容却很不相同。拿最近以中文出版的几种比较通论丝路的书来说，吴芳思（Frances Wood）的《丝绸之路 2000 年》除了概述丝路的基本内涵外，从英国学者的视角出发，用较多的笔墨来叙述西方传教士、探险家和作家所记录的丝绸之路；韩森（Valerie Hansen）的《丝绸之路新史》是依据考古文物材料，选择从撒马尔罕到长安等若干丝路城市，来阐述她所理解的丝绸之路；赵丰《锦程——中国丝绸与丝绸之路》依据东西方丝绸之路

刘迎胜《话说丝绸之路》书影

上出土的织物，来讲述从远古以来丝绸等织物及其纹样、技术在丝路上的东西传播；弗兰科潘（P. Frankopan）《丝绸之路：一部全新的世界史》从宏观的欧亚大陆视角来看丝绸之路，力图打破“欧洲中心论”，从欧亚大陆自身来叙说丝路上发生的史事；米华健（J. A. Millward）《丝绸之路》篇幅不长，对于丝路历史和物质文化传播，有详有略地加以叙述，虽受“通识读本”的影响，但言简意赅。

目前，在“一带一路”的倡议日益深入人心的情形下，很多读者都需要比较全面地了解丝绸之路的历史和东西方文化交往的主要内涵，因此，现在急需一种既全面又权威的丝路通论性著作面世。刘迎胜教授的这本《话说丝绸之路》（安徽人民出版社 2017 年 1 月版）正是在这样的情形下，应运而生。对比已有的著作，我觉得这本新书有以下几点值得表彰。

一、全面、权威

本书分“陆上丝绸之路”和“海上丝绸之路”两编，每编各有若干篇，比较全面地阐述了丝绸之路的历史和文化内涵。

“陆上丝绸之路”编由四篇组成。“交通路线篇”从张骞通西域的探险和李广利征伐大宛夺取汗血宝马的故事讲起，概述了月氏、匈奴到突厥、蒙古 800 年的草原丝绸之路的贯通史，详细阐述了蒙古帝国时代东西方陆路交通的鼎盛情况，最后介绍北庭、碎叶、裴罗将军城、怛罗斯、古回鹘城、和林、称海城、谦州等一系列草原丝路上的城镇。

“经济交通篇”从最古老的丝绸说起，介绍了每本丝绸之路的书都要讲到的中国丝织技术的西传，然后以“撒马尔罕纸”为题，讲述了丝绸之路上中国造纸工匠作为俘虏，却带给西方世界柔软耐用的中国纸。随后对从西域来的物种，包括农作物的苜蓿、葡萄、棉花、菠菜、花瓜，来自中亚的动物马、驴，王公贵族喜爱的各种珠宝：青金石、宝石、玉，以及各种西方的纺织品，如纳石失、怯绵里等，详略不等地加以介绍。

“文化传播篇”首先讨论丝绸之路上的翻译问题，进而说明粟特商人带来的粟特文字对于回鹘、蒙古、满族文字的影响，以及元明清时期双语词典的编纂。然后讨论从匈奴到粟特，胡人的音乐、舞蹈对中原的影响。进而叙述西亚的祆教、摩尼教、景教从魏晋南北朝到元代时期陆续东渐的历史进程,还有西域饮食为代表的民间文化的交融。最后着重阐述了中国绘画题材和技法对于伊斯兰细密画的影响，这是中国学者撰写的丝绸之路著作中比较被忽略的部分。

“人物群像篇”，以法显、玄奘作为西行求法的代表，以海屯一世、普兰·迦尔宾、鲁不鲁克、蒙特高维奴为基督教世界前往蒙元帝国的使者代表，最后是从西班牙到中亚撒马尔罕的使者克拉维约，通过他们的旅行记录，来阐释丝绸之路上的往来人物。

“海上丝绸之路”编由三篇组成。“交通地理篇”阐述汉代以来航行在印度洋上的中国海船，以及中国往印度洋的航线如何步步深入，罗马人如何发现跨越印度洋到东方来的航路，最后以广州为例说明海上丝路城市的国际性能。

在“物品互通篇”中，首先着重讲述中国向东南亚、波斯、阿拉伯世界乃至北非的输出，然后概要介绍了丝绸、茶叶的外传，以及西方金银货币和各色“番货”如何进入中国岭南地区，最后讨论外来物种和草药的输入，以及中国火药技术的西传。

“人物群像篇”中，作者依次介绍了马可·波罗、鄂多立克、伊本·白图泰、亦黑迷失、杨庭璧、汪大渊、郑和等元、明时期在海上丝路往来的人物和他们的伟大事迹。

因为本书图文并重，所以给文字的篇幅是有限制的，作者在有限的篇幅内，对陆海两道丝绸之路的主要内容，分若干篇加以叙述，让读者可以得到丝路历史的最重要内容。而以作者的深厚学养，保证了这些叙述文字的准确性和可靠性，因此可以说是既全面又权威的一本概述丝绸之路的著作。

二、图文并茂 雅俗共赏

本书定位为“话说”丝绸之路，显然是要面向更广大的读者群，因此采用图文并重的形式，图版的篇幅几乎与文字的篇幅相等。由于不是所有文字叙述的内容都会有相应的形象资料留存下来，所以本书并不是采用图版与文字完全对应的方式，而是在一个篇题下，各自有自己的叙述逻辑，用图、文两种方式来叙述同样的主题。比如语言文字的传播离不开胡人，作者除了用丝路出土各种文字的钱币来说明问题外，还给出陶俑、瓷瓶上的胡人形象；在谈到饮食风俗的传播时，除给出伊斯兰工笔画所绘各国人士宴饮场景外，还展现了当代哈萨克族、吉尔吉斯族的传统食品图像，以及受佛教影响而形成的斋饭素食。在海路讲到船舶、瓷器等方面时，更是给读者丰富多彩的图片，琳琅满目，美不胜收。

这些图像是作者多年观察、收集的结果，有些图片并不常见于此前出版的丝绸之路图书当中；有些虽然是我们知道的图像，但经过作者的编组，把一些图片放到一起，得到一种绝佳的阅读观感。比如 131 页上罗马时代马赛克拼出的菲尼基地中海货船图和上海中国航海博物馆藏金代海舶纹菱花铜镜；又如 152-153 页同一阅读页面上的古罗马美娜德身着丝绸外衣壁画与吐鲁番阿斯塔那出土唐代伏羲女娲绢画，都有很好的视觉效果。

作为一本“话说”类型的图书，作者照顾到更广大读者群的兴趣，在某些大众喜闻乐见的方面做了比较详细的铺陈，比如引入中国的各种外来物种葡萄、花生、菠菜、马铃薯、花生、玉米、烟草、向日葵等迄今日常生活中完全离不开的作物品种，还有生活富裕起来后许多人关注的珠宝，如青金石、玛瑙，对于元代以后进入中国的洪腊石（红宝石）、撒阿剂（褐红色宝石）、昔剌泥（锡兰宝石）、苦木兰（蓝晶）、助把避（优质绿宝石）、助木剌（祖母绿）、猫睛（猫儿睛）等，还有各种香料，如苏合香、没药、安息香、乳香等，都有详细的解说。

虽然这是一本用通俗的笔法全面讲述丝绸之路的书，作为研究中外关系史专家的作者，仍然在某些部分，勾勒丝路历史为人忽略的一些地方，有时不惜笔墨，做了较为详细的阐述。比如作者在讲述草原丝绸之路时，把这条道路上的一系列城镇作为一个单元略微详细地加以叙述，使得过去印象中就只是“草原”的这条丝路，有了更加丰富的内涵。作者还用相当多的篇幅，从杜环《经行记》提到的 751 年怛罗斯战役被俘的京兆画匠樊淑、刘泚说起，一步步展示了中亚、西亚伊斯兰细密画所受中国绘画的影响，包括构图、样式、空间观念、书法用笔等方面，如何表现出来自中国的审美观念，再配以若干插图，无疑给中国读者很深的印象。

三、名家手笔

在很长时期里，当代中国的历史研究者普遍不愿意撰写通俗读物，而好的通俗读物必然出自名家手笔。本书的作者刘迎胜教授，正是一位中外关系史，特别是蒙元时代东西交往史研究的大家。他是中国蒙元史研究中心之一南京大学的教授，兼任中国元史研究会会长、中国蒙古史学会副理事长等，曾经在德国、英国、以色列的著名东方学中心，如哥廷根大学突厥学与中亚学研究所、班贝格大学东方学系伊朗语研究室、伦敦大学亚非学院、希伯莱大学高级研究院从事研究，在国际学术舞台上非常活跃。他的著作包括《西北民族史与察合台汗国史研究》（1994 年）、《察合台汗国史》（2006 年）、《〈回回馆杂字〉与〈回回馆译语〉研究》（2008 年）、《海路与陆路：中古时代东西交流研究》（2011 年）、《蒙古帝国与 13-15 世纪的世界》（2013 年）、《华言与蕃音：中古时代后期东西交流的语言桥梁》（2013 年）。

刘迎胜教授很早就关注丝绸之路的研究，并且是中国学者中较早出国考察陆海丝绸之路的学者。1987 年，联合国教科文组织开展为期十年的“丝绸之路考察”计划，组织各国学者分阶段考察丝路。刘迎胜作为中国的代表，1990 年 10 月至 1991 年 2 月，参加从意大利威尼斯到中国广州的“海上丝绸之路”考察；1991 年春夏之际，又参加了穿越中亚土库曼斯坦、乌兹别克斯坦、塔吉克斯坦、吉尔吉斯斯坦、哈萨克斯坦的“草原丝绸之路”考察；1992 年 7、8 月间，再次参加了以蒙古国为中心的“游牧 / 阿勒泰丝绸之路”考察，并被推举为部分段落的国际考察队副队长和队长。其间与各国丝路专家有着广泛的交流。正是有着这样的经历，他在 1995 年 11 月同时在浙江人民出版社出版了《丝路文化·海上卷》和《丝路文化·草原卷》两本专著，系统阐述了以海上、草原为主的丝绸之路的方方面面，迄今仍然是中文丝绸之路图书中最可信赖的著作。2014 年 9 月，江苏人民出版社曾将两书合并为一册，题为《丝绸之路》重新出版，省去了原书的一些彩版和地图，殊为可惜。《话说丝绸之路》的读者如果想要在某个方面继续阅读的话，上面这三部著作仍然是你们的最好选择。

（2017 年 3 月 26 日完稿，原载《光明日报》2017 年 5 月 2 日第 16 版，题“名家话说丝绸之路”。）

中国学术的海外贡献
——读《近代海外汉学名著丛刊》

郑培凯教授主编的《近代海外汉学名著丛刊》由山西人民出版社推出，总计63种，专收民国时期翻译出版而1949年以后在大陆没有重印过的海外汉学名著，对于今天的学子来说，这真是做了一件功德事。不必说现在步入学界的学子，就算我这个“文革”以后就进入大学的读书人来说，这些书早已无法购得，而学校的大图书馆对于这些纸张很脆、一复印就掉渣的图书慢慢不再外借，所以我多年来一直“把持着”北大历史系资料室所藏与我专业相关的若干种。好在阎守诚教授把他父亲藏书中一些有关西域史地的旧书送给我，让我在感念曾经一度被人遗忘的中外关系史学家阎宗临先生的同时，也拥有了像白鸟库吉《康居粟特考》、藤田丰八《西域研究》等经常用到的图书。可以想见，《近代海外汉学名著丛刊》对于今天的学子来说，是何等方便他们获取其中与自己相关的著作啊。

在《近代海外汉学名著丛刊》每一册的前面，都有郑培凯教授的导论《温故而知新》，从孔子“温故知新”的经义，说到这些著作对于民国学术的意义，以及在今天仍然拥有的价值。开宗明义，使读者从整体上了解了这套丛刊的学术意义。

《丛刊》分三大类，即“历史文化与社会经济”类、“古典文献与语言文字”类、“中外交通与边疆史”类，分别由复旦大学的傅杰教授、戴燕教授和四川大学的霍巍教授三位专家撰写前言，对各类著作的学术价值，以及作者、译者的学术涵养、贡献，做了简明扼要的提示，有助于读者对《丛刊》所选译著的理解和使用。

笔者拜读郑教授的导论和三位学者的前言，深受启发，下面仅就个人翻阅后的观感，从三个方面谈谈这套《近代海外汉学名著丛刊》的选择标准和学术价值。

收入这套《丛刊》的书，首先应当是一部名著。中国在大清王朝统治下，学者仍然固守传统的经史之学而皓首穷经的时候，西方学术已经步入现代科学殿堂，早已开始分门别类地研究哲学、文学、历史、语言、考古、民族等等学科，从理论到方法，都严谨科学地建立了本学科的学术体系。西方学者，随之而来的是明治维新后的日本学者，用这些新的理论和方法，把中国的各种学问，也都纳入到新的学科体系中去研究，产生了一批系统深入论述某一学科方面的汉学专著，与中国传统学术依古籍分经史子集写札记的著作大相径庭。其中，以本《丛刊》所收为例，如瑞典汉学家高本汉的《汉语词类》《中国语言学研究》《中国语与中国文》，就是研究汉语语言学的重要著作；有日本“考古学之父”称号的滨田耕作的《古物研究》，其弟子梅原末治的《中国青铜器时代考》，都是用新的考古学方法，来研究中国的古代文物，均为具有开创性的著作；日本新城新藏的《中国上古天文》，是中国古代天文学史的名篇，为李约瑟《中国科学技术史》所推重；田边尚雄的《中国音乐史》，也是同一领域的开山性著作。此外，像英国学者巴克尔的《鞑靼千年史》、美国学者帕克《匈奴史》、俄国学者布莱资须纳德《西辽史》、日本学者木宫泰彦《中日交通史》，都在各自领域内成为里程碑式的著作，开拓了一个研究方面，成为一时代的学术名著。

其次，收入《丛刊》的这些名著的汉译本，在中国学术史曾经发挥过较大的影响。中国学术在清末民初经过西方思想的冲击和洗礼，学术现代化的步伐十分迅速，到了二十世纪二三十年代，一些领域进入到飞速发展的阶段。毋庸讳言，中国学术的进步，一方面是大量留学生直接将西方的理论和方法带回中国，运用到他们对于中国各门类学术的研究和教学当中；另一方面是大量的西方、日本有关汉学的著作，被及时、准确地翻译出来，而更广泛地影响了中国的知识群体。收入本《丛刊》的俄苏学者沙发诺夫的《中国社会发展史》、柯金的《中国古代社会》、匈牙利学者马扎亚尔《中国农村经济研究》的著作，用马克思主义的社会经济学说来研究中国社会经济史，在中国引起了有关中国社会性质的激烈争论。而日本学者利用他们对于汉文典籍的准确把握，撰写了一批有关中国社会经济史、经济思想史、经济制度史、货币史、资本主义萌芽等问题的专著，如收入本《丛刊》的森谷克己《中国社会经济史》、田崎仁义《中国古代经济思想及制度》、田崎仁义《先秦经济史》、驹井和爱《中国历代社会研究》、长野朗《中国资本主义发达史》、高柳松一郎《中国关税制度论》，对于中国史学界有关社会经济史的研究热潮，都起到了推波助澜的作用。

中国学术界的中国文学史体系的建立，也同样受到日本学者的强烈影响。即便是被奉为中国现代学术转型的代表性人物王国维，其1920年发表《敦煌发见唐朝之通俗诗及通俗小说》，指出敦煌俗文学作品在中国文学史上的意义，实际上明显受到日本京都大学教授狩野直喜1916年发表的《支那俗文学史研究的材料》一文的影响，其所使用的材料也基本上是狩野直喜从英国抄回来的敦煌写本。收入本《丛刊》的铃木虎雄《中国古代文艺论史》、盐谷温《中国文学概论讲话》，以及青木正儿的《中国文学思想史纲》《中国文学发凡》《元人杂剧序说》，都多少不等地对中国文学史的某些方面给予过影响。本《丛刊》虽然受到只收“1949年以来未再刊行”之译著的束缚，但编者显然是立足于对中国学术史以及中外学术关联的清楚把握来选择书目的，可见《丛刊》中的不少名著的确是对中国学术产生过影响的著作。

最后，收入本《丛刊》的这些著作，大多数在今天看来仍有学术价值。在民国时期众多的译著中，编者特意选择了“中外交通与边疆史”类，是很有见地的。众所周知，有关中外交通（即交流）和边疆史地，因为涉及域外的知识和新的考古学成果，西方、日本学者既有对于西域、南海本身的认知，也有他们依据最新的考古学成果对中国边疆地区的新见，这些都较传统中国史籍所记录的内容更加丰富多彩，因此海外汉学中这两方面的研究，备受中国学者关注。像日本学者关于东北地区以及相关的辽、金、元三朝历史的研究，如本《丛刊》所收箭内亘的《兀良哈及鞑靼考》《辽金乣军及金代兵制考》《元代经略东北考》《元代蒙汉色目待遇考》《元朝制度考》《元朝怯薛及斡耳朵考》，以及白鸟库吉的《东胡民族考》《塞外史地论文译丛》，还有有高岩《元代农民之生活》，都是比较坚实的学术成就，这些著作当然也与日本为了占领东北或由于占领东北而加大研究力度有关，但仍然是有其学术价值的一面，因为当时的中国学者无法在东北地区做细致的考古发掘、人类学调查等工作，这些著作以及日本学者的考古报告，迄今仍然有参考价值。

另一方面，日本学者追随欧美，在西域、南海史地，中西交通，海外贸易等方面，也比中国学者涉足这些领域要早，因而取得相当多的成果。收入本《丛刊》的藤田丰八《西域研究》《中国南海古代交通丛考》《宋代之市舶司与市舶条例》，以及桑原隲藏《唐宋贸易港研究》、白鸟库吉《康居粟特考》，就是这方面的代表作，这些著作与冯承钧大量翻译的法国学者沙畹、伯希和等人的西域、南海史地考证著作一道，给予中国学者相当大的刺激和恩惠，推动了中国学者的急起直追。现在，中国学术界受国家“一带一路”倡议的影响，大力关注丝绸之路的研究，收入本《丛刊》中的这些欧美、日本学者的著作，必将引起更多人的注意。

郑培凯教授原籍山东，1949 年随父母到台湾。台湾大学外文系毕业后，于 1970 年赴美求学，获耶鲁大学历史学博士学位，以后任教于纽约州立大学、耶鲁大学、佩斯大学等处。1998 年到香港城市大学创办中国文化中心，聘请世界各地的精英学者和艺术家，来中心教授多元性的中国文化，传承中国传统艺术。郑教授现在还担任香港中华学社社长、香港非物质文化遗产咨询委员会主席等职。其学术范围十分广博，出入文史，旁及其他，著有《汤显祖与晚明文化》等学术著作及杂文、游记多种，主编《中国历代茶书汇编校注本》等，是一位不知疲倦的学者、文化人。他在主持香港城市大学中国文化中心期间，还负责编辑出版了《中国文化中心讲座系列》丛书，刊出多种有关“陶瓷下西洋”的论集、目录，以及《考察香港——文化历史个案研究》等等。在十多年的时间里，香港城大的中国文化中心成为学者的家园，成为香港的中国文化中心。正是因为有这样的学术背景，郑培凯教授在选编这套《丛刊》时，可以说是得心应手，游刃有余，能够从大量的民国译著中选出精品，排除糟粕。

为本《丛刊》三个门类撰写《前言》的傅杰、戴燕、霍巍三位教授，都曾是城大中国文化中心的座上客，据我所知，他/她们曾分别讲授过《论语》、中国文学史、西南丝绸之路等方面的课程，我想这套《丛刊》很可能就是他们在香港会面时商谈的结果，有些选目也多少渗透着他/她们的喜好与选择。在“历史文化与社会经济”类有一些有关孔子和儒家的著作，显然是傅杰教授所熟悉的；“古典文献与语言文字”类中日本学者有关文学史的各本专著，经常到日本游学的戴燕教授当然清楚它们的学术地位和价值；而“中外交通与边疆史”类所收录的著作，应当是熟悉边疆史地和丝绸之路的霍巍教授所感兴趣的。我想，郑培凯教授找他/她们三位来分别把关并撰写每一类的《前言》，可谓正得其人。

笔者也曾多次受培凯教授邀请，赴香港城市大学中国文化中心，短的数周，长则一季，讲授敦煌学、西域史、丝绸之路等课程，不论在饭桌、茶馆，还是周末一起走山，经常与培凯教授漫谈，海阔天空，无所不及。他虽然聊起天来像是一个杂家，无边无际，说到哪算哪，但他做起每一件事来，则完全是美国科班教育的专业素质，有着清晰的思路和明确的界限，上面所说他主持的几件事和几套书，都是如此。这套《近代海外汉学名著丛刊》也是这样，虽然部头不小，但在郑培凯教授的整个学术事业中，并不是最关紧要的事情，但他仍然有清晰的选题思考，准确的学术史定位，以及可行的技术操作程序。我想，在这样一套完善的编辑理念的主导下，《近代海外汉学名著丛刊》是一套成功的图书，必将越来越引起学术界和广大读者的关注和爱戴。

（2019 年 3 月 13 日完稿，原载《国际汉学研究通讯》第 18 期，2019 年。）

西域史

戴仁、雅克·吉埃编《西域——交流之地》评介

本书是 1996 年 2 月 13—15 日在巴黎举行的“西域：公元 1 至 10 世纪艺术、宗教、商业的交流之地”国际学术研讨会论文集《西域——交流之地》(*La Sérinde, terre d'échanges*, direction scientifique Monique Cohen, Jean-Pierre Drège, Jacques Giès, Paris: La Documentation française, 2000)，这次会议是为了配合 1995 年 10 月至 1996 年 2 月巴黎举办的“西域：佛陀之地”的大型展览会而举行的，对于大多数没有机会参观这个展览的中国学者，早已从 1995 年出版的厚重的展览图录 (*Sérinde, terre de Bouddha, Dix siècles d'art sur la Route de la soie, catalogue de l'exposition du Grand Palais, 24 octobre 1995-19 février 1996*, Paris 1995) 中看到那些精美的展品。现在，我们又高兴地看到了这次国际研讨会的丰富多彩的论文内容。

《西域——交流之地》（La Sérinde, terre d'échanges）书影

论文集的前面有法国高等实验研究院（EPHE）研究导师、法国远东学院（EFEO）院长戴仁（Jean-Pierre Drège）所写的序言，主要是说明用“Séres”（赛里丝、丝国）和“Inde”（印度）这两个词组成的“Sérinde”（西域）这个词的来源和含义。法国集美博物馆主任馆员雅克·吉埃（Jacques Giès）在题为《西域研究及其对象》的导言中，介绍了以西方各国探险队所获西域考古文物图籍的精品所构成的这个西域展览的四个方面，即（1）西域与丝绸之路、（2）绿洲王国的发展与西域考古、（3）西域图像的分析、（4）从西域到远东，然后重点分析西域研究的对象、问题和方法，涉及面十分广泛，比如对中国与德国学者在克孜尔石窟年代问题上的不同看法，就做了仔细的分析。

以下各篇专论，涉及公元1至10世纪西域地区的宗教、艺术、经济、文化等方面的交流和影响，内容广泛，现将目录列之于下，有些非笔者所长，仅提示文章的要点：马尔沙克（Boris I. Marshak）《伊朗、粟特和西域艺术》，从广阔的视野谈伊朗、粟特艺术与印度佛教艺术在西域的影响和交融；巴塔查娅（Chhaya Bhattacharya-Haesner）《中亚艺术中佛教图像的印度影响》，以作者整理的柏林印度艺术博物馆所藏护世者的侍者、鬼子母及十一面观音像、千眼观音四件幡画为例，说明印度的主题和图像对中亚的汉与回鹘图像的影响；郭丽英（Kuo Liying）《敦煌发现的曼陀罗图像——伯希和汉文写本P.2012号》，详细研究该卷写本上所绘四个曼陀罗图像和相关的菩萨和金刚的名号；梅弘礼（Paul Magnin）《皇帝与佛陀——新和声的基础》，据 P.2547《斋琬文》来说明唐朝的统治者对佛教的利用和支持，其例证之一就是武则天把自己打扮成佛教转轮王的形象；今枝由郎（Yoshiro Imaeda）《公元 8 至 9 世纪唐蕃和平会盟中的礼仪》，在石泰安（R. A. Stein）《公元 8 至 9 世纪的唐蕃会盟》（*T'oung Pao*, LXXIV, 1988, 119-138）的基础上，讨论会盟中的歃血、佛教的影响、盟文等问题；鲁柏（Evgueny Lubo-Lesnichenko）《敦煌的织物与丝绸之路》，对比吐鲁番阿斯塔那出土和正仓院保存的织物，分析敦煌织物的年代和受萨珊波斯影响的情况；童丕（Éric Trombert）《丝绸之路上的纺织业与织物——产地与交换的地理因素》，则依据唐朝史籍和敦煌吐鲁番出土文书、庸调布等资料，讨论了唐朝各种织物的生产地和运输情况，并考察了汉唐间丝织业向西域的传播问题；蒂埃里（François Thierry）《伊朗与中国之间——公元 1 至 9 世纪西域的货币流通》，内容涉及新疆历年发现的公元 1 至 3 世纪丝路南道的贵霜钱币、于阗汉佉二体钱，公元 4 至 7 世纪丝路北道的拜占廷金币和波斯银币、汉五铢铜钱、龟兹王国自铸五铢和汉龟二体钱、高昌王国的高昌吉利钱，以及唐朝占领西域时期（650-790）的开元通宝，特别是大历元宝、建中通宝等铜钱，还有突骑施钱等等，也利用了出土文书的相关记载，给我们一个汉唐间西域流行钱币的概貌，但有关汉龟二体钱上的龟兹语铭文，仍然没有解明；皮诺（Georges-Jean Pinault）《龟兹地区的叙事剧与叙事画》，首先转写翻译了一段伯希和所获龟兹语的佛教剧本，然后讨论剧本中转换处的连词和短语的用法，又举库木吐拉石窟第34窟左右壁连环画式壁画的龟兹语铭文如何连贯为例，并进而探讨了克孜尔石窟第110窟（德国探险队的"有阶窟"/Treppenhohle）中佛传故事画的图像程序和相关文字的顺序，最后阐述了文本传统和图像传统之间的移位；葛勒耐（Frantz Grenet）《毗沙门的化身——粟特和西藏的印证》，在贵霜、粟特美术作品中找出毗沙门天王的形象，解释其在伊朗宗教系统中的含义，最后提示了敦煌藏文写本和绢画上的毗沙门天王像与粟特移民的关系（与此略有不同的英文本题《索格底亚那的毗沙门——有关毗沙门天的起源》，载 *Silk Road Art and Archaeology*, 4, 1995-1996）；富安敦（Antonino Forte）《伊朗人在中国——佛教、祆教及商业机构》，列举了从后汉安世高到武威安氏家族成员、波斯流亡国王等一系列伊朗人以及他们对佛教、祆教、景教等外来宗教传播的作用，还特别批判把萨宝看作是祆教教职的观点，提出四个理由，认为萨保更主要的是与佛教有关（该文的同名英文本载 *Cahiers d'Extreme-Asie*, 11, 1999-2000, pp.285-289）；张广达《一幅可能是表现妲厄娜和妲厄娲的图像——中亚本土宗教在中国影响的几点痕迹》，即把姜伯勤《敦煌白画中的粟特神祇》比定的 P.4518(24) 中的两个祆神，根据祆教教义，怀疑为善神妲厄娜（Daēna）和恶神妲厄娲（Daēva）（与此文内容略同的中文本，题《唐代祆教图像再考》，载《唐研究》第 3 卷，北京大学出版社，1997 年，1—17 页），对此，姜伯勤发表《敦煌白画中粟特神祇图像的再考察》（《艺术史研究》第 2 辑，中山大学出版社，2000 年，263—291 页）又有所讨论；莫尼卡·玛雅尔（Monique Maillard）《西域地区的建筑》，简要分析了中国建筑特征；韦陀（Roderick Whitfield）《帝国的辉煌——隋代（589—618）的敦煌》，考察了隋代莫高窟兴建高潮的原因和隋窟的基本内涵。

总之，本书从地域上看，涉及波斯、粟特、西域、敦煌、吐鲁番、龟兹、吐蕃等地区，从内容上讲，论及图像、宗教、礼仪、织物、建筑等等，虽然因为是配合展览，有些文章流于泛泛而谈，有些观点笔者也不一定同意，但大多数文章讨论深入，富有参考价值。

（2002 年 7 月 11 日完稿，原载《敦煌吐鲁番研究》第 6 卷，2002 年 8 月，375-377 页。）

唤起废墟遗址中酣睡的文化性灵

——张师广达先生《文书、典籍与西域史地》读后

本书是广西师范大学出版社出版的《张广达文集》三种之一[①]，收录业师张广达先生有关西域史地和敦煌吐鲁番学方面的论文、书评和一些百科全书的词条。在编辑本书的过程中，我重新阅读了书中的每一篇文章，而且读得非常仔细，这让我再次领悟一些张先生揭示的历史奥秘，同时也使我重温了一些围绕着这些文章的学术史。岁月演绎着历史，有些事情已经过去三十年了，但回想起来，依然颇值得玩味。

这本书的篇目是张先生自己选定的，分组和标题也出自他的安排。在《文集》三种当中，这一本的主要内容无疑是西域史地和敦煌吐鲁番研究，其中的藏学篇章也主要

① 广西师范大学出版社，2008 年版。

张广达先生《文书、典籍与西域史地》书影

是利用敦煌文书而做的研究，因此以下就集中在西域和敦煌吐鲁番研究领域，对相关的文章内涵和影响加以阐述，希望把自己反复阅读所得的点滴体会写出来，在张扬张先生在上述领域的学术贡献的同时，尝试着探寻一下张先生在西域史地方面的治学方法和理论思考[①]。

重读这组文章，不免让我一下子回到了“文革”刚刚结束的岁月当中。我们看到，这里除了《唐代龟兹地区水利》一文外，三篇长文都是 1979 — 1980 年间发表的，而所附的《中国大百科全书 · 中国历史 · 隋唐五代史》的词条虽然晚到 1987 年才出版，但其成文时间是在 1980 — 1983 年之间。

我们知道，张先生在 1957 年被错划为“右派”，时年仅 26 岁，此后就是无穷无尽的劳动改造，在江西鲤鱼洲、北京郊区等地，种菜、挑粪、砌墙、砍柴，从 1957 年到 1976 年“文革”结束，也就是说在张先生 26 到 45 岁人生最美好的年华，学术才能没有得到充分展现。记得 1978 年 9 月我进北大读书时，还曾在某面墙上看到“北京大学唐山大地震抢险队”的名单，第一位就是“张广

① 至于同一《文集》的另外两本著作，笔者也有学习体会，其中一篇已经发表，见《考据与义理的相互为用——张广达先生〈文本、图像与文化流传〉读后》，载《中国图书评论》2008 年第 11 期，82 — 86 页。

达”，印象极其深刻。但是，在那样艰辛的年代里，张先生并没有让自己的生命虚度。比如在中苏交恶的时代，他利用领导派下来的查找中苏关系资料的机会，使用北大历史系仅有的一张北京图书馆集体借书证，阅读了大量中苏关系乃至中外关系、中亚史地等各方面的中外文学术著作。那时还没有复印机，他买了一台可以近摄的长筒照相机，再从照相馆买过期、但还可以用的相纸，把重要的学术论文一页一页地翻拍下来。这些洗印成卡片大小的一叠叠相纸，分类存放在他的卡片盒中，为他今后的学术研究奠定了基础。我跟从张先生治西域史后，他曾送给我一些这种相纸洗印的文章，让我这个当时还不能进外文期刊阅览室的大学本科生，真的是受益匪浅。

张先生在“文革”结束开始学术新生后所写的《碎叶城今地考》一文[①]，针对当时史学权威郭沫若、范文澜等人提出的西域两碎叶说（一在中亚；一在焉耆），首先指出论点的问题所在，根据遍检可资印证的唐代西域地理文献和资料，说明焉耆之地无碎叶；然后依据汉籍和阿拉伯、波斯文穆斯林地理文献有关碎叶城的记录，做详细的换算和比对，把碎叶城锁定在托克玛克西南 8 — 10 公里处的

① 原载《北京大学学报》1979 年第 5 期，70—82 页；后收入《北京大学哲学社会科学优秀论文选》第 2 辑，北京大学出版社，1988 年，319—341 页；《文书、典籍与西域史地》，1—22 页。

阿克·贝希姆废城或托克玛克以南约 15 — 16 公里处的布拉纳废城两个遗址；最后根据苏联学者对两处遗址的考古发掘，判断布拉纳为八剌沙衮城遗址，阿克·贝希姆为碎叶城遗址，而且根据其中供奉弥勒像这一情形，把考古学者在阿克·贝希姆发掘的一座佛寺判定为杜环《经行记》所记碎叶的大云寺，因为武周时期在每个州建立的大云寺是以弥勒为主尊像的。于是得出结论，碎叶只有一个，即阿克·贝希姆遗址。这个结论建立在中外文献以及考古所见的地下遗迹和文献记载的对证基础之上，多元证据所得的结论，可以说天衣无缝，因而他的这个说法基本上成为定论。

这篇文章发表十多年以后，大概 20 世纪 90 年代中期的某一天——那时张先生已经移居海外，宿白先生在路上看见我，说阿克·贝希姆遗址发现了一方有关碎叶的汉文碑刻，他让我到他家，说日本学者菅谷文则给了他一张拓本，要我给张先生寄去。可惜他的书和资料太多，怎么也没找到。这件新发现的“碎叶镇压使”杜怀宝造像记和一方残碑的拓本，随后发表在加藤九祚执笔的《中亚北部的佛教遗迹研究》第 6 章第 6 节，并有内藤みどり撰写的《关于阿克·贝希姆发现的杜怀宝碑》一文加以论证[①]。此

① 加藤九祚《中央アジア北部の佛教遺迹の研究》，《シルクロード学研究》第 4 卷，奈良：丝绸之路研究中心，1997 年，以及内藤みどり《アクベシム发见の杜怀宝碑について》，同书，151—158 页。

后，周伟洲先生撰《吉尔吉斯斯坦阿克别希姆遗址出土唐杜怀宝造像题铭考》[1]，《吉尔吉斯斯坦阿克别希姆遗址出土残碑考》[2]，更加坚实了碎叶就在阿克·贝希姆遗址的结论。可以说，《碎叶城今地考》是一篇论证极其严密的实证性论文，而且得到了前苏联考古发掘的印证。

张先生在讨论焉耆无碎叶时说："遍检可资印证的唐代西域地理文献和资料，包括粟特语国名表（*Nafnāmak*）、敦煌卷子中的汉文地志图经之类残卷、所谓'钢和泰卷子'中反映925年情况的和阗—塞语行纪部分、伯希和编号1283号藏文卷子，特别是与焉耆有关的回鹘文《弥勒下生经剧本》（*Maitreyasamitinātaka*，即《弥勒会见记剧本》）题记等等，直到目前，都找不到碎叶位于焉耆的任何线索。"[3]从这句话读者可以看出张先生在西域史地方面下了多大的功夫，积累了多少各种语言文字的材料。他提到的粟特语国名表、于阗文钢和泰卷子、P.t.1283号藏文卷子、回鹘文《弥勒下生经剧本》题记，这些吐鲁番、敦煌出土的相关材料，在20世纪70年代末的中国学术界，有的是闻所未闻的，加上后面张

① 载《唐研究》第6卷，北京大学出版社，2000年，383—394页。
② 载作者《边疆民族历史与文物考论》，黑龙江教育出版社，2000年，307—313页。
③《文书、典籍与西域史地》，3—4页。

先生提到的阿拉伯地理学家伊本·胡尔达兹比赫（Ibn Khurdādhbih）撰《道里与诸国志》（*Kitāb al Masālik W'al Mamālik*）、库达玛·本·贾法尔（Quadāma ibn Ja 'far）撰《税册》（*Kitāb al-Kharāj*）、波斯佚名作家撰《世界境域志》（*Hudūd al-'ālam*）、波斯作家加尔迪齐（ 'Abd al-Hayy ibn Zahhak Gardīzī）撰《记述的装饰》（*Zayn al-Akhbār*）、马合木·喀什噶里（Mahmūd al-Kashgharī）撰《突厥语词汇》（*Diwān al-lugāt al-turk*），我们可以想象作者检索了多少文献材料！这当然还要包括内容更加丰富的汉文文献。我们从这篇文章可以看出，张先生虽然受到政治环境的影响，但是在最艰苦的条件下，他仍然积累了大量的学术素材。勤奋加天资——这是他经常对我们说的做学问的素质，在这篇文章中得到了充分的体现。

张先生这段文字提到的很多材料，其实对于碎叶的研究没有直接的关系，但张先生的关注点并非只是碎叶一个地方，而是关照着整个西域。他并非只是简单地提到这样一连串西域各种语言的材料，而其实是对这些材料有深入的思考和研究。我们现在看到的，只有其中的部分研究成果，也就是我们读到的大致同时发表的《唆里迷考》[①]和

① 与耿世民合撰，载《历史研究》1980年第2期，147—159页；收入《文书、典籍与西域史地》，25—41页。

《关于马合木·喀什噶里的〈突厥语词汇〉与见于此书的圆形地图》(上)[1]这两篇文章。

虽然把碎叶排除于焉耆之外，但张先生在《唆里迷考》一文中又把一个没有定位的西域地名“唆里迷”考证在焉耆。在与回鹘文专家耿世民先生合作的这篇文章中，他们检索了出现唆里迷一名的德国所藏吐鲁番出土《弥勒会见记剧本》回鹘文本跋文、羽田亨发表的日本京都大学文学部东洋史研究室收藏的《回鹘文摩尼教徒祈愿文断简》、英国于阗语专家贝利（H. W. Bailey）检出的于阗语文献钢和泰卷子于阗语行纪部分和巴黎藏敦煌于阗文卷子 P.2898 号文书、11 世纪新疆喀什人马合木·喀什噶里编纂的《突厥语词汇》、比鲁尼（Bīrūnī）在回历纪元 421 年 / 西元 1030 年后不久编纂成书的阿拉伯文 *al-Qānūn al-masūdī*、马尔瓦吉（Sharaf al-Zamān Tāhir Marvazī）撰《动物的自然属性》(*Tabā'i' al-hayawān*）的地理篇中国章、《元史·哈剌亦哈赤北鲁传》等，利用 1959 年哈密发现的回鹘文《弥勒会见记剧本》，对证出其序文所提到的三唆里迷国的阿犁耶旃陀罗 / 圣月（Ariacintri/Āryacandra）无疑就是德藏吐

① 载《中央民族学院学报》1978 年第 2 期，29—42 页及封三附图；收入《西域史地丛稿初编》(上海古籍出版社，1995 年，57—82 页）时有增订；今收入《文书、典籍与西域史地》，46—66 页。

鲁番本《弥勒会见记剧本》中所说的焉耆国阿犁耶旃陀罗 / 圣月，因而确切证明了唆里迷当为焉耆或在焉耆附近。由此可见，在《碎叶城今地考》中提到而不直接用为证据的一些史料，在《唆里迷考》中就成为坚实的依据，而唆里迷即焉耆论点的成立，就为我们后来讨论焉耆的历史，发掘出一批重要的史料，并打下坚实的基础①。

《突厥语词汇》，现在更通行的译法作《突厥语大词典》，是马合木·喀什噶里在公元 11 世纪下半叶用阿拉伯语编写的一部突厥语辞书。这部百科全书式的词典，为我们了解中亚突厥语各族的历史以及中亚特别是新疆地区的山川、部族、城镇、风土、人情、语言、宗教等许多方面，提供了丰富的材料和解说。作者诞生于古代新疆的喀什噶尔，游历了许多突厥语部族，最后在塞尔柱苏丹国的都城巴格达完成了这部伟大的著作。大概因为这部书产生在遥远的西亚，而且是 20 世纪初叶才在土耳其发现，所

① 正是受到这篇大作的启发，笔者在《龙家考》中进一步考察“焉耆”一名变为“唆里迷”的原因，以为这是回鹘西迁的结果。我们知道公元 840 年回鹘西迁，主力随庞特勤到达焉耆地区，断绝了汉代以来龙姓的焉耆王国，迫使原焉耆人东迁伊州、沙州、肃州、甘州等地，变成“龙家”，新到的回鹘人给焉耆这个地方一个新的名称，于是有了“唆里迷”一名。拙文载《中亚学刊》第 4 辑，北京大学出版社，1995 年，144—160 页。

以对于中国学术界来说十分陌生，很少有人利用。张先生的《关于马合木·喀什噶里的〈突厥语词汇〉与见于此书的圆形地图》（上）应当说是中国学术界第一篇有关这部著作的专题研究。在这篇只发表了上篇的研究论文中，他介绍了《突厥语词汇》的内容、成书经过、刊布和研究状况；接着从喀什噶里的出身，探讨了 10 世纪下半至 13 世纪初突厥族在中亚建立的黑韩（哈剌汗）王朝；然后他专门讨论了《词汇》中所附的一幅圆形地图，并阐释这幅地图与“伊斯兰舆图”的关系，还结合《词汇》的一些条目和地图所绘的内容，说明了 11 世纪一些突厥语族在中亚地区的分布情况；随后他讨论了《词汇》的“桃花石”条中“秦”（中国）/“摩秦”（大中国）这两个概念，指出作者所指既包括宋朝统治之地，也包括契丹 / 辽统治的北方地区，还包括黑韩王朝东支统治之下的喀什噶尔地区；最后指出“马合木·喀什噶里在‘桃花石’条中所表达的中国是一个统一体的观念，特别是关于喀什噶尔是中国的一个组成部分的观念，乃是时代的产物，如实反映了自古以来我国兄弟民族之间结成的血肉联系。今天，我们重温马合木·喀什噶里为‘桃花石’一名写出的这段言简意赅的释文，十分亲切地感到它是中国多民族共同缔造祖国历史的最强有力的证词”①。

①《文书、典籍与西域史地》，65—66 页。

这篇文章虽然只发表了上篇，但不论是对于喀什噶里的《突厥语词汇》，还是对于黑韩王朝，以及对于伊斯兰舆图系统的圆形地图的研究，在中国学术界都是空前的，可以说是空谷足音。在这篇文章发表的1979年，中国大陆的学术刊物排印外文字母还比较困难，所以张先生的文章是把所有外文资料都译成中文写出来的，我曾听一位南京大学的研究生回忆说：那时读张先生的文章，不知道张先生那么多外国的材料都是从哪里来的，对张先生的学问佩服得五体投地。其实，佩服张先生的不仅仅是当时的学生，也有比张先生年长的前辈，据说南京大学的元史专家韩儒林教授就让他的所有中亚史的研究生都到北京去拜访张先生。而张先生对于从各地来的求学者更是尽心尽力地加以引导和帮助，他甚至把自己辛苦做的有关黑韩王朝的所有卡片都送给了从新疆来的一位先生。这位原本是做汉代历史的学者随后改治黑韩王朝，写出了中国第一部黑韩王朝史①。虽然张先生后来没有继续做黑韩王朝史，但他相关的学识仍在不断精进。

这篇关于喀什噶里的文章的影响是多方面的，从这篇文章开始，中国学术界兴起了一股研究喀什噶里和《突厥语大词典》的热潮，发表了一大批相关的文章，虽然这些

① 魏良弢《喀喇汗王朝史稿》，新疆人民出版社，1986年。

文章良莠不齐，但不少论文对于学术还是有相当多的推进。我曾听张先生说过，他的中篇已经被其他人写完了，但下篇似乎还有可做的地方。

围绕这篇文章还有一件事情，就是张先生有意无意地为新疆维吾尔族重新发现了一位伟大的学者，即出身新疆喀什的马合木·喀什噶里。当时维吾尔族的国家领导人赛福鼎为此要接见张先生，但张先生生性不愿意和当官的打交道，所以没去见他。1983 年 9 月张先生带我到新疆考察，在乌鲁木齐期间，许多维吾尔族的高级知识分子，如新疆社科院语言研究所所长穆提一先生，都争相邀请张先生到家中做客，我也随同吃了很多地道的抓饭，迄今仍记忆犹新。

张先生的“两篇半”论文，处理的都是非常具体的问题，但从中可以看出他积累的深厚的学术功力，正蓄机待发。可是，20 世纪 80 年代初，百废待兴，许多学术项目纷纷上马，仅《中国大百科全书》一项，张先生就撰写了许多词条，除了他参与主编的《中国历史》卷《隋唐五代

史》分册外[①]，他也给同卷《秦汉史》[②]、《辽宋西夏金史》[③]、《元史》[④]分册撰写词条，还给《考古学》卷撰

① 所撰词条有：勃律、裴矩、王玄策（以上与荣新江合撰）、阿史那社尔、大食、拂菻国、李珣、莲华生、裴行俭、弃松德赞、契苾何力、萨珊朝波斯、粟特、隋唐西域、吐火罗、义净、昭武九姓，见唐长孺主编《中国大百科全书·中国历史·隋唐五代史》，中国大百科全书出版社，1988年，52、264—265、400、111—112、130—131、159、230、230—231、265—266、269、270、283—284、327—328、341—345、390—391、432、445—446页，其中勃律、裴矩、王玄策、莲华生、弃松德赞、吐火罗条收入《文书、典籍与西域史地》，90—91、86—87、88—89、265—266、263—264、44—45页。

② 贵霜，孙毓棠主编《中国大百科全书·中国历史·秦汉史》，中国大百科全书出版社，1986年，53—54页；收入《文书、典籍与西域史地》，42—43页。

③ 黑汗王朝、回鹘，邓广铭主编《中国大百科全书·中国历史·辽宋西夏金史》，中国大百科全书出版社，1986年，192—194、198—201页；收入《文书、典籍与西域史地》，67—70、177—182页。

④ 镇海，《中国大百科全书·中国历史·元史》，中国大百科全书出版社，1985年，157—158页。

写了一批中亚考古的词条[①]，给《民族》卷撰写了“突厥”这样的长条[②]。这虽然体现了他对学术界的多方面贡献，但也花费了许多时间。

利用敦煌、吐鲁番文书来研究西北史地，是张先生另一个重要的学术领地。

他最早的敦煌学论文应当是《唐代禅宗的传入吐蕃及

① 阿夫拉西阿卜城、阿克·别希姆城址、阿伊尔塔姆城址、阿伊哈努姆城址、安诺文化、巴拉雷克城堡遗址、巴里黑城址、巴米扬佛教遗迹、贝格拉姆城址、伯希和、布哈拉古城、丰杜基思坦佛寺遗址、哈达佛寺遗址、哈尔恰扬城址、克尔捷米纳尔文化、勒科克、木鹿城址、纳马兹加IV—VI期文化、尼萨城址、片治肯特城址、绍托尔佛寺遗址、绍托拉克佛寺遗址、斯坦因、斯文赫定、苏尔赫科塔尔遗址、铁尔梅兹城址、托普拉克卡拉城址、瓦拉赫沙城址、乌浒水窖藏、哲通文化、中亚古代和中世纪钱币、中亚土冢墓群、中亚中石器时代文化、中亚中世纪早期粟特壁画（以上与陈俊谋合撰）、穆格山城堡遗址（与王小甫合撰），见《中国大百科全书·考古学》，中国大百科全书出版社，1986 年，3—4、9—10、17—18、28—29、46、53、56、125—126、153、257、268、341—342、343、352、364—365、469、484、485、493—494、527、537、545—546、647、722—723、724—725 页。其中，只有“阿克·贝希姆城址”一条收入《文书、典籍与西域史地》，23—24 页。

② 突厥，《中国大百科全书·民族》，中国大百科全书出版社，1986 年，424—426 页。

其有关的敦煌文书》[1]。虽然禅宗入藏问题早已在国际学术界引起广泛的讨论，但国内全面阐述这个问题的论文，大概这是第一篇。通读这篇文章，我们不仅能够透彻了解欧美、日本学者已有的研究成果，也从张先生的论述中看到一幅更加清晰而完整的以禅宗为契机的汉藏文化交流的历史画面。

随后，张先生发表《吐蕃飞鸟使与吐蕃驿传制度——兼论敦煌行人部落》[2]，利用敦煌县博物馆未刊的藏文驿传文书，揭示了吐蕃王朝存在的使用飞鸟使作为传递军政要信的驿传制度，同时也给敦煌汉文文书中的行人部落找到了确切的解说。

这两篇文章涉及敦煌汉、藏文文书，讨论的是禅宗入藏和吐蕃驿传制度，但关注的是汉藏文化交流以及支撑着整个吐蕃帝国运转的交通体制问题，眼光广阔，考证细腻，是微观考察与宏观思考相结合的佳作。

与此同时，张先生利用新出吐鲁番文书，并广泛收集已刊的文书、文物资料，撰写了《唐灭高昌国后西州的形

① 原载《学林漫录》第 3 集，中华书局，1981 年，36—58 页；收入《文书、典籍与西域史地》，215—225 页。

② 原载北京大学中国中古史中心编《敦煌吐鲁番文献研究论集》，中华书局，1982 年，167—178 页；收入《文书、典籍与西域史地》，242—262 页。

势》[①]。这篇发表在日本的论文，不仅对于唐朝初年占领高昌、建立西州后当地以及整个西域的形势有透彻的分析，而且考察了唐朝军政体制在西州步步建立的过程。这篇文章包含许多表格，成为以后学者研究吐鲁番文书的一个基础，他提出的唐灭高昌国后西州人力紧张与西域军事形势的关系问题，是在局部地区分析不同历史现象间的关联性问题，显示出史家的本领和本色。

张先生移居巴黎后，虽然研究的重点不在敦煌吐鲁番方面，但仍然关注相关的一些问题，并拓展研究领域。比如他撰写的《唐末五代宋初西北地区的般次和使次》[②]，就是他留意丝绸之路上的交通体制问题的延续，从吐蕃的驿传制度，继续讨论唐末五代宋初归义军时期西北地区的交通体制问题。另外，他关心儒、道、释三教对唐代通俗文化究竟有什么影响的问题，在与法国同行梅弘理（Paul Magnin）将敦煌文书中的《斋琬文》译注为法文的同时，撰写了《“叹佛”与“叹斋”——关于敦煌文书中的〈斋

① 原载日本《东洋文化》第68号，东京大学东洋文化研究所，1988年，69—107页；收入《文书、典籍与西域史地》，114—152页。

② 原载《季羡林教授八十华诞纪念论文集》下，江西人民出版社，1991年，969—974页；收入《文书、典籍与西域史地》，183—191页。

琬文〉的几个问题》[①]，对于敦煌写本《斋琬文》的功用和敦煌佛教法会的实际情形，做了详细的阐述。这个问题的阐明，其实关涉到对敦煌吐鲁番出土的大量愿文的理解。他的《唐代龟兹地区水利》一文[②]，是利用伯希和在库车所得汉文文书，来讨论西域绿洲地区的水利事业，对于理解西域其他王国的社会、经济，也具有同样的意义。此文原为法文，这次编辑《文集》才译成汉文发表，相信对于汉语读者圈来说，是一篇新作。

张先生对于敦煌、西域的研究还有许多相关的论文，比如与笔者合作撰写过关于古代于阗的系列论文[③]，还有收入本书的《吐鲁番绿洲及其探险简史》[④]、《有关西州

① 原载《庆祝邓广铭教授九十华诞论文集》，河北教育出版社，1997年，60—73页；收入《文书、典籍与西域史地》，192—210页。

② "L'irrigation dans la region de Koutcha", in *Les manuscrits chinois de Koutcha: Fonds Pelliot de la Bibliothèque Nationale de France*, par E. Trombert avec la collaboration de Ikeda On et Zhang Guangda. Paris: Institut des hautes études chinoises du Collège de France, 2000, pp.143-150. 汉译收入《文书、典籍与西域史地》，71—79页。

③ 均收入张广达、荣新江《于阗史丛考》（增订本），中国人民大学出版社，2008年9月。

④Zhang Guangda and Rong Xinjiang, "A Concise History of the Turfan Oasis and Its Exploration", *Asia Major* (third series) 11.2 (1998), pp.13-36. 汉译收入《文书、典籍与西域史地》，92—113页。

回鹘的一篇敦煌汉文文献》[1]等。另外，他还写有一些书评，来介绍西方学者的研究成果。比如本书所收对《古代和中古早期东突厥斯坦史纲》[2]和《古代和中世纪早期的西域》[3]两本俄文著作的详细评介，对于大多数不懂俄文的中国年轻学者来说，就等于打开了一扇窗口，知道人家做了些什么工作，做到什么程度。

总之，张先生对于西域、敦煌吐鲁番研究的贡献是多方面的，限于篇幅，不一一赘述。

对于西域史的研究方法，张先生在《我和隋唐、中亚史研究》一文中曾经说道：

由于种种原因，西域作为中原的边陲（periphery），做不到建立有如中原核心（core）地带那样的因果序列（casual sequences）。职是之故，对资料的搜集、诠释均感困难。有时不仅系统资料不够，仅有的一点资料甚至混乱一团，令人理不清头绪，例如大月氏与吐火罗的来龙去

① 原载《北京大学学报》1989年第2期，24—36页；收入《文书、典籍与西域史地》，153—176页。

② 原载《汉学研究通讯》第10卷第2期，1991年，106—108页；收入《文书、典籍与西域史地》，291—295页。

③ 原载季羡林等编《敦煌吐鲁番研究》第3卷，北京大学出版社，1998年，339—370页；收入《文书、典籍与西域史地》，296—331页。

脉，8—11 世纪龟兹的历史沿革等都是这样。在资料不全、来龙去脉不清的情况下，别说研究与中原地区的互动和陈寅恪先生主张的各民族的连环性，就是初步搭个脚手架都无从着手，因为人们今天能够敛在一起的材料还不足以构成“史实束”（bundle of events）或“系列性资料”（serial data），怎样爬梳也整理不出史事经纬。在这种情况下，我的想法是，我们只能做类似当年冯承钧先生开创的《鄯善事辑》、《高昌事辑》的工作。在国外，对贵霜王朝、对喀喇汗王朝也是靠钩稽钱币铭文的残缺资料来排定经常修订的世系的。客观情况既然如此，我们也只能就凑手的资料做些力所能及的工作。

可以说，在面对这些断简残纸的时候，张先生的研究大概更多的是寄希望于依据传世文献，结合 19 世纪末以来的考古发现和出土文书，来描绘多元文化在西域地区绿洲国家交汇融合而又各具特色的历史画面，找寻其间的因果关系，藉以重构一些局部的历史篇章。张先生曾经撰文讨论王国维先生在清末民初中国学术转型过程中的贡献，指出王国维是中国第一位受西方思维方法洗礼的学者，一方面根底深厚，另一方面他认识到“工具概念”的重要性并善于运用概念化理性思维，因此在诸多领域取得开创性成果。比如他研究中国上古史能够总结出“二重证据法”，即不但利用文献，还利用实物，用文献与出土文物互证，因此其文章多有独到的见解①。从以上对《文书、典籍与西域史地》所收各篇文章的介绍中可以看到，在“文革”结束后撰写的一系列有关西域史地、敦煌吐鲁番文书和吐蕃的文章中，张先生不仅很好地实践着王国维的“二重证据法”，而且有所发展推进。张先生利用传世的多语言与出土材料，多重互证，探索湮没在历史时空中的片断情节，既具体入微，又包含宏观的理性思考。他的这一研究路数不仅在当时为人瞩目，而且对于中国今后的西域研究，更是具有方法论上的典范意义。

从20世纪80年代开始，张先生就想继向达先生的《唐代长安与西域文明》写一本《唐代西域与中原文明》，所以他当时的研究重点为西域史地，特别重视研究唐代典章制度和中原文明对西域绿洲国家的影响、唐代以来多民族在中国的活动、各种文化在西域汇聚和汇合的过程等等问题。我们从当时《世界史研究动态》对他的采访谈话中，可以读到他的一些思考：

研究唐代西域地区多种文明的汇聚现象，有助于理解

①《王国维在清末民初中国学术转型中的贡献》，原载香港浸会大学中文系编《人文中国学报》第12期，上海古籍出版社，2005年，99—150页；收入作者《史家、史学与现代学术》，广西师范大学出版社，2008年，42—56页。

中国文明的本质。西域的多种文明就内容来说可分为三部分：一是以汉族文化为主的中原文化；二是汉、吐蕃、回鹘、于阗、粟特等多种民族在这一地区相互交往而留下的文化证迹；三是从印度、中亚、伊朗乃至西亚传来的多种文明。几种内容还各分层次，例如，儒家的经典、佛家的经、律、论，多属于当时社会上层享用的"菁英"文化。当时上层知识界不仅继承、发扬了中国固有的文化，而且显示出来消化印度思辨哲学的强大能力，"一"与"多"，六相、十玄门、现量比量等佛家义理被剖判得精细入微。然而，广大的世俗群众所需要的则是普及性、通俗性的东西。这个时期，统治者的宗教也可以被简化成适于输入群众中的宗教，例如，净土宗、禅宗就是简化了的这种性质的宗教。佛经也可以通过讲经文、变文、壁画上的经变画而变成群众文化，在这里，西域文化不仅是在各民族之间、中外各国之间输出输入的产物，而且也是各个阶层互相影响的产物。唐代正是善于继承前代遗产、善于吸收外来因素，并经过各个阶层之间反复相互影响而造就了高度物质文化和璀璨的精神文明。文化汇聚与涵化现象是值得深入探讨的问题。

他当时设想的《唐代西域与中原文明》一书，试图从"中原和西域的传统文化各随自身需要而摄取对方的相应成分"，"交流过程是相关民族各自发挥特长进行共同创造的过程”，“交流不等于全盘接受，而是有所选择乃至舍弃”等角度来考察中国文明在唐代西域的发展过程[①]。张先生在许多论著中已经论述过其中的一些问题，作为综合的讨论，我们仍然期待着这本重要著作的问世。

（2010年7月3日完稿，载《张广达先生八十华诞祝寿论文集》，新文丰出版公司，2010年9月，1315—1332页。）

① 以上参看何诚《发挥优势、讲求方法，走出我国史学研究的新路子——访北京大学历史系张广达教授》，《世界史研究动态》1986年第1期，25－29页。

加强西域地区的丝绸之路研究

《西域研究》已经走过百期的历程，不仅仅对西域研究贡献至巨，而且对于我这里所谈的丝绸之路的研究，也发表了许多重要的研究成果，可以当之无愧地说是国内丝绸之路研究的一个重镇。2007 年，我曾应邀给祁小山、王博编《丝绸之路·新疆古代文化》（新疆人民出版社 2008 年版）写了一篇《丝绸之路与古代新疆》，从四个方面论述古代新疆（西域）在丝绸之路上的重要性以及丝绸之路对于新疆地区的重要意义，即：1. 古代新疆是丝绸之路干线的必经之地；2. 古代新疆提供了丝路贸易的场所；3. 古代新疆是丝路文化融汇之地；4. 古代新疆的兴衰与丝绸之路同命运。可以说，丝绸之路与古代西域息息相关，不可分离。

近年来，由于国家领导人提出“一带一路”的倡议，各地研究丝绸之路一时成为热门。这种跟风式的研究并不一定是好事，但本来就是西域研究的重要内容的丝绸之路，当然应当乘此东风，把相关研究推向深入。笔者这里只就如何加强西域地区的丝绸之路研究，略陈管见。

最近二十年来，新疆地区的考古工作成绩斐然，只要翻看一下《新疆文物》《西域研究》，就可看到许多考古报告和研究成果。其中既有史前时期的遗迹，也有历史时期的遗址，这些考古新发现积累得越来越丰富，提出的问题也越来越多。史前时期的丝绸之路研究主要就是要依靠考古资料，而这些考古出土文物的文化归属是摆在考古学家面前的一个重要课题。因此，整理、归纳考古资料，厘清不同文化系属是一项艰巨的任务，而这项工作将是丝绸之路研究的重要成果。新疆地区历史时期的考古发掘工作，也取得了巨大的成就，比如尼雅遗址、和田丹丹乌里克和达玛沟佛寺遗址，龟兹、高昌石窟考古和美术史研究也有长足的进步。这些佛寺、石窟本身的研究，即是丝绸之路研究的重要内容。与此同时，考古、美术史工作者应当借助“一带一路”的东风，沿着丝绸之路向外伸展自己的学术领域，把对于境外中亚地区的考古调查和发掘列上日程，把对于巴基斯坦、阿富汗、塔吉克斯坦、吉尔吉斯斯坦、乌兹别克斯坦等国境内的佛教遗址，甚至瑣罗亚斯德教、景教遗址的考古调查作为努力的方向。根据我们近年来对中亚一些遗址，如阿克·贝希姆（碎叶）、片吉肯特等遗址的考察，当地学者很希望与中国学者合作发掘，这项工作的进展，是我们对丝绸之路研究的拓展，对于新疆古代佛教、景教遗址的进一步研究，一定有意想不到的收获。

丝绸之路沿线的吐鲁番、库车、和田等地都发现过不少文书材料，前人已经利用其中的资料来研究丝绸之路的某些方面，取得了可喜的成绩，其中尤其以姜伯勤《敦煌吐鲁番文书与丝绸之路》（文物出版社 1994 年版）为集大成之作，笔者的《中古中国与外来文明》（三联书店 2001 年版）、《中古中国与粟特文明》（三联书店 2014 年版），也尽可能地发掘出土文书中的相关记载。但丝绸之路沿线仍然在不断出土新的文书，有些已经出土的文书也是最近才得以公布，这些文书中都包含有关于丝绸之路的材料。因此，应当从丝绸之路研究的角度，对新疆出土文书做一番全面的梳理。因为出土文书都是零碎的、无意中保存下来的，所以往往反映的只是丝绸之路的局部情况，需要结合传世文献和出土文物，做出超越文书内容本身的解说。出土文献的发掘利用，是丝绸之路研究的一项看似容易，但颇有挑战性的工作。

新疆丝绸之路沿线还发现过许多各种语言文字书写的胡语文书，这些材料由于大多数被掠到国外，或由于语言的隔膜，国内学人关注得不够充分。其实，这些西域的胡语资料，有不少本身就是沿丝绸之路传来的外来书本，比如和田、库车、吐鲁番发现的梵文、佉卢文所写的大量佛经，吐鲁番高昌故城和吐峪沟遗址发现的中古波斯文、帕提亚文、粟特文所写的大量摩尼教经典，吐鲁番葡萄沟水盘遗址发现的叙利亚文、波斯文所写的丰富的基督教文献，还有其他由商人、使者带来的占卜星历、药方医书、书信、账单等等，本身就是丝绸之路的遗产，对这些文献的译注，将大大丰富我们对西域地区丝绸之路的认识。这方面有许多基础工作都还没做，比如大多数已经翻译成现代语言的梵文佛典，我们还没有系统地研究它们来自印度、中亚的什么部派，也没有梳理清楚它们和当地胡语乃至中原汉文佛典译本的关系，这些是推动丝绸之路传来的中国佛教研究的核心问题。

伊斯兰时代的丝绸之路一直是国内学术界研究的弱项，这和日本的中亚研究团体相比较就可以明显地看出来。学术界往往有伊斯兰时代的中亚丝绸之路基本断绝的观点，其实这是站在中原汉文史料的基础上来说的，不符合历史事实。相当于宋元时期的中亚地区，丝绸之路一直通行，否则也没有马可·波罗的东方之旅了。阿拉伯、波斯文中有许多历史、地理、宗教著作，记录着中亚地区丝绸之路的情况，其中有些是专门讲道路的。随着欧美殖民时代的过去，西方学者现在也很少有人来做像《世界境域志》《塔巴里年代记》这类书的翻译了，这些文献值得我们组织人力来翻译、注释。而整个伊斯兰时代中亚地区丝绸之路在贸易、文化上的作用，需要加大力度来做研究。有关西域地区丝绸之路研究的一个无法回避的问题，是对 19 世纪以来西方的中亚考察探险活动的研究。虽然像斯坦因那样的文化强盗带走了大量中国丝绸之路上的文物，但他的“考古发掘”工作和其后的整理研究，无疑也是对丝绸之路研究的重要贡献。斯文·赫定更是按照的老师———提出“丝绸之路”概念的李希霍芬的指引，有目的地从地理、环境的角度去考察古代丝绸之路，对丝绸之路学说的建立做出过巨大的贡献。中亚西域地区许多重要的古代遗址都是这些探险队发现的，也是他们开始研究的，这是无法回避的历史事实。我们应当利用新的历史环境，把他们的著作系统地收集起来；把他们带走的文物、文书全面地影印、数字化回来；把他们的研究成果批判性地继承下来；在此基础上，结合新的考古发现和研究，做出超越他们的丝绸之路研究成果。

以上是近日来的点滴思考，不当之处，敬希指教。

（2015 年 9 月 25 日完稿，原载《西域研究》2015 年第 4 期百期特刊，6—7 页。）

西域发现的汉文文书及其价值

我国国家图书馆西域文书的征集，我从头到尾都参与了。今天看了“西域文献保护成果展”之后，感触很深。

西域文书发现的背景是，西方探险家或考古学者从西亚往东发掘，到 19 世纪末 20 世纪初便开始在新疆考古探险。西域地区的探险工作比敦煌藏经洞的发现更早，所以大量的东西都流失海外。我们今天在研究的时候，采用的都是斯坦因文书、斯文赫定文书。虽然国图有敦煌文书，但是总体上无法支撑于阗语、吐火罗语、梵文的研究，构筑一流语言学或者汉学的学术大厦。沙畹、马伯乐这些著名的汉学家，他们的工作支撑是斯坦因、伯希和发现的文书。现在我们有机会帮助国家图书馆征集这一批西域文书，无论从爱国主义还是从学术立场出发，都是非常有意义的。

在此，我想就汉文文献来谈谈西域文书的价值和意义。西域文书不一定以量为考察其价值的计数单位，比如说一件残本《论语郑氏注》和一千件相同的《般若波罗蜜多经》，在学术价值上也许是可以等量齐观的。国家图书馆收藏的西域文书，从品种、学术价值上看，的确都是非常好的。

从经籍方面讲，有《孝经》的郑氏解。这是中国传统经典里失佚的文献，虽然敦煌有残本，但是国图这件有地域性。敦煌在唐朝属于正州，处在传统汉文化的环境中，在国家教育系统内存在什么书，敦煌就有什么书，没有什么可稀奇的。但是这件《孝经》来自遥远的和田，来自当时的西域国家，见证了汉文化在西域的广泛流传，在这个意义上讲，它的发现是非常有意义的。还有一个非常小的《兰亭序》习字残片，可能就是一个小学生写的，大家不怎么当回事。可是，《兰亭序》习字在唐朝西域出现，就具有非常重要的意义。《兰亭序》是唐太宗特别喜欢的书法，传说原本放在昭陵里。宫廷摹本流传出来以后，用作小学生习字的母本。我们今天看到，不仅在敦煌，甚至在于阗都有小孩临摹《兰亭序》。中原文化传播到这么遥远的西域边陲，意义非常重大。

佛教经典上也是一样，不仅有正藏的一些佛经，而且有疑伪经。现在正在展览的《观世音菩萨劝攘灾经》，是龟兹造作并传到于阗的疑伪经。它声称泰山塌了一角，要抓很多人去填漏洞，一定要传这个经才能保护家人。它是在龟兹造的，但是内容相似的母本在敦煌吐鲁番都有，反映的实际上是中原的疑伪经思想。这个文本在西域地区流传，具有学术和宗教思想传播的意义，是非常有价值的。

在世俗文书部分，也有相当多的非常精彩的文书。在文书出现之前，我们研究唐朝安西四镇和于阗地区，只停留在《册府元龟》《通典》《唐会要》等典籍上一些非常简短的记载，比如说会派参军去帮西域各王国起草汉文书信，仅此而已。现在我们可以看到大量的文书实物。比如说于阗镇守军勘印历，镇守军发到任何一个地方的公文都要加印，相关事务编成一个目录，保留了下来。从这件勘印历可以看到，于阗不仅跟当地的羁縻都督府有信件往来关系，而且跟东边的且末、北边的安西都护府、西边的疏勒，都有着密切的公文往来。这件文书可以让我们透视唐朝安西四镇地区的行政运作，这是非常重要的。

另外，研究于阗地区税制的最好文书也在国家图书馆，就是贞元六年全年的税账，它有一米多长。斯坦因、赫定、圣彼得堡的藏品里没有任何一件比这几件更好。过去日本学者说西域没有税粮制度，但是我们这里的文书，汉字清清楚楚地写着，收税的一笔一笔账全记在上面。它虽然是于阗某一个州留存下来的，但是提到于阗两个羁縻州的名字，其中一个猪拔州见于《新唐书·地理志》。这件文书可能能够解决唐朝正州之外西域地区的税收体制问题。州一级的账也有，我们看到一共有 35 支于阗文、汉文双语的木简。过去英国国家图书馆有一批，非常不清楚，不能解决问题。但是国图这批非常清楚，解决了过去不能解决的很多问题。

除了这些木简还有一件名籍是于阗文、汉文双语文书。这个名籍记载的许多村，都不见于斯坦因、赫定、圣彼得堡的文书，所以这件文书应该出自原来发掘区域之外相当远的地方。北京大学外国语学院教授段晴根据这个文书上汉文“残”字对应于阗文的“半人”，解决了一个于阗文的词义，也就是说，通过唐朝的法律文书知道，“半人”指的残疾人。通过这些例子，可见国图西域文书的的确确价值相当高。

同时，这批文书有非常大的现实意义。我们这些文书来自和田，它们展现了西域地区的多民族、多文化。我们研究丝绸之路，现在谈“一带一路”，更要注意西域的历史文化。国图有犹太文新波斯语写的一件书信，它是犹太商人在于阗地区跟粟特商人做生意的文书，它比斯坦因拿到的那一件还要完整。这些文书是今天讲丝绸之路最好的材料，没有这件文书，丝绸之路的很多内容都没有涉及。有了这件文书，就可以一直讲到犹太地区，讲到粟特地区，讲到中原地区。这都体现了这批文书的现实意义。

这批文书在人才培养上也起了很大作用。我和段晴都通过这些文书带出了一批学生，比如做犹太波斯文的张湛，还有跟我一块儿做双语木简的文欣，现在都在哈佛大学学习。他们进入学术研究，就是依托于国家图书馆的这批文书。其实还有其他的同学，都是做这个研究出来的。通过这些文书的研究，成长出一批年轻的新人。

（原为2015年5月15日在国家图书馆举办的“册府千华——西域文献保护成果展”专家研讨会上的发言，由常荩心记录整理，载《中国文化报》2015年5月22日第4版。）

敦煌学

新时代·新问题·新进展

听了大家在会上的发言，围绕主题，对于敦煌学研究的许多方面都有所总结和提高，真的是受益良多。一些长辈的发言，也让我们知道了许多过去不为人知的社科院敦煌学的“掌故”。我与社科院的敦煌学研究联系不多，主要是参加了一部分《英藏敦煌文献》的编纂工作。因为《英藏》第12—14卷要收S.6981以后佛经之外的文书，而我正好在1991年去英国做这部分的编目工作，所以周绍良、沙知、宁可先生都让我参加，我当然就答应了。记得那一阵除了去西苑医院宁先生病房里讨论定名外，还经常去社科院参加编纂会议，与宋家钰、张弓等先生在一起讨论，十分愉快。

因为我参加《英藏》的工作较晚，所以虽然列名第12—14卷的副主编，但我一直觉得自己只是《英藏》的一个读者，而不是编者。编纂《英藏》这样清晰的大型图录的想法是很有创见的，把精确的名称附在图版下面，也不是一件容易的事情。这些都是我参加《英藏》的工作之前早就确定下来的事情，所以我这里也是从读者的角度来赞赏《英藏》。

尽管有这样那样的问题，我想说：《英藏敦煌文献》开启了敦煌研究的一个新时代。这就是我要说的第一点。《英藏》出版以后，这种高清晰质量印制的大本图录，成为整理刊布敦煌文献的一种模式，在上海古籍出版社等单位和相关学者的共同努力下，中国陆续出版了《俄藏敦煌文献》《法藏敦煌西域文献》《甘肃藏敦煌文献》《浙藏敦煌文献》等等一批同类的精美图录，为敦煌学研究提供了许多全新的材料，已经发表的资料也比以前的缩微胶卷和《敦煌宝藏》要清楚得多。这些无疑对敦煌学的研究给予了极大的推动。我们知道大多数有价值的敦煌文书都是在《英藏》出版以前做的录文，因此，新的图录的出版，使得学者们可以检核前人录文的正确与否，而作为《英藏》的延展，就随之出现了郝春文教授编《英藏敦煌社会历史文献释录》，我们也可以预期《法藏敦煌社会历史文献释录》《俄藏敦煌社会历史文献释录》的陆续出版。其实，我觉得《英藏》以下各种大型图录的出版，对于敦煌学者来说，最大的好处是基本上不必再远赴重洋，到伦敦、巴黎、圣彼得堡去手抄文书了。回想我 1985 年以来多次出国，花了不知多少交通费、旅馆费、签证费、人情费等等，才抄了极少的一些对于自己的研究最最关键的文书，其他则常常望洋兴叹。现在好了，几乎我们可以在一个图书馆里，坐拥“英藏”、“法藏”、“俄藏”，现在还有了《国家图书馆藏敦煌遗书》，虽然还不能说我们拥有整个敦煌藏经洞文献，但已经可以说八九不离十了。这就是我为什么说《英藏》开启了一个敦煌学的新时代。

在大型图录出版的推动下，我们现在看到的敦煌文献越来越多，文献的整理工作也日臻完善，那么，前瞻敦煌学的发展，我想说的第二点就是要思考新问题。并不是说以前的敦煌学研究没有思考问题、解决问题，敦煌学这一百年来，特别是最近三十年来取得了优异的成绩，解决了难以统计的学术难题。我这里所说的思考问题，是指思考新问题，开拓新领域。敦煌学应当与其他学科相互联系起来，不宜自己划定边界。本来敦煌学就是一个包罗万象的学问，这样虽然对于“敦煌学”作为一个学科在教育部学科体系中立足不太有利，但从学术发展上来讲，开放的敦煌学才更符合今后的学术发展。敦煌学应汲取其他人文、社科科学的营养，利用新的理论和方法，来开发新的课题，比如敦煌有许多下层妇女的资料，可以从事某个方面的性别、女性的研究；敦煌既有官府法定的《新修本草》及其他官定医书，同时也有许多不知名作者的民间处方，是研究生命医疗史的重要素材；敦煌留存下来的主要是写本时代的书籍，这些文本不仅仅是写成的书籍成品，许多是写作过程中的遗存，是研究写本时代书籍史的最佳资源；敦煌是多民族的边境地域，又位于东西交通的孔道，种族与文化相当复杂，是研究民族认同的很好场域；而各个社会阶层资料的保存，使得唐代其他地方无法研究的地域家族社会，也可以在此展开；写本中的寺院《什物历》和壁画丰富的图像材料，也是研究物质文化的宝藏。可以说，今后的敦煌学的新增长点，在于利用其他学科的理论和方法来进行跨学科的研究。这就是我所说的第二点，思考新问题。

我近年来有关敦煌学的具体研究工作做的不多，但我关心敦煌学的发展，也思考敦煌学的发展方向。其实，我的一些想法也是从看到近年来的一些新的研究成果而得出的。比如社科院历史所黄正建教授主持的《天圣令》复原唐令研究成果的推出，可以使新见的唐令条文与敦煌吐鲁番文书相发明，大大推动了敦煌学的进步，是《英藏》之后，社科院学者对敦煌学研究的又一重要贡献。以敦煌为出发点或以某个其他研究课题为出发点而利用敦煌文献做出跨学科综合研究的成果，最近两年来也有若干，如孟宪实《敦煌民间结社研究》、雷闻《郊庙之外——隋唐国家祭祀与宗教》、郑阿财《见证与宣传——敦煌佛教灵验记研究》、余欣《中古异相——写本时代的学术、信仰与社会》、刘屹《神格与地域——汉唐间道教信仰世界研究》，等等，都可以算是敦煌学在新的理念关照下取得的成果，代表着敦煌学的新进展。这是我想说的第三点。

（原为2011年4月29日在“中国社会科学院敦煌学研究回顾与前瞻”研讨会上的发言，2011年7月24日修订，载黄正建主编《中国社会科学院敦煌学研究回顾与前瞻学术研讨会论文集》，上海古籍出版社，2012年3月，43-45页。）

从“手抄本”到彩版精装

——中华书局与我的敦煌学之旅

凡是研究中国传统文化的学者，大概每一位都受到过中华书局在学术上的恩赐。像我这样一个“文革”后成长起来的普通学人，是读中华出版的书长大，然后又和许多人一样，在中华的关怀下发表论文、出版专著，没有什么特别的事迹要讲。不过，今年喜逢中华书局百年华诞，回想我和中华的文字因缘，感到从我治敦煌学过程中与中华的交往，也可以见证中华从“文革”后的惨淡经营，到今天的辉煌腾飞，而不论何时，中华人都对学术研究给予了强有力的支持。

标题中的“手抄本”，是指中华书局1982年出版的《敦煌吐鲁番文献研究论集》，这是北京大学中古史研究中心具名编的第一本书，也是“文革”后北大研究敦煌学成果的第一次集中体现。在1978年高校开始恢复科研、教学后，在季羡林、周一良、宿白、王永兴、张广达等先生

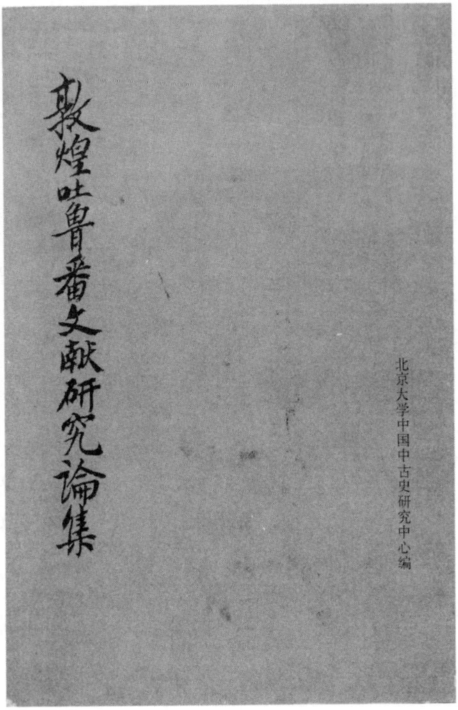

1982年出版的《敦煌吐鲁番文献研究论集》

的大量参与推动下，在中古史中心主任邓广铭教授的支持下，北大逐渐形成一个敦煌学研究的圈子，历史系开设了敦煌学的课程，一些学生也投身其间。北大图书馆专门给了一间研究室，把五百多种中外文敦煌学图书和英藏、法藏及北图藏敦煌卷子的缩微胶卷搬到研究室里供大家使用。在当时那种爱国主义、振兴中华精神的鼓舞下，经过一段艰苦的研究，大概 1980 年就完成一批文章，并严格编选成这本《研究论集》。要知道，在那个时代，哪有钱来出版呢？就在几位先生不知如何是好的时候，中华书局慷慨地答应下来。不过敦煌文献中俗字连篇，而敦煌学著作里又不可能没有英文、法文，甚至各种西域胡语的拉丁转写，这些在当时的排版条件下是很难克服的。于是，就决定雇人清抄，直接制版，因为当时出版的《吐鲁番出土文书》就是手抄的，有些研究古文字的书也手抄出版。结果，原本是研究手抄本的书，本身也变成一个“手抄本”了，当然这个“手抄本”是经过中华书局的精心印刷，而且还用了当时很少采用的精装本。

收入这个“手抄本”的论文，后来大多载入个人文集而排印出版了，但它作为改革开放后出版的第一期敦煌学著作的代表作，今天看来，有其版本学上的价值。而对于我这个 78 级的本科生来说，借着与张广达先生合撰的《关于唐末宋初于阗国的国号年号及其王家世系问题》，得以忝列其间，无比荣光。这是我平生第一篇正式的学术论文，由此它把我规范到敦煌学、西域史的专业领域当中。可能还有一般人所不知道的另一点，就是此文也是由于张先生的原因，被法国学者译成法语，发表在1984年巴黎出版的苏远鸣（M. Soymié）主编的《敦煌研究论集》（*Contributions aux études de Touen-houang*）第3集中，这对于一个初出茅庐的年轻人来说，极其难得，试想当时很少有年轻人的第一篇文章就翻译成了西文出版。1984－1985年我到欧洲游学时，正是靠着这篇法文文章的抽印本来打天下，去拜访剑桥大学的伊朗学教授贝利爵士（Sir Harold W. Bailey），去汉堡大学请教于阗文专家恩默瑞克（R. E. Emmerick），去各国调查敦煌吐鲁番文书流散情况。凡此种种，要感激的人很多，但从我的第一篇文章出版的角度来说，我永远记得中华书局给予的恩惠。

时光飞逝，好像一晃我们这些“文革”后出道的学子现在已经走上前台，且不说单篇文章的发表，我近年来主持的两个敦煌学或中外关系史的会议论文集，都是由中华书局精印出版的，这就是2005年12月出版的我与华澜、张志清合编的《粟特人在中国——历史、考古、语言的新探索》，以及2011年12月我与樊锦诗、林世田合编的《敦煌文献、考古、艺术综合研究——纪念向达先生诞辰110周年国际学术研讨会论文集》。此外，2010年3月四色印刷的我所编《向达先生敦煌遗墨》，完成了周绍良先生等留给我的遗愿，也让人感动，其中台湾“中研院”傅斯年图书馆藏向达书信录文，是核对了中华申请到的图版后才放心付印的。

然而，最让我对中华书局的编辑出版工作有较深体会的是《新获吐鲁番出土文献》的出版。

《新获》是我代表北京大学中国古代史研究中心与吐鲁番学研究院的李肖、中国人民大学国学院的孟宪实两位先生合作的项目，即整理 1997—2006 年出土和征集的吐鲁番文献。由于有前辈学者的榜样，我们的整理工作非常顺利，新获文书的内容也极其精彩，有些文书超出了已经出土的吐鲁番、敦煌文书的范围，具有极高的史料价值。在我们整理的过程中，时任副总编辑徐俊先生既作为出版专家，又作为敦煌学研究的高手，数次参加我们的读书班、定稿会等，提出很多中肯的意见，自始至终关心着我们整理工作的进展，并细致讨论出版上的许多细节。为了做到最好，中华采纳了我们提出来的所有最高要求：八开、铜版纸、彩色印刷、图文对照，大片文书要放在对开的一面上，……前有长篇导言，后加专名索引，琐琐碎碎，一切一切，完全按照我们整理小组的要求来做。还记得，徐俊先生和我最后到京郊的彩色印厂，在那台进口的机器前面逐一打样，调整色彩，最后敲定开印。这部书以精装两册一函面世，从形式到内容，都应当说是目前敦煌吐鲁番文献整理的最佳范例，获得第二届中国出版政府奖，我想这也是当之无愧的。

从“手抄本”的《敦煌吐鲁番文献研究论集》，到彩版精装的《新获吐鲁番出土文献》，既是我个人敦煌吐鲁番研究的记录，更是中华书局出版事业日益进步的体现。中华以它高质量的学术著作屹立在当今林林总总的出版社中间，我感受到的是中华书局编辑们对学术的敬重，以及与学者之间源远流长的友谊。

（2012年2月5日写于香江，原载《中华读书报》2012年2月22日第14版《文化周刊·我与中华书局》专栏。）

从“补史”到“重构”

——敦煌吐鲁番文书与中古史研究

历史研究工作者所面对的文字史料，大略可以分为“原始史料”和“编纂史料”。前者一般是指没有经过人为的修饰而直接留存下来的史料；后者则指经过学者、文人编写的著作、撰写的文章，是经过各种编纂过程的史料。中国历史上留存下来史料非常丰富，而且种类繁多，但明清以前，真正的“原始史料”却十分缺乏。

在我们所说的“编纂史料”中，有纪传体的正史，有编年史、政书、地志、行纪、谱牒等等，这些史料应当说是提供给今天的人们认识历史真相的主要依据，但也不能不承认有些史料有其自身的偏见和倾向。比如中国官方史家站在“天朝大国”的立场上，往往对周边民族和国家采取蔑视的态度，因此也就没有对其做详细的记载，而是放在“四夷传”中，用简洁的笔墨略加记录，文字有的不如中原人物的一篇传记；而且所记内容也是从中原的立场出发，重点在人口、兵员、至中原都城的里程、土产和朝贡情况，都是从中原王朝加以控制的角度和朝贡制度方面加以记载；对于该王国、部族的语言、民俗、宗教信仰、典籍文化等等，往往付之阙如。经行西域地区的一些僧人传记，比如玄奘的《大唐西域记》，在某些方面可以弥补正史的缺陷，但玄奘是一位信仰大乘佛教的僧侣，所以对于西域小乘佛教王国的信仰与教义不屑一顾，对于信奉非佛教的婆罗门或琐罗亚斯德教徒，更是加以斥责，可以说没有留下详细的或准确的记载。

当后现代思潮来临之际，传统史料的可信度受到质疑，更有甚者，认为依据传统史料所做的史学研究都是不可信任的。虽然这些说法并不能颠覆已经建立的史学大厦，笔者也不赞同这样的看法。但毕竟传统史料有其不可弥补的缺陷，是经过“作者”们从不同的角度加以“选材”而加以“撰写”出来的。

相对而言，敦煌莫高窟藏经洞和吐鲁番盆地各个遗址发现的文书和文献就显现出其自身的价值。但并不是说新发现的就是第一手资料，敦煌吐鲁番文献构成也是非常复杂，需要仔细加以区分的。在敦煌吐鲁番文献中，传抄的典籍、单篇的僧传、德政碑、邈真赞、墓志、发愿文，以及纪实性的变文、词曲等，都属于编纂史料，是人们有意而为之的文字。与此同时，敦煌吐鲁番文献中还有一大批属于狭义的“文书”材料，如朝廷颁下的敕书、各个官府部门之间往来的牒状、各种功能的官文书、官私书信、民间契约、杂写、学童习字等等，都是没有经过人为修饰的“原始史料”，异常珍贵。

面对陆续发现和公布的敦煌吐鲁番文书，学者们在很长一段时间里的研究取向，是利用这些文书来“补史”、“证史”，比如利用《常何墓志》来补说玄武门之变，用计账、户籍、手实来论证北朝隋唐的均田制度，用府兵番上名籍和征镇名籍来研究府兵制到募兵制的过渡，以及从行军制到镇军制的转换，如此等等，总体的思路是用敦煌吐鲁番文书来补正中原的制度史和唐朝的政治史。

今天，我们从另一个角度来看，由于中国传统士大夫的关注点不同，所以历代的“编纂史料”主要记录的是政治史和制度史，从社会阶层上来看，主要是社会上层人物的历史，而且是男性社会的历史，而缺少反映社会其他阶层、女性以及边疆族群的材料。敦煌吐鲁番文书产生于地方社会和边疆地区，因此留存了比较多的包括下层、女性、少数族群的“原始材料”，为我们今天研究社会史、女性史、边疆民族史、儿童史，以及环境史、疾病史等许多方面提供了鲜活的材料，而且这些材料没有经过任何人的“编纂”，可以让今天的学者避开传统史家的误导，直接观察当时事件发生的情形，从原始档案来撰写史学文章。

吐鲁番文书有许多来自阿斯塔那的墓葬，这些墓葬出土的文书，除了衣物疏、契约和一些特殊文本为有意埋藏的文书外，大多数都是作为制作丧葬品的用纸而留存下来的。这些用纸往往因为死者或其家属成员的关系，集中得到某个官府或私人的废弃文书，又集中二次利用而埋入墓中。这样就给今人留下一批主题内容相对集中的材料，可以仔细观察唐朝西州社会的某个方面。李方《从史玄政的一生看高宗、武则天时期昭武九姓胡人的生活状况》一文，就是利用吐鲁番阿斯塔那 35 号墓出土的一组文书，描绘出史玄政这位出身异族的乡间小吏各个方面的生活情景[①]。韩森（Valerie Hansen）《传统中国日常生活中的协商：中古契约研究》一书中，也利用一组契约和衣物疏、墓志铭，展现了西州折冲府卫士兼放高利贷者左憧熹的生平，以及通过契约与之相关的社会网络[②]。

吐鲁番阿斯塔那第 506 和 509 号墓都是属于张氏家族的墓地，其出土文书非常丰富，可以帮助我们了解唐朝西州天山县乡里社会的一些面貌。我们知道，天山县位于吐鲁番盆地的西南境，向南越过天山，就进入塔里木盆地的西域绿洲国家，是唐朝初年直辖州县的最西境，所以这组

① 文载季羡林等主编《敦煌吐鲁番研究》第 4 卷，北京大学出版社，1999 年，265–286 页。

②V. Hansen, *Negotiating Daily Life in Traditional China. How Ordinary People Used Contracts 600-1400*, New Haven and London: Yale University Press 1995, pp. 33–39；鲁西奇汉译本，江苏人民出版社，2009 年，31–37 页。

文书益显珍贵。这组文书的核心史料是509墓出土的《唐西州道俗合作梯蹬及钟记》，文字如下：

（前缺）腹。县令王□（韶?）、丞王□等，□□□□□□（主）簿马琼、尉卫综、阮玉等，寮彩（采）咸斯水镜，群司仰其朱绳。清风入百姓之怀，令誉传耆旧之口。衙官将军赵献璋、张承晖、王休升等，溢气雄图，怀奇妙略，行资孝悌，文翰芳猷。乡官折冲张无价、中郎麴淑、张景阳、曹玄仲、张游鹤、麴嘉忠、麴从一、麴琦、杨雅俗、马龙、竹楷、麴惊等道门领袖，助施虔诚。大德僧清朝、惠超、法朗、明远、惠想、法善等法主桥梁，常行不二。道门威仪氾栖霞、链师阴景阳等道体清虚，逍遥物外。当观道士张真、张岩、范仙、苏虚、申屠甚、康鸾、苏熹、索名等仰凭四辈，共结良缘，不惮劬劳，作斯梯蹬。观主张驾鹤龀岁参玄，龆年入道，真元湛寂，抱一无亏，建造鸿钟，救拔黎庶。闻声者九幽罢对，息向者六府停酸。俱沐此恩，咸登乐道。（道教符箓）①

这是宝应元年（762）和大历四年（769）间的天山县某道观的道士们为了建造一口鸿钟和大概是钟楼的梯蹬所

① 唐长孺主编《吐鲁番出土文书》图录本第肆册，文物出版社，1996年，335页。

写的一篇记录，前面是对天山县县令及属下丞、主簿、尉及衙官将军等人的颂词，以下依次赞颂乡官折冲张无价、中郎麹淑等道门领袖，清朝、惠超等大德僧人，以及道门威仪氾栖霞、链师阴景阳等，最后记当观道士张真等作梯蹬，观主张驾鹤造鸿钟之事。这里罗列的张氏、麹氏、曹氏、杨氏、马氏，都是高昌国到唐西州时期的地方大姓，显然是乡里社会控制力的把握者。

其中的领袖人物显然是张无价，他出身南阳张氏，是高昌国王后张太妃和大臣张雄的后裔。根据509号墓出土的《唐西州天山县申西州户曹状为张无瑒请往北庭请兄禄事》和506号墓出土的《唐天宝十载（751）张无价告身》，张无价在天宝十载以前曾任“行官、昭武校尉、行左领军卫敦煌郡龙勒府右果毅都尉、员外置同正员”，这是他的员外官，实职是北庭乾坑戍主，但是在开元十七年（729）被安西节度使吕休琳奏充四镇要籍，在安西四镇效力[①]。天宝十载，因在安西四镇平石国及破九国胡并背叛突骑施等的战役中立功，改任“游击将军、守左威卫同谷郡夏集府折冲都尉、员外置同正员”。后来以员外官的折冲衔致仕，回乡后著籍为天山县人，担任具有社会地位而没有职事的“乡官”，号称“乡官折冲”，是地方绅士一类的人

①《吐鲁番出土文书》图录本第肆册，334页；《吐鲁番出土文书》图录本第肆册，392—393页。

物。他信奉玄宗大力推崇的道教，因此成为出身地方豪族的道门领袖。他卒于大历四年（769）。有意思的是，这位道门领袖的女儿却出家为尼，法名法慈，任马寺的上座[①]。她主持其父的葬仪，按道教的方式写了《买阴宅地契》，将其父安葬在高昌城北的祖茔当中[②]。其弟张无瑒为前安西都护府流外官，应当也是天山县的一方人物。

在以下的道门领袖中，以麹氏人物最多，他们显然出自高昌王国的王族麹氏。根据吐鲁番出土文书、墓志、碑铭，麹氏并未因高昌国的灭亡而衰落下去。贞观十四年（640）唐朝虽把高昌王掳到长安，但不久就派其弟麹智湛出任西州都督，因此麹氏在高昌的势力一直存续下来。麹氏原本是高昌地区佛教的有力支持者，但是到了唐朝中叶，他们也接受了新王朝的洗礼，变成道门领袖。

另一位张姓人物张游鹤，又见于《唐西州道俗合作梯蹬及钟记》文书的正面所写的《宝应元年（762）康失芬

①《吐鲁番出土文书》图录本第肆册，559—562、575—579 页。参看町田隆吉《唐西州马寺小考——八世纪后半の一尼寺の寺院经济をめぐつて》，《驹泽史学》第 45 号，1993 年，167—194 页。

②《吐鲁番出土文书》图录本第肆册，395 页。关于张无价墓，参看 V. Hansen, *Negotiating Daily Life in Traditional China. How Ordinary People Used Contracts 600-1400*, p. 159；鲁西奇汉译本，150 页。

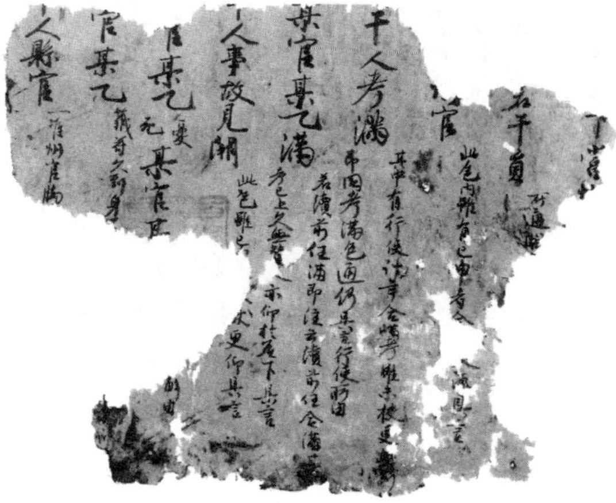

2004TBM207:1–3

一〇　唐調露二年（六八〇）七月東都尚書吏部符爲申州縣闕員事

本組文書出自墓室。係由2004TBM207:1-3和2004TBM207:1-7+2004TBM207:1-11g兩件綴合而成。鈐有朱文印六處，印文爲「東都尚書吏部之印」（5.2×5.2cm）。其中兩處鈐於2004TBM207:1-3正面，所鈐位置文字殘缺，鈐印原因不明；三處鈐於2004TBM207:1-7+2004TBM207:1-11g正面，鈐在「尚」、「及」兩個改正之字及日期處；2004TBM207:1-7紙背騎縫還鈐有一處，並有「己」字押署。魏求己見唐劉肅大唐新語及唐林寶元和姓纂，高宗時任吏部員外郎。參見史睿唐代前期銓選制度的演進，歷史研究二〇〇七年第二期；唐調露二年東都尚書省吏部符考釋，敦煌吐魯番研究第一〇卷（二〇〇七年）。

（前缺）

1 下當州
2 若干員所通闕色
3 州官此色內雖有已申者，今狀更須具言。
4 干人考滿其中有行使計年合滿，考雖未校，更無別狀，即同考滿色通，仍具言行使所由。
5 某官某乙滿若續前任滿，即注云：續前任合滿。其四考已上，久無替人，亦仰於名下具言。
6 干人事故見闕此色雖已申者，今狀更仰具言。
7 官某乙夔、死　某官某乙解由。
8 官某乙籤符久到，身不某州
9 干人縣官一准州官脚
10 □

《新获吐鲁番出土文献》内文书影

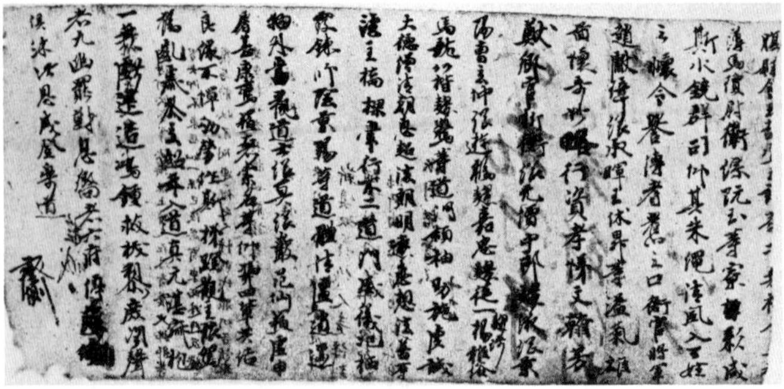

吐鲁番阿斯塔那 509 墓出土《唐西州道俗合作梯蹬及钟记》

行车伤人案卷》。这是有关粟特胡人史拂那男金儿和曹没冒女想子在张游鹤店门前坐着玩要时，被处蜜部落百姓康失芬辗伤一事的案卷文书[①]。“张游鹤店”显然是张游鹤经营的某种店铺，位于城南门口交通要道的位置，表明他必为当地殷实人家。张游鹤与主持建造鸿钟的观主张驾鹤只有一字之差，按照汉人起名的习惯，两人应是兄弟行，一个人在家植业，为当地道门领袖；一个人入道为观主，

①《吐鲁番出土文书》图录本第肆册，329 页。

为出家道士，一观之主。由此可见，张驾鹤也出自富裕人家。

杨雅俗见506墓出土的《唐天宝七载（748）杨雅俗与某寺互佃田地契》，因为他要寄住南平城，所以把在高昌郡城樊渠的一块四亩的田与在南平城南某寺的一块三亩的田互换耕种[①]，表明他是土地拥有者，时年二十四岁。文书的保人之一是他的兄长杨处俗。从兄弟二人的名字来看，当出士人家庭。

竹楷全名竹真楷，又见于509墓出土的《唐某人与十郎书牍》，其中提到“当城置城主四、城局两人、坊正、里正、横催等在城有卌余人，十羊九牧”，竹真楷的文状这些地方小吏不肯署名[②]。视其语气，竹楷必为当地有势力者。506墓出土的《唐天宝十三载（754）杨晏租田契》的田主名叫竹玄果[③]，同墓出《唐至德二载（757）杨晏租田契》的田主名叫竹玄过[④]，可能都出同一竹氏家族。

此外，道士申屠甚又见509墓出土的《唐书牍稿》，其中称：“昨日索隐儿去，附乾元钱一千，还七娘子、申

①《吐鲁番出土文书》图录本第肆册，567页。
②《吐鲁番出土文书》图录本第肆册，336页。
③《吐鲁番出土文书》图录本第肆册，569页。
④《吐鲁番出土文书》图录本第肆册，572页。

屠（即申屠甚）边钱。”[①] 也表明这位道士颇有财力。

把这些关联的人物串连到一起，利用这些相关的文书，可以勾勒出开元到大历年间，西陲的天山县地域社会的某些情景：官府需要利用地方大族来控制乡里社会，这些大族大多来自高昌的传统世族，包括高昌国王族和后族麹、张二姓，可见豪族在当地所建立的威望一时半会儿难以消弭。而这些豪族也适应新王朝的政治理念和宗教信仰，佛教之外，更皈依道教，并利用宗教来整合地方势力。从最能反映真实想法的书信内容来看，这些豪族乡官对于里正、坊正等地方小吏，并不放在眼里，他们实际是地方社会的掌控者。这些豪族还拥有强大的经济势力，除了土地之外，作为丝绸之路城市，还开店经营商业，其所控制的民众也包括经商的粟特人、游牧的突厥系民众，这些少数族群作为唐朝的百姓，在不小心出了车祸时，也完全遵从唐朝法律的判决。原始的官私文书，为我们“重构”了一幅丰富多彩的唐朝边陲地域社会的风景画，实在难得。

利用敦煌吐鲁番文献来研究历史，也可以让我们真切地体会到“编纂史料”和“原始史料”的不同，我们可以举有关归义军节度使张淮深的记录为例。

在中和二年（882）敦煌官府为其节度使张淮深所立

①《吐鲁番出土文书》图录本第肆册，337 页。

的《敕河西节度兵部尚书张公德政之碑》(以下简称《张淮深碑》)中，称颂张淮深："屯戍塞天骄飞走，计定郊陲；斥候绝突骑窥窬，边城缓带。兵雄陇上，守地平原，奸宄屏除，尘清一道。加授户部尚书，充河西节度。"① 同样是敦煌文人所撰写的《张淮深变文》(P.3451)，记张淮深（尚书）擒获回鹘部众后，上报朝廷，唐朝皇帝"乃命左散骑常侍李众甫、供奉官李全伟、品官杨继瑀等上下九使，重赍国信，远赴流沙，诏赐尚书，兼加重锡"②。虽然编纂史料称张淮深早就在自己统治的境内称"河西节度使"了，但据《光启三年（887）沙州进奏院状》(S.1156)的原始文书所记：

进奏院状上：

当道三般专使所论旌节次第逐件具录如后：

右伏自光启三年二月十七日，专使押衙宋闰盈、高再盛、张文彻等三般同到兴元驾前。十八日，使进奉。十九日，对。廿日，参见四宰相、两军容及长官，兼送状启信

①荣新江《敦煌写本〈敕河西节度兵部尚书张公德政之碑〉校考》，原载《周一良先生八十生日纪念论文集》，中国社会科学出版社，1993年；此据《归义军史研究——唐宋时代敦煌历史考索》，上海古籍出版社，1996年，404页。
②黄征、张涌泉《敦煌变文校注》，中华书局，1997年，191—192页。

物。其日面见军容、长官、宰相之时，张文彻、高再盛、史文信、宋闰盈、李伯盈同行□定，宋闰盈出班，祉对叩击，具说本使一门，拓边效顺，训袭（习）义兵，朝朝战敌，为国输忠，请准旧例建节，廿余年，朝廷不以（与）指撝，今因遣闰盈等三般六十余人论节来者。如此件不获，绝商量，即恐边塞难安，专使实无归路。[1]

据此，我们得知这个“河西节度”至少到光启三年时，并没有得到唐朝的认可。另一种编纂史料《归义军节度使检校司徒南阳张府君（淮深）墓志铭》（P.2913 — 2）说：“乾符之政，以功再建节旄，特降皇华，亲临紫塞，中使曰宋光廷。”[2] 据《光启三年进奏院状》，乾符年间（881-885）根本没有“再建节旄”之事。据日本京都有邻馆所藏一件敦煌文书后的杂写文字：

旌节：文德元年（888）十月十五日午时入沙州，押节大夫宋光庭，副使朔方押牙康元诚，上下廿人。十月十九日中馆设后，廿日送。[3]

① 荣新江《归义军史研究——唐宋时代敦煌历史考索》，187 页。
② 同上书，185 页。
③ 同上书，191 页。

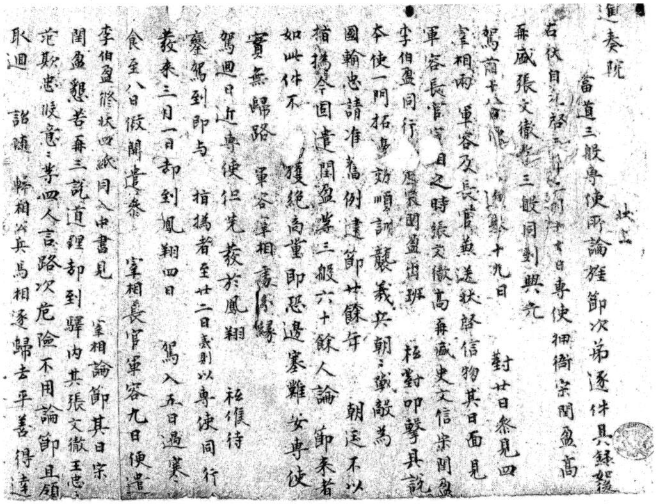
進奏院　狀上
當道三般專使所論旌節次第逐件具錄
右伏自去年八月十七日專使押衙宋閏盈高
再盛張文徹等三般同到興元
駕前十八日到　　　　　鳳翔十九日
對廿日參見四
宰相兩軍容及長官兼遂狀啓信物其日面見
軍容長官宰相之時張文徹高再盛史文信宋閏盈
李伯盈同行　宋閏盈出班　祗對叩擊具說
本使一門拓邊效順訓襲義兵朝朝戰敵為
國輸忠請准舊例建節廿餘年　朝廷不以
指撝今因遣閏盈等三般六十餘人論節來者
如此件不獲絕商量即恐邊塞難安專使
實無歸路　軍容宰相處分緣
駕迴日近專使但先發於鳳翔　祗候待
鑾駕到即與　指撝者至廿二日夷則以專使同行
發來三月一日却到鳳翔四日　駕入五日遇寒
食至八日假開遣參　宰相長官軍容九日便遣
李伯盈修狀四紙同入中書見　宰相論節其日宋
閏盈懇苦再三說道理却到驛內共張文徹王忠
忠范欺忠段意意等四人言路次危險不用論節且領
取迴　詔隨　帖相公兵馬相逐歸去平善得達

《光启三年（887）沙州进奏院状》（S.1156）

我们才得以知道张淮深是在文德元年十月中旬，最终得到朝廷授予的归义军节度使节旄。但好景不长，一年多以后，沙州兵变，张淮深一门遇害。

因此，我们对比《张淮深碑》《张淮深墓志铭》和敦煌当时的官私文书，可以知道《碑》和《墓志铭》所记有关张淮深作为沙州首领，率领军民在西北地区与周边部族打拼的情况基本不误，但如上所述，其中有关张淮深早就是河西节度使的说法，显然与史事不符。如果没有原始文书的留存，我们无法厘清这段复杂的晚唐归义军的历史。

21世纪敦煌吐鲁番研究要迈出新的步伐，不能仅仅停留在前人提倡的“补史”、“证史”的老路上，还应当充分利用敦煌吐鲁番文书的特征，“重构”新的历史篇章。

（2014年12月7日完稿，原载《中国高校社会科学》2015年第2期，75-79页。）

从《讲座敦煌》到《敦煌讲座》

1. 引言

《敦煌讲座》书系是2009年开始启动的一套学术丛书，由柴剑虹、郝春文、张涌泉、郑炳林和我组成的编委会负责约稿、审稿等工作，由甘肃教育出版社负责出版。今年9月底，本套书系将会编纂完毕，现在恰逢“中国敦煌吐鲁番学会成立三十周年国际学术研讨会”隆重召开，在这里，我谨代表编委会，报告一下这套书系的编纂缘起、成果和意义，当作对最近三十年中国敦煌学研究的一份厚礼，应当说也是《敦煌讲座》的作者们共同的心意吧。

2.《敦煌讲座》总序

位于河西走廊西端的敦煌，曾经是游牧民族驰骋的舞台，也是中原王朝的边镇和经营西域的基地，更是东西文化交往的丝路重镇，蕴涵着多元文化。公元 4 世纪开始开凿的敦煌莫高窟，迄今仍保留大量的洞窟、塑像、壁画，而在莫高窟第 17 窟藏经洞发现的大量写本和绘画等，数以万计，内容丰富多彩。

敦煌石窟的美术作品和藏经洞的各种语言文字的文献，构成了百年来敦煌学研究的基本资料，加上周边石窟、简牍、墓葬出土文物，敦煌学研究的内涵并非仅仅限于敦煌。敦煌学研究的范围，涉及宗教、思想、历史、考古、语言、文学、美术、科技等等许多学科，利用敦煌保存的材料，学者们对于这些学科的研究构成了现代学术的一个新兴的分支学科——“敦煌学”。

20 世纪 20—30 年代，中国学界有的学者把敦煌学看作是一部伤心史，陈寅恪先生虽然不太赞同这种说法，但也指出当时中国研究敦煌学者不过三数人而已，且“罕具通识”。历史的车轮转到 21 世纪初，中国敦煌学已经有了长足的进步，成果涉及多个领域，可谓蔚为大观。

然而，敦煌学越是深入发展，也有着题目越来越小、视野越来越窄的倾向。敦煌学的成果越来越多，有自己的刊物和专题会议，与学界其他领域的沟通也受到一定程度的影响，外界面对如此庞大的敦煌学研究成果，即使想略知一二，也不知从何下手。这样的倾向其实严重影响着敦煌学的发展和进步。

在 21 世纪，敦煌学的发展不仅仅要追求新材料，还要向其他学科学习，进一步更新方法，思考新问题。

我们发起编纂《敦煌讲座》书系，就是希望利用集体的力量，来撰写一套敦煌学各个分支领域的通论性著作，体现百年来国内外敦煌学各个学科的研究成果，代表中国敦煌学研究的整体水平。这套书的作者队伍以中青年敦煌学研究者为主，希望新人写新书，把相关领域的敦煌学研究水平系统地呈现出来。每本著作既是作者对某一领域研究的代表作，又是能够让敦煌学领域外的人阅读、参考的读物，可以引导读者进入敦煌学的相关领域。

日本学者在 20 世纪 80 年代曾出版过 9 本一套的《讲座敦煌》丛书，主要以不同类别的文献为基础，对敦煌学的材料做了通论性的阐述。现在 30 年过去了，各国收藏的敦煌文献资料基本上刊布于世，敦煌石窟的图像资料也比较容易见到了。因此，我们编纂的《敦煌讲座》书系，力图区别于传统的敦煌文献研究，希望以跨学科的研究方法，从文献到历史，从文献到艺术，从文献到各个领域，把敦煌文献与历史、艺术等学科中的某个专题结合，把敦煌学的基础知识用新的方法、新的脉络串联起来，用新的视角，来阐述敦煌学的各个方面。

敦煌学博大精深，在某些方面我们做得还远远不够，《敦煌讲座》书系可以说是我们努力的一个阶段性成果，我们期待今后敦煌学的新人谱写更加美好的篇章。

3.《敦煌讲座》书系总目

按照最初的计划，总共有 32 本著作列入《敦煌讲座》书系，虽然我们力图全面反映敦煌学研究的方方面面，但根据作者队伍的情况，我们也不强求圆满。我们希望这套书系既能比较全面、系统地反映敦煌学各个学科的研究成果，又突出敦煌学在中国学术之林中的一些特色。我们以为，《敦煌讲座》书系中的每本著作，代表着敦煌学的一个方面；而每位作者，也力求成为这个方面研究的代表人物。

以下是《敦煌讲座》书系的全目，略依内容粗分为三组，但由于我们强调跨学科研究，所以分组只是相对的。每本书的排列顺序，也是大致依据内容、时代为序，无高低、轻重之分。书名、作者之后，括附作者所属单位。总共 39 位作者，都是目前活跃在敦煌学各个领域的中坚；22 个单位，大体上涵盖了中国敦煌学研究的各个中心。

（1）历史、地理、社会方面

《敦煌历史地理》，郑炳林、李军著（兰州大学、西北大学）

《敦煌与丝绸之路》，荣新江著（北京大学）

《河西汉简与敦煌社会》，张德芳著（甘肃简牍博物馆）

《敦煌的佛教与社会》，郝春文、陈大为著（首都师范大学、上海师范大学）

《敦煌民众的群体生活》，孟宪实著（中国人民大学）

郝春文、陈大为《敦煌的佛教与社会》书影

赵声良《敦煌石窟艺术总论》书影

张涌泉《敦煌写本文献学》书影

《敦煌的医疗与社会》，陈明著（北京大学）

《敦煌的吐蕃时代》，陆离著（南京师范大学）

《敦煌的归义军时代》，冯培红著（兰州大学）

《敦煌与粟特》，毕波著（中国人民大学）

《回鹘与敦煌》，杨富学著（敦煌研究院）

《于阗与敦煌》，荣新江、朱丽双著（北京大学）

《敦煌三夷教与中古社会》，姚崇新、王媛媛、陈怀宇著（中山大学、亚利桑那州立大学）

（2）考古、艺术、文学、文物方面

《敦煌石窟艺术总论》，赵声良著（敦煌研究院）

《敦煌佛教与石窟营建》，王惠民著（敦煌研究院）

《敦煌藏传美术》，谢继胜著（首都师范大学）

《敦煌佛教文学》，郑阿财著（南华大学）

《敦煌文学总论》，伏俊琏著（西北师范大学）

《敦煌变文》，李小荣著（福建师范大学）

《敦煌丝绸》，赵丰、王乐著（中国丝绸博物馆、东华大学）

《敦煌的博物学世界》，余欣著（复旦大学）

《敦煌考古与文物流散》，王冀青著（兰州大学）

（3）文献、经典、写本学方面

《敦煌写本文献学》，张涌泉著（浙江师范大学）

《敦煌写本书籍史与知识传播》，史睿著（北京大学）

《敦煌经部文献与中古经学》，许建平著（浙江大学）

《敦煌诸子文献与汉唐社会》，朱大星著（浙江大学）

《敦煌书仪与礼法》，吴丽娱著（中国社会科学院历史研究所）

《敦煌文献与中古教育》，屈直敏著（兰州大学）

《敦煌道教与民间信仰》，刘永明著（兰州大学）

《敦煌佛典的流通与改造》，林世田、杨学勇、刘波著（国家图书馆、山西师范大学）

《敦煌道经与中古道教》，刘屹著（首都师范大学）

《敦煌占卜文献与社会生活》，王晶波著（兰州大学）

《敦煌文献避讳研究》，窦怀永著（浙江大学）

这套书系是新闻出版总署“十二五”国家重点图书出版规划项目，经过多年的努力，今年 9 月底编纂工作将会告竣，第一批书稿即可面世。按照新闻出版总署的规定，今年 12 月底之前，所有书稿必须出版完毕。

4. 致谢

当今社会是个高速运转的社会，丰富多彩，每个人都像被绑在战车上一样，跟着社会的步伐快速运转。因此，组织这样一个大的项目，动员这样多的人员参加，十分不易。我在此代表编委会，感谢各位作者四年来的辛勤劳动，感谢各位对这项事业的积极参与，感谢各位的努力奉献。同时，我们也要感谢中国教育出版传媒集团黄强先生，甘肃教育出版社王光辉总编、薛英昭副总编，以及负责不同书稿的整个编辑团队，他们为这套书系的高质量出版，付出了辛勤的劳动。最后还要感谢新闻出版总署以及兰州大学“985 工程”敦煌学哲学社会科学创新基地在出版经费上给予的资助。

敦煌是美丽的，我们相信《敦煌讲座》也将成为 21 世纪初一道美丽的风景线。

（2013 年 8 月 4 日完稿，原载《中国新闻出版报》2015 年 2 月 12 日第 17 版。）

敦煌学研究的里程碑之作

——评《英藏敦煌社会历史文献释录》(第1—15卷)

从1900年敦煌藏经洞文献被世人发现算起，至今已有一百多年了。早年的敦煌学文献整理研究，是一种“挖宝式”的研究，谁有条件去伦敦、巴黎，谁就抄回来一些发表，可以说不存在对整体敦煌文献进行大规模学术整理的基础。因此，百年间敦煌文献的研究成果是陆陆续续发表出来的，大多数是根据作者的研究方向，分类校录出版的，如变文、曲子词、韵书、社邑文书、户籍、契约、医药文献、天文历法、禅宗典籍等类文献，陆陆续续整理出来，内容不算完整。到目前为止，英、法、俄、中四大馆藏的敦煌文献基本都已影印出版，有的还有数字化的高清图片上网，一些比较重要的零散收藏，如日本大阪的杏雨书屋所藏原李盛铎旧藏敦煌写本，也都在近年来出版。因此，敦煌学界理应产生大规模的、具有传世性的文献整理著作了。

首都师范大学历史学院的郝春文教授，多年来致力于敦煌学研究，他策划、编著了一套《英藏敦煌社会历史文献释录》，按馆藏原编号顺序一一进行整理校录，收录了英国所藏敦煌文献中除佛教文献之外的完整社会经济等各类文献，目前已经出版了第1-15卷，其全部出齐，必将成为敦煌学界贡献给整个学术界的重要成果。

从已经出版的15卷来看，有这样几点值得表彰。

首先，敦煌文献跟其他古籍文献不一样的地方在于，除了少量的刻印本外，基本上是写本文献。除经、史、子、集外，写本文献中公私文书、历日、杂写等无所不包，这些内容是我们传统版本校勘学所没有的，对其整理必须新创体例。我们看到，这套书的《凡例》用了将近一千八百字，释文格式、逆书、行间文字如何释录等交代得清清楚楚，不少条例都为写本文献的编校开了先河。而写本文献校勘释录方法的创新，实质上也是一个写本学的建立与创新过程，是古文书研究的重要推手。《英藏敦煌社会历史文献释录》为写本学的发展做出了贡献。

其次，《英藏敦煌社会历史文献释录》的编纂，抓住了敦煌文献整理的最佳时期。20世纪90年代，从英藏文献开始，敦煌学界和出版界对海外敦煌文献进行了高清图录和大型图片书籍的出版，从此我们能够清楚地看到先辈留给我们的文化遗存。还记得那个年代，上海古籍出版社用他们自己的财力，“一拍一美金”，拍下了俄藏敦煌文献，对俄藏敦煌文献的“回归”做出重要贡献。然而，高清图录和国际敦煌项目提供的数字化文献并不能代表一切。要了解文献全貌和真相，中国学者必须远渡重洋，亲身去看文献。郝教授的团队做到了这一点，将存疑内容与文件原件进行比照，保证了内容的准确性。过去我们的敦煌文献整理没办法赶上日本学者，现在我们可以说，我们不仅在数量，而且在质量上超过了他们。这套书籍以及相关学术成果，让我们有信心交给学术界品评。

最后，这套书籍的出版过程不仅是文献整理的过程，也是人才培养的过程。通过国外学术界盛行的“读书会”的方式，这套书的编纂吸纳了每一个参与人的意见，也让参与文献整理的硕士研究生、博士研究生在教学相长中得到了学术锻炼。作为本书编委，我参与了初稿的审读。从1-15卷的样书来看，整理的质量是越来越好。早些年，我也曾赴海外抄阅敦煌文献，并给每一卷敦煌文书做了“卡片”，卡片上记录着每个编号下不同内容的研究成果。细心的读者会发现这套书的最初几卷，参考文献中有一些画了“R”的圈，这些文献是来自我的卡片。但是随着卷数的增多，我的贡献痕迹越来越少，相关的参考文献也越来越多。可以说，郝教授团队的工作越来越细，整理水平已经超越了前人。

我与郝教授交往多年，深知他是在用毕生的时光来“书写”这套大书。他常说，人们对待工作有三种态度：

一是作为谋生手段，二是当做事业来做，三是将其视为自己的生存方式。而第三种态度是各领域、各行业达到顶级水平，所应该采取的态度。就写书这一“行当”来说，第三种方式就是用生命写书。真正好的作品，能够传世的作品，往往都是用生命写出来的。我希望，这套精心整理出来的《英藏敦煌社会历史文献释录》，也能因为质量过硬而成为传世之作。

（《光明日报》记者韩寒依据发言记录整理而成，原载《光明日报》2018年10月28日第5版。）

抓住时代机遇　推进敦煌研究

作为改革开放以后成长起来的敦煌学研究者，作为《敦煌研究》编委会委员，多年来我对于敦煌研究的发展十分关注，对《敦煌研究》这个刊物也十分热爱，希望《敦煌研究》这方敦煌学的重镇能够开拓领域，再创辉煌。

2018 年的今天，我们如何定位敦煌研究，我想既有机遇，又有困难，也有希望。

机遇之一，是国家提出“一带一路”的倡议，全社会都对古代丝绸之路充满了兴趣，各行各业都需要补充丝绸之路的相关知识。敦煌，是丝绸之路的重镇，是丝绸之路上的咽喉之地，敦煌石窟是丝绸之路上的明珠，敦煌藏经洞文献是反映丝绸之路上人类文明珍贵遗存的最佳资料。因此，推进丝绸之路的研究，必然带动敦煌研究的进步。

机遇之二，是国家人文社会科学发展中对敦煌研究的重视，樊锦诗前院长作为中国历史考古学界的代表，参加了 2016 年 5 月 17 日习近平总书记主持召开的哲学社会科学工作座谈会，提出了包括敦煌学在内的人文社科发展规划，引起人文社科许多学科乃至一些相关政府部门对于敦煌研究的关注，如外交部、文化部、教育部、国家文物局、中国艺术研究院纷纷召开会议，探讨敦煌学发展与其他学科的关系，努力共同促进的敦煌研究的发展。

机遇之三，是目前敦煌研究的材料已经全方位公开，海外所藏敦煌文献的主要部分都以清晰的网络图片和彩色图录形式公布出版，敦煌石窟也正在以数字化高清图片形式陆续公布，敦煌石窟的考古报告已经开始正式出版，许多分类的敦煌图像研究也陆续面世。这些材料的公布，推进了各个方面对敦煌研究的关注，掀起了敦煌研究全方位的行动，从各个方面投入敦煌研究的人也越来越多。

但是，在表面繁荣之后，敦煌研究也面临一些困难。

困难之一，是现在学界比较浮躁，许多学者热衷于参加各种学术会议，而许多学术会议的论文都不是新文章，而是已经发表的文章、一稿多投的文章，甚至是炒冷饭的文章，表面上学术非常繁荣，而实际上内容大大缩水。

困难之二，是与改革开放之后的一段时间相比，现在的敦煌研究队伍中，专心投入、一心向学的高水平人才相对较少。敦煌研究队伍人数的总量并不少，但在敦煌研究、丝绸之路研究总体需求大大增加、需要大力发展的当今时点上，我们所能看到的能够担当大任、撰著大著、推出传世之作的突出人才却不多。

困难之三，是敦煌学自身走向“碎片化”的研究，近年来发表的敦煌研究论著中，有许多单篇文献的校勘，敦煌小人物的细致探讨，极力强调中国是敦煌学中心，这些做法都不利于敦煌学的发展，不利于敦煌学的国际化。而我们所需要的有关敦煌学理论的探讨，敦煌学宏观论著却很缺乏。

希望在哪里？

希望之一，我们要努力培养人才，要培养十年、二十年以后的人才，培养优秀的人才。敦煌研究院老一代学者的培养人才方式，也就是一对一的以老人带新人的办法，其实也是许多高等院校出人才的好办法，应当努力实施。应当加强与高等院校的合作，比如利用敦煌研究院的博士后工作站，让一些对敦煌学有热情、对本专业有根基的年轻学者到敦煌去接受培训，甚至敦煌研究院可以考虑建立像北京大学人文社会科学研究院、浙江大学高等研究院的方式，加大对青年学子的引领和培训。

希望之二，《敦煌研究》已经是一个在敦煌研究中具有相当权威地位的刊物，是敦煌学的核心期刊，是敦煌学人心目中的一面旗帜，大家都以在《敦煌研究》上发表论文为荣，因此我们拥有大量的作者、读者，我们有非常充裕的稿源。但是在此基础上，我们需要把门槛标高，对于“碎片化”的小论题、小文章，要敢于退稿；我们要主动组稿，要发表大文章，必要时发表长文章，为此甚至不惜改变目前的版式，可以通栏排版，也可以竖排；每年需要动员一些敦煌研究领域有所成就的各方面的“大家”，撰写推进敦煌某一领域研究的重头文章。

希望之三，是敦煌学内涵现在已经有所扩大，在汉简等方面有所扩展，栏目也有所增加。但我们不应当满足于此，而且要主动开拓一些把握学术命脉的专题栏目。当年《敦煌研究》是中国石窟寺研究的引领者，不论龙门、云冈、大足的研究，都拿到我们这里来发表，这个方面仍应继续下去。今天，我们也应当是“丝绸之路考古与艺术”的排头兵，这个题目是原平山郁夫丝绸之路研究所英文刊物的名字，我借用来想说的是，*Silk Road Art and Archaeology* 已经停刊，我们《敦煌研究》应当接过“丝绸之路考古与艺术”这个旗帜，推进丝绸之路研究，大力发展与敦煌研究相结合的丝路研究。

时间关系，我就讲这些，不当之处，请大家指正。

（本文原是 2018 年 11 月 19 日在“敦煌研究发展研讨会”上的发言稿，载《敦煌研究》2018 年第 6 期，140-141 页。）

改革开放以来的中国敦煌学

20世纪70年代末、80年代初，中国走出“文革”，进入改革开放的新时代。中国学术百废待兴，大学重新招生，研究机构征聘新人，新的学术刊物纷纷创办，储存多年的中国学者的能量得到生发。借助新时代的东风，中国敦煌学也扬起风帆，快速出航。北京大学、武汉大学、杭州大学、兰州大学等高等院校，开设了敦煌吐鲁番文书研究的课程，恢复科研的同时，着力培养新生力量。作为专业从事敦煌研究的敦煌文物研究所，改制扩大为敦煌研究院，增补许多新的研究人员。与此同时，《敦煌研究》《敦煌学辑刊》《敦煌吐鲁番文献研究论集》《敦煌吐鲁番文书初探》等敦煌学研究专刊或专集，大力推动着敦煌学的重新起步。1983年成立的中国敦煌吐鲁番学会，成为组织推动敦煌学的重要力量。特别是在“团结起来，振兴中华”的爱国主义号召下，在传说日本学者扬言“敦煌在中国，敦煌学在日本”的刺激下，从事敦煌学研究的中国学者，更是把奋起直追，以夺回敦煌学研究中心为己任，迸发出极大的能量，日以继夜，挑灯继晷，刻苦钻研，努力追赶。

敦煌学研究的对象，主要包括敦煌石窟、敦煌藏经洞和莫高窟北区出土文献、敦煌汉简等考古出土文物，因此资料的整理和公布是敦煌学者首先面对的问题。

敦煌文物研究所（敦煌研究院）的科研人员，从80年代初中日学者共同编撰《中国石窟·敦煌莫高窟》《中国石窟·安西榆林窟》以来，陆续编撰出版《敦煌莫高窟供养人题记》《敦煌石窟内容总录》，为研究敦煌石窟提供指南。90年代编纂多卷本《敦煌石窟艺术》，将莫高、榆林窟的重要石窟，以一个窟为单位，做了全面的描述和解说，辅以清晰图版，由江苏美术出版社刊行。进入新世纪，又集体编撰《敦煌石窟全集》26卷，对敦煌石窟做了分类整理，包括尊像图、经变图、故事画，以及建筑、民俗、交通、音乐、舞蹈、动物、科技、图案等，首次发表大量敦煌壁画、雕塑的细部图像，极大地增进了人们对敦煌石窟艺术的认识。此外，敦煌研究院还用考古学方法，彻底清理了北区石窟，出版三卷本《敦煌莫高窟北区石窟》，为学界提供了新的文物和文献资料。

在海内外所藏敦煌藏经洞出土文献方面，先是70年代末北京图书馆（今国家图书馆）通过交换获得法国国立图书馆藏敦煌写卷的缩微胶卷，加上此前已有的大部分英国图书馆和北京图书馆的缩微胶卷，使得如饥似渴的敦煌学者可资利用，产生了像唐耕耦《敦煌社会经济文献真迹释录》5 卷本这样大型的录文集。80 年代以来，中国学者随着改革开放的大潮，走出国门，遍访欧美、日本所藏敦煌文献，并与国外同行建立友好的合作关系，于是催生出 90 年代以来敦煌文献大型图录的诞生。在出版界和敦煌学界的共同努力下，从《英藏敦煌文献》开始，陆续出版《俄藏敦煌文献》《法藏敦煌西域文献》《上海博物馆藏敦煌吐鲁番文献》《北京大学藏敦煌文献》《天津艺术博物馆藏敦煌文献》《甘肃藏敦煌文献》《浙藏敦煌文献》《国家图书馆藏敦煌遗书》等，为学者提供大量拍自原件的清晰照片，远远胜于缩微胶卷和台湾出版的《敦煌宝藏》。即使如今英法等地收藏的敦煌写本以高清图片上网，但还有很多图片没有上传，加上网络时有断线等情况，所以这些图录是以敦煌文献为基础从事各项研究的最可靠依据。

因为敦煌写本有如明清时期的档案和稿抄本，所以文献的整理工作往往是和各个门类的研究工作并行的，甚至需要先行一步。中国学者此前由于接触不到原件，也没有经费出国去英、法、俄、日调查原始文书，所以在录文方面无法有所作为，甚至有的出版物被日本同行耻笑。改革开放彻底改变了这种状况，拥有母语优势的中国学者，自然成为敦煌文献整理的最佳操手，他们可以快速阅读大量写本文献，他们拥有对写本内容的文化体认，他们对各种字体也不陌生，于是产生了一大批整理校录敦煌文献的优秀成果，如项楚《王梵志诗校注》《敦煌变文选注》、宁可与郝春文《敦煌社邑文书辑校》、沙知《敦煌契约文书辑校》、马继兴等《敦煌医药文献辑校》、赵和平《敦煌写本书仪研究》《敦煌表状笺启书仪辑校》、邓文宽《敦煌天文历法文献辑校》、李正宇《古本敦煌乡土志八种笺证》、张涌泉与黄征《敦煌变文校录》、黄征与吴伟《敦煌愿文集》、李方《敦煌论语集解校证》、徐俊《敦煌诗集残卷辑考》等，其中项楚的著作不仅有精准的校勘，还有注释，极为难得；沙知的契约录文，几乎每件都核对过原件，因此最可信赖；李正宇著作结合实地踏查，有许多面壁舆地学家所做不出来的成果；徐俊则采用尊重写本原卷，按卷子为单位整理诗集，而不按后人的别集或辑佚的方式强加于古人。迄今为止，随着高清敦煌写本照片陆续发表，整理校录文献的工作仍不断有新的成果，其中按号校录的郝春文主编《英藏敦煌社会历史文献释录》和按分类校录的张涌泉主编《敦煌经部文献合集》，是最具规模的成果。在这方面，无疑可以说是中国学者遥遥领先，无可争议。

敦煌文献的整理推动了敦煌学各个方面的研究，成果可以说是百花争艳，而且层出不穷。在历史学方面，学者们利用敦煌文书，有对唐五代宋初敦煌寺院经济、寺户制度、僧尼生活的深入探讨，有对吐蕃统治敦煌、归义军政治史和经济史的还原式研究，有对敦煌的城镇分布、交通道路、水渠管理等历史地理的细致探索，还有对唐朝制度、文书格式、信息沟通的精细分析。在语言文学方面，有对唐五代宋初西北方音、俗语、俗字的集大成解析，有对敦煌雅文学如《文选》及唐人诗文的整理研究，也有对敦煌变文、讲经文、词文等各种俗文学作品的总体考察，还有对敦煌出土的藏语、于阗语、回鹘语文献的语言学研究和翻译整理。在宗教学方面，有对敦煌写本佛教经录的整理，有对敦煌禅宗典籍的校录和考释，有对敦煌藏外佛典、特别是疑伪经的佛教学或社会学的分析，有对敦煌道教典籍的综合整理及与《道藏》本的对比考校，有敦煌各类占卜书的提要和结合社会史的解析，有对敦煌发现的摩尼教、景教文献与两种宗教传播史的新探索，还有利用敦煌文书对祆教在中国流行的进一步阐述。在科技史方面，有对敦煌天文历法写卷和印本的全面整理，对于敦煌"具注历"的一些原理做了分析，特别是医理著作和本草方书得到了反复整理和解说，其他如纸张、印刷术等方面，也有新的进步。由于敦煌文献包含三教九流，利用敦煌文献的研究著作也包罗万象，这里不可能一一提及，提及的方面也无法一一点出作者和他们的著作。可以说在以汉文文献为依据的研究领域，中国学者已经处在国际敦煌学的前列，但在各种民族语言文献方面，或者在宗教研究方面，则与国外同行各有千秋，成果交相辉映。

对于中国学者来说，敦煌石窟近水楼台，在石窟考古和壁画美术史研究方面，必然做出应有的贡献。宿白倡导的用考古学方法研究佛教石窟，在敦煌石窟研究中率先得出成果，除了他本人的《中国石窟寺研究》，还有马世长《中国佛教石窟考古文集》，以及敦煌研究院编，樊锦诗、蔡伟堂、黄文昆执笔的《敦煌石窟全集》第一卷《莫高窟第 266-275 窟考古报告》。对于石窟壁画内容的研究，则有敦煌研究院的各位学者对尊像图、本生故事画、佛传故事画、经变画、佛教史迹画、瑞像图、各种图案的细致研究，远远超出日人《敦煌画之研究》的范围。同时，敦煌石窟也对国内外学者开放，因此产生一大批以敦煌石窟壁画为主题的学术著作，遍及海内外。这一研究趋向将随着敦煌石窟高清图片的逐步上网而得到进一步的发展，这就要归功于敦煌研究院数字化中心的杰出贡献。还应当特别提到的是，敦煌石窟的技术保护也是敦煌学的重要组成部分，是敦煌研究院各位专家的重要贡献，因为涉及科技领域，所以不是本文重点。

在敦煌学研究领域，改革开放后还有一项重大发现，就是敦煌悬泉汉简的发现。考古工作者在这处汉代驿传遗址中，发现了两万多枚有字的简牍，年代从汉武帝元鼎六年（前 111）到东汉安帝永初元年（107）。学者们就其中汉代中央到地方的各种文书、簿籍以及信札、日书、历谱、医方等，特别是有关驿站管理、使者过所和乘传、招待往来西域各国客使的账簿做了仔细的研究，对汉代历史和丝绸之路研究做出独到贡献。这批材料的最终公布，必将带动敦煌学有关汉代和丝绸之路研究的进展。

从改革开放以来，中国学者一股劲的要与国际同行争高低，因此有关研究论著往往越精深越好，敦煌学也越来越钻牛角尖，进入象牙塔，有关敦煌的普及和一般性的教育著作比较匮乏。中国敦煌吐鲁番学会曾组织学者编写《敦煌学大辞典》，但辞书的性质不便于阅读。一本《敦煌学十八讲》作为高校的教材，却招来社会上许多行业的读者。为此，学会又组织中青年学者，编写了一套《敦煌讲座书系》，计 21 本，包括敦煌历史、地理、社会、考古、艺术、文学、文献、宗教典籍、写本学等方面，每一本都是敦煌学某个方面的通论性著作，而且雅俗共赏。这套书的编撰出版，应当是超过了日本 20 世纪 80 年代编纂的《讲座敦煌》。

回顾改革开放以来中国敦煌学的历程，可以说成绩辉煌，也可以说夺回了敦煌学研究中心。但回顾过去，目的是更好的发展未来。其实，在辉煌的背后，也有隐忧，那就是中国的敦煌学过多地依赖材料，在追索新材料的同时，忘记思考新问题。事实上，与敦煌学相关的人文社会科学领域，有许多新的学科、新的理论、新的视角、新的问题，比如胡语与汉语文献的不同记载和民族认同，各种宗教汇聚一地与地方社会的关系，妇女与性别视角下的敦煌社会，大量的写本医书反映的是怎样的医疗社会，敦煌写本作为书籍史与知识传播史能够说明什么，敦煌写本和敦煌石窟如何表现丝绸之路，如此等等，在今天学术界关注的社会史、医疗史、性别史、书籍史、丝绸之路学等方面，敦煌学应当为这些跨学科研究做出更大的贡献，对此，我们拭目以待。

（2019 年 4 月 27 日完稿，原载《光明日报》2019 年 7 月 22 日史学版。）

吐鲁番学

《旅顺博物馆藏新疆出土汉文佛经选粹》书评

本书为旅顺博物馆、龙谷大学合编，2006年3月京都法藏馆出版，日文名《旅顺博物馆藏トルファン出土汉文佛典断片选影》，把旅顺博物馆所藏汉文佛典的出土地限制在吐鲁番，似乎不如汉文书名更为确切，因为虽然大谷探险队所获汉文佛典的主要来源是吐鲁番盆地的各个遗址，但也有出自焉耆、库车等地的资料。

本书之所以在日本京都出版，是因为这是旅顺博物馆和龙谷大学的一项合作研究成果，因此，由项目的主持人旅顺博物馆馆长刘广堂和龙谷大学名誉教授上山大峻共同主编。笔者虽然列名项目参加者的名单，实际上并没有参加具体的工作，也没有对本书的编纂做出任何贡献，这里想借书评的形式，介绍这本图录的学术成绩，兼补充若干意见。

众所周知，旅顺博物馆收藏有日本大谷探险队在新疆吐鲁番等地发掘、购买的大量古代写本、刻本文献残片，仅汉文佛典就有约 26000 件，虽然大多数是残片，但从其年代跨度和文献内涵来看，都可以说是相当丰富的历史文化遗产。这些资料除了 1915 年出版的香川默识编《西域考古图谱》上、下两卷（国华社）、1912—1913 年出版的橘瑞超编《二乐丛书》发表过一些文献的图版外，大多数没有公布过，而且也很少有敦煌吐鲁番研究方面的学者有机会前往考察研究。1992 年，笔者与方广锠博士曾陪同龙谷大学上山大峻、小田义久、木田知生三位先生访问旅顺博物馆，看到部分文献残片，但时间短暂，没有做任何研究。

早年，这些新疆出土汉文文献曾经有大谷探险队的主要成员橘瑞超从事整理工作，大概是他按照自己的分类标准，把汉文佛典断片分类裱贴在 52 个蓝色封皮的册子中，被称为"蓝册"或"蓝皮册"，类别有《法华经》、《涅槃经》、《般若经》等已比定的断片，还有许多没有比定的大大小小的残片，简单题作"经贴"、"木版经"、"经文残片"等。另外一些更小的残片，则装在 16 个纸包中保存。这些纸包中的残片，内容既有佛典，又有文书。1992 — 1996 年间，王珍仁、刘广堂、孙慧珍三位先生合作，陆续整理了一些文书残片，发表了《旅顺博物馆藏新疆出土的古文书》（一）至（七）[①]，其中如户籍、交河郡市估案等残片，颇引起研究者的关注，但由于只有很少的照片曾经在龙谷大学佛教文化研究所·西域研究会印行的非正式出版物《旅顺博物馆藏新疆出土文物研究文集》（1993 年 3 月）上发表，所以并没有受到广泛的关注和研究。

本书主要取材于“蓝册”中的汉文佛典残片，可以说是旅顺博物馆藏新疆出土文献的首次大量公布，主要是刊布图版，没有作释文工作，因为大部分内容是佛典，所以读者可以据后面所附图版目录与《大正藏》对照表，即可从《大正藏》中看到相关部分的文字。但所收写本残片中，也有相当数量的残片没有收入《大正藏》，这些主要是一些佛经注疏、疑伪经、禅宗典籍和日常应用的佛教文献，其实是更有研究价值的文献，值得做相应的录文。因为读者虽然可以据图版录出相关文字，但总不如据原件校录的文字可靠。

书后有简要的解题，提示旅顺博物馆收藏品的来历、现状、编号、年代等问题，并参考前人研究成果，提示了一些文献的学术价值。更详细的一些解说，可以参考作为

① 《新疆文物》1992 年第 4 期，116–121 页；1994 年第 1 期，13–20 页；1994 年第 2 期，99–107 页；1995 年第 1 期，61–69 页；1995 年第 2 期，29–39 页；1996 年第 2 期，81–86，88 页；1996 年第 2 期，81–86，88 页。

同一项目研究成果而由旅顺博物馆与龙谷大学共同编印的《旅顺博物馆藏新疆出土汉文佛经研究论文集》（非卖品，2006年）。

以下按图版顺序，参考解题和论集所述，提示一些笔者认为值得关注的写本或刻本：

2—3页元康六年（296）写本《诸佛要集经》。我们知道，《西域考古图谱》下卷所刊这个写本是目前所知吐鲁番（包括敦煌）写本中最古老的一件，因此价值连城。笔者曾经以为《图谱》所刊元康六年写经就藏在旅顺博物馆[①]，害得龙谷大学的研究人员专程到旅顺博物馆去调查，结果没有找到。可喜的是，通过这次旅顺博物馆与龙谷方面的合作调查，竟然找到了14件属于同一个元康六年写经的残片，甚至有一件（LM20_1456_16_15）竟然与《图谱》所刊可以缀合。

6页所刊LM20_1455_14_12残片，编者定为“春秋注释”，值得进一步考释。

①荣新江《中国所藏吐鲁番文书及其对中古史研究的贡献》，《敦煌学》第21辑，1998年，43页。这是误解了王珍仁、孙慧珍两位先生《旅顺博物馆藏新疆出土的汉文文书概况》中所说的“这批佛教写经文书中年代较早的作品，是已被专家认定的元康六年（公元296年）的写经”（《新疆文物》1994年第4期，50页）。现在从《选粹》得知，《西域考古图谱》所看元康六年写本已佚，但旅顺博物馆藏有同一写本的其他一些残片。

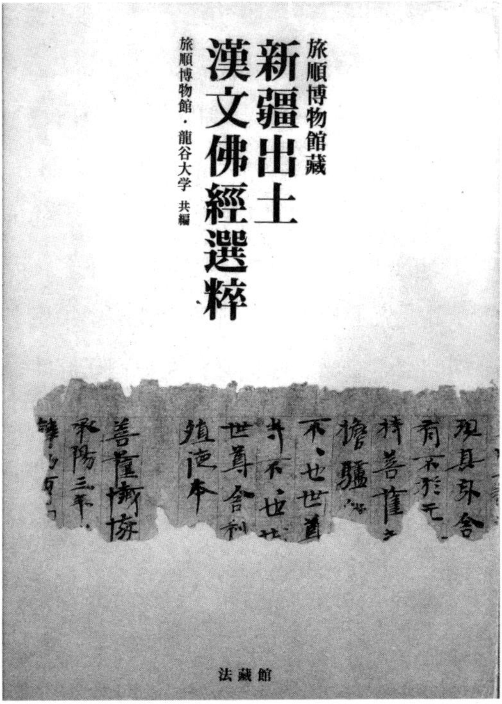

《旅顺博物馆藏新疆出土汉文佛经选粹》书影

154页以下多为疑伪经，如《佛说像法决疑经》《佛说善恶因果经》《佛说救疾经》《佛说法王经》《佛说要行舍身经》《佛说天地八阳神咒经》《禅门经》等，我们从敦煌文献中已经知道这些疑伪经的存在并熟悉了它们的内容，特别是它们在研究中国古代民间宗教上的价值。不过过去所看到的吐鲁番写本中，疑伪经并不多，因此把这些文本置于高昌国和唐西州的吐鲁番地域中来思考问题，就有了不同的学术意义，它们必将在我们研究吐鲁番的民间宗教和庶民生活上，提供难得的信息。

174页的LM20_1455_07_01，编者比定为《前汉纪》，如果这个比定不误，则为吐鲁番（含敦煌写本）的古籍抄本提供了前所未见的一种，值得珍视。我们知道吐鲁番写本中有《汉书》写本，一件是德藏Ch.938号[①]，一件是吐鲁番地区博物馆藏80TBI：001号[②]，这显然是当地文人阅读汉史的主要依据。如果东汉荀悦的《前汉纪》也传到吐鲁番，则有助于我们思考中古时代的学术传播问题。

191页以下是刻本佛典，有“契丹版”（契丹藏）、“开宝藏”《大般若波罗蜜多经》（LM20_1487_03_05）、“金藏”

① 荣新江《〈史记〉与〈汉书〉——吐鲁番出土文献札记之一》，《新疆师范大学学报》2004年第1期，41—43页。

② 柳洪亮《新出吐鲁番文书及其研究》，新疆人民出版社，1997年，127、473页。

以及一些单刻本。这一成果主要应当是京都大学竺沙雅章先生做出的，所以我们应当特别关注竺沙先生的相应研究论文《西域出土的印刷佛典》[①]。这些残片的比定，更加丰富了我们对于“契丹藏”的认识，以及对契丹与高昌回鹘关系的认识。关于“金藏”，中村菊之进《吐鲁番出土的大藏经》[②]、党宝海《吐鲁番出土金藏考——兼论一组吐鲁番出土佛经残片的年代》[③]，都曾比定出一些残片，现在又可以增加旅顺藏卷了，但同样精熟于佛经版本的李际宁先生对一些比定有不同的看法[④]。

200 页 LM20_1498_17_01 写经题记：“清信士左卫将军田地太守出提麹孝亮（后缺）”，编者的解题已经提到，这位麹孝亮就是《魏书》卷一百一《高昌传》所记永平元年（508）入朝于魏的高昌王麹嘉的兄子，而且官职“左卫将军、田地太守”也完全吻合，这是非常难得的，唯题记中的“出提”，不明其意。

①《西域出土の印刷佛典》，《旅顺博物馆藏新疆出土汉文佛经研究论文集》，118—134 页。

②《トウルファン出土の大藏经》，《密教文化》第 172 号，1990 年，39—69 页。

③《敦煌吐鲁番研究》第 4 卷，北京大学出版社，1999 年，103—125 页。

④ 李际宁《关于旅顺博物馆藏吐鲁番出土木刻本佛经残片的考察》，《旅顺博物馆藏新疆出土汉文佛经研究论文集》，230—244 页。

201 页 LM20_1467_32_05 是高昌王麹乾固写经题记。

202 页 LM20_1454_11_07 残片只有“康家一切经”五字，前有较多的余白，表明是很正规的写经尾部。笔者曾在研究大谷探险队所获《武周康居士写经功德记》碑文时，联系到《西域考古图谱》佛典附录 5—3 所刊写有“康家一切经”的残片。感谢本项研究者新发现了又一件“康家一切经”并联系到拙文所论述的康家写经问题，这无疑为康居士发愿抄写大量佛经提供了新的印证。

202 页图版所刊 LM20_1457_20_01 为《唐律疏议》，笔者再次高兴地看到，这正是 2003 年笔者据所见旧照片发表的《唐律疏议·贼盗律》，见拙文《唐写本〈唐律〉〈唐礼〉及其他》所考证过的残片，它是和大谷 5098 +大谷 8099 可以缀合的写本[①]。解题根据拙文做了说明和录文（这或许可以看作是笔者间接参加本项目的研究成果），但这个缀合写本发表时，山本达郎等编《敦煌吐鲁番社会经济文书集·补编》已经出版[②]，未及收入这个与今本《唐律》的文字并不相同的写本。

同页刊布的另外两个小残片，编号为 LM20_1507_0988

① 荣新江《唐写本中の〈唐律〉〈唐礼〉及びその他》（森部丰译），《东洋学报》第 85 卷第 2 号，2003 年，2—8 页。

②T. Yamamoto, et al. *Tun-huang and Turfan Documents concerning Social and Economic History*, supplement (A)(B), Tokyo 2001.

和 LM20_1507_1176，编者已经指出是“唐律”，但未深入考察。今检《唐律疏议》，知两残片在卷三《名例律》以下一段当中（以下划线表示）：“诸工、乐、杂户及太常音声人，犯流者，二千里决杖一百，一等加三十，留住，俱役三年；犯加役流者，役四年。【疏】议曰：此等不同百姓，职掌唯在太常、少府等诸司，故犯流者不同常人例配，合流二千里者，决杖一百；二千五百里者，决杖一百三十；三千里者，决杖一百六十；俱留住，役三年。‘犯加役流者，役四年’《名例》云：‘累徒流应役者，不得过四年。’故三年徒上，止加一年，以充四年之例。若是贱人，自依官户及奴法。”[1] 虽然残片很小，仍值得珍视，对比已经发表的吐鲁番出土《唐律》写本，此无疑代表一个新的抄本，而且字体工整，当为官颁精抄写本。

203 页刊布 10 件道教经典残片，其中 LM20_1453_18_05 为《洞玄元始五老赤书玉篇经》卷下，LM20_1465_02_03、LM20_1498_36_02+LM20_1498_32_04+LM20_1498_32_05 为《太上洞玄灵宝升玄内教经》，与大谷文书 4395 属于同一写本。另外，右下角图版所示为《太上业报因缘经》（编号 LM20_1467_20_03）残片，存 7 行，此即《西域考古图谱》上卷佛典 48 所刊写本。

① 长孙无忌等撰《唐律疏议》，刘俊文标点本，中华书局，1983 年，74 页，第 28 条。

208 页所刊 LM20_1470_22_01 则是和《图谱》下卷所刊大谷文书 8104 可以缀合的唐写本《洞渊神咒经》卷六残片。此外，还有三件没有比定的道经。笔者 1999 年发表《唐代西州的道教》时，曾搜罗当时已发表的吐鲁番出土唐代道教文献写本[①]，这次发表的旅顺博物馆藏卷，从外观上看都是盛唐写经，更加可以印证我们对道教在唐代西州流行的看法。

209 页上栏图版是库车出土《法花义记》第一，《西域考古图谱》下卷佛典 51 与旅顺博物馆藏 LM20_1467_28_03 可以缀合。

209 下栏图版是吐峪沟出土之《大智度论》卷第廿一尾部，《西域考古图谱》下卷佛典附录 4-2 和旅顺博物馆藏 LM20_1467_31_01 上下可以缀合，后有较大的空白，存题记一行，曰“西州司马麴仕悦供养”。原本《图谱》所示残卷只存“麴”字以上文字，这次我们得以看到麴仕悦的全名。诚如解题所说，麴仕悦是高昌国到西州政权转变时期的地方名族，其名见于已出吐鲁番文书，如 72TAM155:58/1、58/2《高昌延寿四年（627）闰四月威远

①《敦煌吐鲁番研究》第 4 卷，北京大学出版社，1999 年，127—144 页。

将军麹仕悦奏记田亩作人文书》[①]，其时他是高昌国“威远将军”，从本件来看，他已经成为唐朝所立西州的司马，继续人生仕途。李方曾据池田温据《图谱》所录“西州司马麹囗”[②]，推测麹某即永徽二年至麟德元年任安西都护、西州刺史和都督的麹智湛下属，故此姑将此人任职时间系于永徽二年至麟德元年间[③]。然而，据新出吐鲁番文书，仕悦见《唐残文书》（2004TBM107:3-1）和《唐永徽五年（655）至六年（656）安西都护府户曹关为安门事》（2006TZJI:197）[④]，后者是永徽五年前后安西都护府文书，因此推测麹仕悦为安西都护府上佐，若然，麹仕悦同时也是西州司马，则可能在安西都护府在西州时，西州司马可能就是安西都护府司马。

（2006年10月11日完稿，原载《敦煌吐鲁番研究》第10卷，上海古籍出版社，2007年9月，409—413页。）

① 唐长孺主编《吐鲁番出土文书》壹，文物出版社，1992年，425页。

②《中国古代写本识语集录》，东京大学东洋文化研究所，1990年，255页，726号。

③ 李方《唐西州上佐编年考证——唐西州官吏考证（二）》，《敦煌吐鲁番研究》第2卷，北京大学出版社，1997年，190页。

④ 荣新江、李肖、孟宪实主编《新获吐鲁番出土文献》，中华书局，2008年，56、304—305页。

百济康义编《柏林藏吐鲁番收集品中的汉文佛教文献》第3卷书评

20世纪初叶德国四次“吐鲁番探险队”的收集品中，有大量写本和刻本佛教文献残片。由于这些残片大多数比较零碎，比定起来十分困难，又由于德藏文献在第二次世界大战前后的辗转迁移，许多文献分藏于原东、西两德国境内，所以给整理研究带来很大的不便。近年来，这种情况有了很大的改观。一方面是《大正新修大藏经》的电子化，使得现在比定《大正藏》所收佛典成为一项不太困难的事情了，即使不是佛教文献的专家，也可以胜任大多数佛典残片的比定工作。另一方面是两德的统一，使得原本散藏的许多吐鲁番文献现在都已经归并到德国国家图书馆或印度艺术博物馆收藏，给据原卷的整理研究工作带来很大的方便。

1975年，原东德科学院出版了《柏林吐鲁番文献丛刊》第 6 种《汉文佛典残片目录》第 1 卷[①]；十年以后的1985 年，又出版了《丛刊》第 15 种《汉文佛典残片目录》第 2 卷[②]；充分体现了对于德藏吐鲁番佛典残片整理研究的艰难历程。在佛典残片的比定上，东德的学者得到了日本学者的大力帮助。两德统一后，德国方面负责吐鲁番汉文文献整理工作的梯娄（Thomas Thilo）先生不再从事吐鲁番的研究，而是专心于他的长安研究。德藏汉文佛典的编目工作主要由日本龙谷大学的百济康义（Kudara Kōgi）教授负责，多年来，他把相当多的精力放在这些非常破碎的佛教文献上面，并在助手的帮助下，于 2000 年编成一本《柏林所藏新疆出土汉文文献总目》（试行本）[③]，是一份简要的对照目录，但其中给出了不少过去没有比定过的佛典的《大正藏》编号以及所在的卷数和页码。另外，他还把二战后收藏在美因茨科学院的佛典残片单独编了一个简要目录，即《美因茨资料目录——原西柏林所藏中亚出

①G. Schmitt & T. Thilo, *Katalog chinesischer buddhistischer Textfragmente* I (Berliner Turfantexte VI), Berlin,1975.

②T. Thilo, *Katalog chinesischer buddhistischer Textfragmente* II (Berliner Turfantexte XIV), Berlin, 1985.

③《ベルリン所藏东トルキスタン出土汉文文献总目录》（试行本），龙谷大学佛教文化研究所西域研究会，2000 年。

土汉文佛典资料》[1]，这显然是他编纂整个德藏吐鲁番汉文佛典目录的阶段性成果。

现在我们在此评介的这本百济康义（K. Kudara）编《柏林藏吐鲁番收集品中的汉文佛教文献》第3卷（*Chinese Buddhist Texts from the Berlin Turfan Collections*, vol. 3, edited by Toshitaka Hasuike and Mazumi Mitani），是作为《德国东方写本目录丛刊》（*Verzeichnis der Orientalischen Handschriften in Deutschland*）第12辑第4种《汉文和满文写本与刻本目录》第4分册（*Chinesische und manjurische Handschriften und seltene Drucke*. Teil 4），由Franz Steiner Verlag Stuttgart出版社于2005年出版，但这里的第3卷却是上述《柏林吐鲁番文献丛刊》中《汉文佛典残片目录》第1—2卷的延续。从编排方法和内容上，则明显是《柏林所藏新疆出土汉文文献总目》（试行本）的模式。

本目录主要著录《汉文佛典残片目录》第1－2卷中未比定的德藏吐鲁番文献Ch和Ch/U编号的佛典，虽然还没有把这两个编号的佛典残片全部比定，但已经相当可观了，这是本书的最大贡献。对于每一条目的著录内容，

①《マインッ资料目录——旧西ベルリン所藏中央アジア出土汉文佛典资料》，《龙谷纪要》第21卷第1号，1999年，1—23页。

包括新编号、旧编号（或指出无旧编号）、尺寸、行数、《大正藏》的编号，相关部分的《大正藏》卷数和页码，简明扼要。相对于前面两卷来看，著录的内容要简单得多。由于目前德藏吐鲁番文献正以相对快的速度上网，本书所著录的 Ch 和 Ch/U 编号的所有残片，现在都已经上网（http:/www.bbaw.de/bbaw/Forschung/Forschungsprojekte/turfanforschung 或 http:/idp.bbaw.de），研究者可以很方便地看到原卷的许多细节，如字体等方面，因此这样简明的著录其实是节省阅读时间的一种很好的处理方式。

和《汉文佛典残片目录》第 1—2 卷一样，本目录给出了每个佛典残片与《大正藏》文本的比定结果，即给出该残片所在的《大正藏》的卷数、编号、页码和行数，这对于研究者是非常方便的一种做法，因为《大正藏》是随处可以找到的通行的大藏经版本。但是，这样一来，我们无法知道原佛典的卷数，从学术研究的角度来讲，如果能够对于所见到的佛典卷数一目了然，或许会在这里或那里得到一些启发。

本书的编排方式是按照编号顺序著录的，这样对于读者对照图版来浏览非常方便。这和《汉文佛典残片目录》第 1—2 卷的分类编排有所不同，从文献编目的要求来说，似乎是有点退步。但德藏吐鲁番佛典残片数量较多，不可能毕其功于一役，所以即使是已经出版的两本分类《汉文佛典残片目录》，也不能提供给读者全部残卷的分类景象。

这种分类目录，也可以等待所有佛典断片基本比定完毕以后再做，但在这种反映阶段性成果的按编号顺序编纂的目录中，最好有一个分类索引。

德藏吐鲁番汉文文献的编目工作，是京都大学教授藤枝晃先生开创的一项德、日双方长期的合作计划，其中佛典文献的比定工作，主要由京都龙谷大学的佛教学专家负责，因为龙谷大学收藏有大谷文书，其中不少是和德藏文献同样的吐鲁番出土佛典残片，他们对于这些残片的比定已经积累了丰富的经验，也能够从中发现问题。

在这个长期的合作中，百济康义教授大概是贡献最大的一位，可惜的是他操劳过度，不幸去世，在 2004 年离开了我们，享年 58 岁。笔者 1990 年第一次去日本访学，就是承蒙百济先生的邀请，在日本龙谷大学西域文化研究所半年期间，蒙他多方照拂，收获极多。同时，我对百济先生的学术，也得以略窥一二。虽然他主要研究领域为回鹘文佛典，非我所能评说，但为表哀思，这里仍希望对他的学术成就，略加介绍。

百济先生出身于佛教学部，因此对于汉文佛典非常熟悉，他同时又精通回鹘文，因此比定出一些译自汉文的回鹘文佛典，特别是他对一些晚期汉文佛典译本的比定工作，对于精通回鹘文并熟悉梵文佛典的西方学者来说，百济先生的成果是非常引人注目的。比如他把邦格（W. Bang）和葛玛丽（A. von Gabain）刊布而没有比定的吐鲁番出土回鹘文佛典[①]，考证出是慈恩大师窥基（632—682）的《妙法莲花经玄赞》[②]，这个成果被译成德文发表[③]；同样的贡献，还有他对《阿毗达磨俱舍论》注释书《金花抄》的比定和考释，也译成德文发表[④]。他还进而比定了瑞典人种学博物馆和法国集美博物馆所藏《妙法莲花经玄赞》[⑤]，另外，他还发表过《ウイグル译〈圆觉经〉とその注释》[⑥]等，比定出不少新的回鹘文佛教典籍。

百济先生对于敦煌吐鲁番研究的另一个巨大的贡献，是从1980年代以来对于欧亚各地收藏的敦煌吐鲁番出土佛典的调查与研究。除了德藏吐鲁番汉文佛典编目和回鹘

①“Türkische Turfan-Texte. V: Aus buddhistischen Schriften”, *SPAW*, 1931, XIV, 3-36+ 2 Tafeln.

②《ウイグル译〈妙法莲华经玄赞〉》（1），《佛教学研究》36，1980年，49－65页。

③K. Kudara, “Uigurische fragmente eines kommentars zum Saddharma-pundarika-sūtra”, J. P. Laut & K. Röhrborn (Hrsg.), *Der türkische Buddhismus in der japanischen Forschung*, Wiesbaden 1988, pp. 35-55.

④“Über den Chin-hua-ch'ao genannten kommenter des Abhidharmakosastra”，同上，pp. 27-33.

⑤《〈妙法莲华经玄赞〉のウイグル译断片》，护雅夫编《内陆アジア・西アジアの社会と文化》，东京，1983年；185—207页;《ギメ美术馆所藏〈妙法莲华经玄赞〉のウイグル译断片》，《龙谷纪要》12—1，1990年，1—30页。

⑥《龙谷纪要》14—1，1992年，1—23页。

文佛典的研究外，他先后调查了斯德哥尔摩的瑞典人种学博物馆、芬兰赫尔辛基大学图书馆、法国巴黎集美博物馆、土耳其伊斯坦布尔大学图书馆、日本京都藤井有邻馆、天理大学天理图书馆等处收藏的敦煌吐鲁番文献，有的他写有简要的介绍，如《马达汉收集品中的中亚发现汉文佛教写本》[①]，《伊斯坦布尔大学图书馆藏新疆出土文献》[②]；有的他编撰有目录，如《瑞典人种学博物馆藏回鹘文写本草目》[③]，以及他与土耳其学者 Osman Sertkaya 合编的《伊斯坦布尔大学图书馆藏中亚写本残片草目》[④]。他还发表了不少有关这些收藏地的回鹘文和汉文佛典的考释成果。

百济先生多年活跃在国际学术界，是推动敦煌吐鲁番国际合作研究的重要一员。比如他和德国研究吐鲁番出土回鹘文文献的专家茨默（Peter Zieme）先生长期的合作，就结出丰硕的成果，包括他们合撰的有关《阿含经》、

① "Chinese Buddhist Manuscripts from Central Asia in the Mannerheim Collection", *Proceedings of the Thirty-First International Congress of Human Sciences in Asia and North Africa*, II, ed. T. Yamamoto, Tokyo 1984, pp. 995—997

②《イスタンブル大学图书馆藏东トルキスタン出土文献》,《东方学》84，1992 年，1—12 页。

③*A Provisional Catalogue of Uigur Manuscripts preserved at the Ethnographical Museum of Sweden*, Kyoto 1980, unpublished.

④*A Provisional Catalogue of Central Asian Fragments Preserved at the Library of Istanbul University*, Istanbul 1987, unpublished.

《慈恩传》、《佛说温室洗浴众僧经》、《无量寿经》的论文①，以及一本有关元代回鹘文佛典《观无量寿经》的专著②。另外，他还和 K. Röhrborn 合作整理回鹘文《金光明经》③，与 A. Temir 和 K. Röhrborn 合作整理回鹘文本《阿弥陀经》④。更值得表彰的是，他和德国研究吐鲁番出土粟特语文献的专家宗德曼（W. Sundermann）先生之间的合作，他凭借对汉文佛典的熟悉，将宗德曼先生用德文、英文译出的应当是译自汉文的粟特文佛典比定出来，然后

① "Uigurische Āgama-Fragmente(1)-(2)", *AoF*, 10, 1983, pp. 269-318; 17, 1990, pp. 130-145; "Uigurische Agama-Fragmente (3)",《龙谷大学佛教文化研究所纪要》34, 1995, pp. 23-73; "Fragmente zweier unbekammter Handschriften der uigurischen Xuanzang-Biographie", *AoF*, 11. 1, 1984, pp. 136-148; "Chinesisch-altturkische Fragmente des *Schwitzbad-Sūtras*", *AoF*, 15-1, 1988, pp. 182-191; Two New Fragments of the Larger *Sukhāvatīvyūhasūtra* in Uigur,《内陆アジア言语の研究》12, pp. 73-82.

②ペーター・ツイーメ、百济康义《ウイグル语の观无量寿经》，京都，1985年。

③ "Zwei verirrte Blätter des uigurischen *Goldylanz-Sūtras* im Etnografiska Museum, Stockholm", *ZDMG*, 132/2, 1982, pp. 336-347.

④A. Temir, K. Kudara & K. Röhrborn, "Die alttürkischen Abitaki-Fragmente des Etnografya Müzesi, Ankara", *Turcica* 16, 1984, pp. 13-28.

合作撰写考释文章①。这一合作不仅结出许多成果，为我们认识吐鲁番粟特佛教增进了知识，同时也为粟特文佛典的解读找出一种可行的方法。

（2006 年 10 月 8 日完稿，原载《敦煌吐鲁番研究》第 10 卷，上海古籍出版社，2007 年 9 月，426 — 430 页。）

①"Fragmente einer soghdischen Handschrift des *Pancavimsatisahasrika-prajnaparamita-sutra*", *AoF*, 15, 1988, pp. 174–181; "Fragmente einer soghdischen Handschrift des *Visesacinta-brahmapariprccha-sūtra*", *AoF*, 18, 1991, pp. 246–263; "Ein weiteres Fragment einer soghdischen Übersetung des *Bhaisajyaguruvaiduryapra-bhatathayata-sūtra*", *AoF*, 19.2, 1992, pp. 350–358.

期盼“吐鲁番学”与“敦煌学”比翼齐飞

在20世纪初叶以来的“敦煌学”研究当中，一直包含着学者们对于吐鲁番出土文献和文物的研究，“敦煌吐鲁番”往往成为一个拆不开的双胞胎姊妹，被作为书名、刊名、会议名、学会名等等，反复映入我们的眼帘。这是和敦煌吐鲁番研究的对象有着相当多的重合相关的，也是和吐鲁番出土文献和文物陆续增多有关。进入21世纪，“吐鲁番学”正沿着“敦煌学”的成功道路快速前行，《吐鲁番学研究》已经从“内刊”变成正式刊物，“吐鲁番学研究院”也在2005年隆重成立，《吐鲁番学新论》《吐鲁番学研究》等专著也一册册出版，可以说，“吐鲁番学”已经悄然从“敦煌学”的后台走到前台，正在展现自己的真实面貌。

然而，“吐鲁番学”毕竟比“敦煌学”的起步要晚，还有许多事情要做。中国人民大学的孟宪实先生和笔者一起撰写了一篇《吐鲁番学研究：回顾与展望》的文章[①]，置于我们贡献给《西域研究》的一组“吐鲁番学”研究论文之前，其中谈到了“吐鲁番学”和“敦煌学”相同点和不同之处，也从历史学的角度谈到今后“吐鲁番学”研究的一些课题和我们的思考。这里主要从更大的范围，来谈谈我对今后“吐鲁番学”研究的一些想法和建议。

与传统学术主要依赖传世文献不同，“吐鲁番学”和“敦煌学”一样，其研究的对象相当大的部分是出土文献，因此，文献的公布是研究的基础。在最近 20 年里，由于国内学者和出版社的努力，也由于印刷技术的提高，有关敦煌文献的主要藏家都出版了自己藏卷的大型图录，如《英藏敦煌文献》《俄藏敦煌文献》《法藏敦煌西域文献》《国家图书馆藏敦煌遗书》等等，极大地推动了“敦煌学”的研究。相对而言，吐鲁番文献的出版要落后很多，许多重要的收藏单位没有公布所藏全部文献，已经出版的大型图录也不尽完善。

具体来说，国外部分，收藏吐鲁番文书最多的德国国家图书馆（Staatsbibliothek Preussischer Kulturbesitz）和印度艺术博物馆（Museum für Indische Kunst）的藏品，目前还没有系统全面地刊布图版，只是部分语种的

① 孟宪实，荣新江《吐鲁番学研究：回顾与展望》，《西域研究》2007 年第 4 期，51—62 页。

文献（如回鹘文等）在柏林—勃兰登堡科学院（Berlin-Brandenburgische Akademie der Wissenschaften）的网站上可以看到；芬兰赫尔辛基大学图书馆（The Helsinki University Library）藏马达汉（C. G. E. Mannerheim）收集品迄今没有公布，笔者听说中国社会科学院边疆史地研究中心从芬兰方面获得了大量马达汉的档案资料，希望也能够同时关心马达汉收集的古代新疆的历史文献；日本龙谷大学所藏的吐鲁番出土文献，已经出版了三册《大谷文书集成》（京都法藏馆，1984—2003年），此书虽然号称"集成"，可是图版只是选刊，与其收藏总量相比只是很少的一部分，我们很希望有收入全部图版的出版物面世；英国所藏最近有沙知、吴芳思编著《斯坦因第三次中亚考古所获汉文文献（非佛经部分）》（上海辞书出版社，2005年），可惜的是佛经部分没有收入，其实目前有《大正藏》的电子文本，佛教文献的整理、定名已经不是太难做的事情了。

国内部分，旅顺博物馆收藏的大谷探险队所获吐鲁番文献，一直没有系统的整理，2006年3月京都法藏馆出版了旅顺博物馆与日本龙谷大学编的《旅顺博物馆藏新疆出土汉文佛经选粹》，所收只是部分佛经，而且在日本印刷，价格昂贵，该馆所藏吐鲁番文献是国内外收藏的大宗，亟待整理公布；新疆维吾尔自治区博物馆所藏1959年到1975年新疆考古工作者在吐鲁番阿斯塔那和哈拉和卓发掘所得文书，已由唐长孺先生主持整理为4册《吐鲁番出土文书》(文物出版社，1992—1996年)，这是附有准确的录文的整理本，工作非常到家，只是图版有不少是“文革”期间或20世纪80年代所摄，现在看来，质量欠佳，图版值得重新拍照影印；1979—1986年间吐鲁番出土的文书，收入柳洪亮《新出吐鲁番文书及其研究》(新疆人民出版社，1997年)一书，其中图版几乎无法利用；至于中国国家博物馆所藏黄文弼所获吐鲁番文书，见于黄文弼《吐鲁番考古记》的图版不够清晰，清晰的图版收入《中国历史博物馆藏法书大观》(日本柳原书店，1999年)，国内学者很难见到这套价格不菲的图书。可喜的是，1980—1981年新出土的佛典文献，已由新疆维吾尔自治区吐鲁番学研究院与武汉大学中国三至九世纪研究所合编成《吐鲁番柏孜克里克石窟出土汉文佛教典籍》上下册，2007年9月由文物出版社出版；1997—2006年间的出土文献，也由北京大学中国古代史研究中心、新疆维吾尔自治区吐鲁番学研究院、中国人民大学国学院西域历史语言研究所合编为《新获吐鲁番出土文献》，并由中华书局出版。总体来看，吐鲁番出土文献合集的出版要比敦煌文献缓慢，因此当务之急，应当呼吁相关文物部门的领导、出版社和学者共同努力，尽快整理出版国内外收藏的吐鲁番文献。

与敦煌文献主要出自莫高窟藏经洞不同，吐鲁番文献既有出自佛教寺院图书馆遗址者，也有来自墓葬、城址、洞窟废墟者，因此出土文献与墓葬、城址、洞窟的关系，就是我们在研究文献时所特别要关注的问题了，其中墓葬出土的墓志、器物，城址或洞窟遗址的建筑布局和壁画、雕像等遗存，都是我们需要同时关照的资料。

因此，我们应当对早期西方探险队的考察报告加以整理和翻译，其中像格伦威德尔和斯坦因的报告书，对于我们认识高昌城遗址、阿斯塔那墓地等，都有着非常重要的参考价值。有些以挖宝为目的的“探险家”，如勒柯克和大谷探险队，他们本身的记录很不细致，我们也应当收集有关他们的考古调查情况以及文物移动情况的相关报道，这对于我们了解大谷探险队的收集品尤其必要。1959 年到 1975 年阿斯塔那和哈拉和卓的考古发掘情况，目前只有简报发表，而正式的考古报告还在撰写当中，相信这个报告的出版，对于我们认识吐鲁番文书以及古代高昌地区居民的物质文化和精神生活都会有很大的帮助。我们也期待有人对 20 世纪初叶西方探险队的考古发掘做出系统的整理，也希望新中国吐鲁番考古发掘的正式报告早日出版。

不论敦煌还是吐鲁番文献，主体内容都是佛教典籍和公私文书，时代都集中在中古时期（南北朝到隋唐），但由于两地的历史发展在某些时段并不相同，因此两地的文献也各有各自的特点，比如敦煌文献中以吐蕃到归义军统治时期的文书居多，而且越到藏经洞封闭的时点（约 1006 年前后），文书的量越大；而吐鲁番文献的跨度要较敦煌文献长得多，从十六国时期高昌郡文书，到蒙元时代，各个时代都有大量的官私文书被发现，比如高昌郡（327—443 年）、高昌大凉政权（443—460 年）、高昌国（460—640 年）、唐西州（640—803 年）以及后来的高昌回鹘时期，都有相当多的文书留存下来，为我们研究古代吐鲁番盆地的各个方面提供了素材。

同时，敦煌和吐鲁番都是丝绸之路城市，敦煌和吐鲁番文献中都有许多汉语之外的各种语言文献，如敦煌藏经洞发现有藏文、于阗文、回鹘文、粟特文、梵文等，而吐鲁番出土的胡语种类更多，上面提到的五种胡语，除了于阗文外，都在吐鲁番有所发现，而且，吐鲁番还有巴克特里亚语、吐火罗语、中古波斯语、帕提亚语、叙利亚语、蒙古语等非汉语文献被发现。从内容来说，佛教文献之外，吐鲁番发现了大量有关摩尼教、基督教（景教）的写本，这是敦煌文献所无法比拟的。从形式来讲，敦煌文献主要是写本形态，印刷品只有早期的简单印本，而吐鲁番则有宋元时代的大部头刻本佛经和儒家经典、史书、韵书、字书等等，还有回鹘文、藏文、蒙文刻经。这些不同形态、多种语文、内容丰富的吐鲁番文献，给我们提出了远较“敦煌学”更为复杂的研究课题，需要更多的学者倾注心力，来从事“吐鲁番学”的研究。

“吐鲁番学”的研究步伐要比“敦煌学”慢得多，这也未必是件坏事，因为我们可以从“敦煌学”发展中获得一些经验教训，来使得“吐鲁番学”更加健康地向前发展。比如“敦煌学”由于受材料的限制，很长时间里是以“挖宝”的形式来获取少量的资料，因此把资料的整理和研究放在首位，大家都在一味地追求新资料，而忽视了推进研究不断进步的新问题的思考。“吐鲁番学”的研究，应当从一开始就有问题意识，从其他学科中吸取营养，来开拓自己的研究领域。我们在《吐鲁番学研究：回顾与展望》一文中，针对此前大多数学者主要利用吐鲁番文书来研究中原王朝制度史的倾向，呼吁进行吐鲁番地域社会史的研究。其实，丰富多彩的吐鲁番文献，将给我们带来许多新的课题，比如国内外学术界正在热衷讨论的“书籍史”问题，由于吐鲁番拥有大量从写本时代到印刷时代数百年间书写和印制的书籍，为我们探讨各种书籍的书写、制作、流传、复制，以及“长时段”中各种书籍、法令、历日、契约的功能等问题，都提供了真切的实物资料。这样的例子可以举一反三，这里就不费辞了。

笔者相信，在21世纪的一百年里，“吐鲁番学”一定能够开拓出一片更加美好的学术天地，“吐鲁番学”也将以其丰硕的成果，贡献给敦煌吐鲁番研究之外的更广阔的学术世界。

（2007年12月3日完稿，原载《中国史研究》2009年第3期，109—112页。）

《新获吐鲁番出土文献》编撰感言

吐鲁番在今天的新疆维吾尔自治区的东北部，古代称作高昌。丝绸之路干道从长安出发，经河西走廊到敦煌，从敦煌可以直接到吐鲁番盆地，也可以分别经过楼兰、伊州（哈密）到达吐鲁番。再由吐鲁番西行，经焉耆、龟兹（库车）、疏勒（喀什），翻越帕米尔高原，进入中亚、南亚、西亚地区。因此，古代高昌是东西文化交流的通道，不论佛教、琐罗亚斯德教（祆教）、道教、摩尼教、景教（基督教）等等，都曾在此地流行。公元327年，河西王国前凉在此设立高昌郡，以后从460年，经过阚、张、马、麴氏统治的高昌国，到640年唐太宗灭高昌国，设立和内地州县体制相同的西州，吐鲁番成为唐朝的一个组成部分。公元9世纪初叶唐朝势力退出后，这里被蒙古高原的回鹘汗国所控制。9世纪中，回鹘汗国瓦解，部众西迁，在吐鲁番盆地建立高昌回鹘王国（或称西州回鹘、畏吾儿王国）。我们这里所涉及的吐鲁番文书的时代，主要是从高昌郡到唐西州时期（公元 4 世纪 — 8 世纪）。

一、新获吐鲁番文献的整理经过

吐鲁番盆地因为气候干燥，所以除了交河地区比较潮湿之外，大多数遗址的古代文物都能够保存下来，不论是佛教寺院、洞窟，还是民居、墓葬，比如在中原地区早已腐蚀掉的丝绸、纸张，都能保存下来。因此，从 19 世纪末叶以来，吐鲁番盆地就是考古者的乐园。俄国的克莱门兹（D. A. Klementz）、奥登堡（S. F. Oldenburg），德国的格伦威德尔（Albert Grünwedel）、勒柯克（Albert von Le Coq），英国的斯坦因（M. A. Stein），日本的大谷探险队，都在这里发掘到大量的古代文物和文书。1959—1975 年，新疆考古工作者配合当地农田水利建设，在阿斯塔那（Astana）和哈拉和卓（Khara-khoja）古墓区进行了 13 次发掘，获得大量从高昌郡到唐西州时期的古代文书。以后，吐鲁番地区文物局又有少量的发掘。以上这些考古发掘中所得的汉文文书，大多数已经陆续出版，主要的专著有：沙知、吴芳思《斯坦因第三次中亚考古所获汉文文献（非佛经部分）》（2 册，上海辞书出版社，2005 年），小田义久主编《大谷文书集成》（4 卷，法藏馆，1984—2010 年），唐长孺主编《吐鲁番出土文书》（图录本 1—4 册，文物出版社，1992—1996 年），柳洪亮《新出吐鲁番文书及其研究》（新疆人民出版社，1997 年）。

然而，吐鲁番盆地是个聚宝盆，古代文物和文书仍在不断出土。1997 年，吐鲁番文物局考古工作者清理了洋海 1 号墓，出土一批阚氏高昌王国时期（460—488 年）的珍贵文书。2004—2006 年，吐鲁番阿斯塔那、巴达木、木纳尔等墓地又陆续出土了一批文书。同时，吐鲁番文物局又陆续征集了近十年来从吐鲁番地区流散出去的古代文书，其中除了一组来自台藏塔之外，大多数都是来自吐鲁番的古代墓葬。

2004 年我带学生考察吐鲁番遗址时，在吐鲁番博物馆见到洋海出土文书，建议吐鲁番文物局早日整理。2005 年 4 月，北京大学中国古代史研究中心、新疆维吾尔自治区吐鲁番学研究院、中国人民大学国学院西域历史语言研究所三个单位达成合作协议，由荣新江、李肖、孟宪实三人负责，组成了一个"新获吐鲁番出土文献整理小组"，开始从事整理工作。这项工作也是教育部人文社科重点研究基地北京大学中国古代史研究中心"新出土及海内外散藏吐鲁番文献的整理与研究"项目的组成部分。

我们的工作方式是根据吐鲁番文物局提供的彩色照片或从计算机传输过来的图片，先在北京大学以读书班的形式汇读，做释读和录文工作。然后再利用假期到吐鲁番博物馆核对原卷，做拼接工作。其中 2006 年 1 月寒假期间，我们到吐鲁番博物馆据原卷做了第一次整理。4月底5月初“五一”长假期间，我们整理小组几乎所有人都到吐鲁番博物馆工作，对于文书的拼接、复原取得重大进步。同时，我们也在乌鲁木齐的新疆博物馆，考察了《吐鲁番出土文书》收录的与新获文书相关的文书，特别是出版物上不够清晰的文书上的朱印痕。通过“五一劳动节”的劳动，我们基本上形成了全部文书的录文稿本，并开始根据小组成员的研究特长，撰写相关的论文，因为只有做深入的研究，才能发现录文中存在的问题，才能够给出确切的题目、解题和录文。8月22日—9月1日，部分小组成员到吐鲁番参加“唐代与丝绸之路——吐鲁番在丝绸之路上的地位和作用”学术研讨会，提交给会议四篇有关新出吐鲁番文书的研究论文，同时我们在吐鲁番博物馆据原件整理未确定的文书残片次序，其间得以向对吐鲁番文书研究有素的陈国灿、朱雷先生请教释读中的部分问题，还和陈国灿先生一起到鄯善县，校录了鄯善县文化馆征集的一组文书。

11月中旬，我们的《新获吐鲁番出土文献》书稿基本完成，包括定名、解题、录文工作。17—21日，在“唐研究基金会”的资助下，我们邀请武汉大学朱雷、陈国灿、冻国栋、刘安志，故宫博物院王素（以上是整理吐鲁番文书的专家），浙江大学张涌泉、南京师范大学黄征（以上是释读别字、俗字的专家），中华书局徐俊、于涛先生（以上是出版社代表），到北京郊区的九华山庄，召开“《新

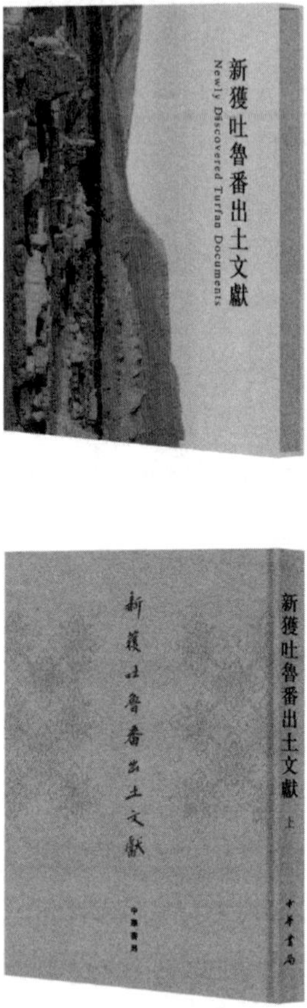

《新获吐鲁番出土文献》书影

获吐鲁番出土文献》定稿会”，大家对照图版，一起讨论我们的书稿，改正了一些解题和录文中的错误，使书稿更加完善。为了让北京的中古史和敦煌吐鲁番学界尽早了解这批文书的内容和我们的初步研究成果，由“唐研究基金会”和北大中古史研究中心主办，11 月 22 日在北京大学举行了一场报告会，我们整理小组的九位成员向与会者汇报了新获文书的主要内容和自己的研究成果，引起与会者的极大兴趣。

随后，吐鲁番文物局按照我们书稿拼接的文书顺序进行拍照，2007 年 3—4 月间，我们对照图版，对书稿做最后一次核对工作，然后在 4 月下旬与中华书局的编辑人员一起到吐鲁番，讨论定稿排版中可能出现的问题。7 月 25 日，我们将书稿交给中华书局正式排版。经过前后大约 13 次的校对，2008 年 4 月《新获吐鲁番出土文献》以 8 开、全彩版、上图下文的方式，充分利用今日发达的排版技术，以最高的质量追求，贡献给学界一组全新的研究素材和整理研究成果。

二、新获吐鲁番文书整理中的甘苦

我们在整理过程中，既遇到许多难点，也有一些有利的条件。不利的方面是这些新出文书一般都经过盗扰，大多数是碎片，相互之间的关系不明。在最初整理时，许多文书尚未清洗、展平，给释读造成很大困难。有些文书在发掘之后就用早期整理的方式托裱了，使一些重要信息被裱在纸中，无法正常显现，只能透着灯光才能看到。此外，文书的数量不是很多，但时间和内容的跨度很大，给释读和研究都带来困难；有的文书所涉及的方面很难找到合适的研究者。

与此同时，和前辈学者相比，我们的整理工作也有不少有利条件：如上所述，此前吐鲁番出土文书基本上都已经整理出版，并且有很多研究成果可供参考。特别是唐长孺先生为首的"吐鲁番文书整理小组"整理出版的《吐鲁番出土文书》，为我们的整理工作订立了标本，我们基本上是按照这本书的体例来做，许多具体问题的处理方法我们也采用他们的方法，一些难以释读的相同字形的文字录文也遵循他们的成果。另外，最近二十年，整个敦煌吐鲁番文献的整理工作取得很大进步，这包括敦煌吐鲁番文献图录的影印、敦煌文献分类录文集的出版，以及相关的研究成果，都为我们的整理工作提供了方便。目前，中国学术界虽然玉石混杂，但整体上还是有许多进步，许多问题都有人在研究，可供参考，也可以请教一些专家。此外，计算机技术的进步和电子文献的大量增加，给我们比定、缀合文书提供很大帮助。在这些有利条件的支持下，我们得以在比较短的时间里，圆满完成了这批文书的整理工作。

三、举例说明文书的整理与研究

（1）文书的清洗：阚氏高昌送使文书

有些文书因为二次利用或其他原因，文字上涂了浓重的墨，遮住了许多重要的信息。最明显的例子是编号为97TSYM1:13-5的文书，这是《阚氏高昌永康九年、十年（474、475）送使出人、出马条记文书》（《新获吐鲁番出土文献》165-166页），但大部分被墨遮住了。在吐鲁番文物局技术人员的努力下，这件文书上的墨迹被成功地清洗掉，露出了一系列外来使者的名字和高昌早期城镇的名称，但其中的文字并不好认，直到2006年8月，我们才把所有文字释读出来。我就这件文书撰写了《吐鲁番新出送使文书与阚氏高昌王国的郡县城镇》（《敦煌吐鲁番研究》第10卷，上海古籍出版社，2007年）和《阚氏高昌王国与柔然、西域的关系》（《历史研究》2007年第2期），分别讨论其中的城镇和使者问题，特别是其中的外来使者，关系到丝绸之路、5世纪下半中亚政治版图、高昌与外界的关系等许多重要问题。

文书中的“乌苌使”来自印度西北部斯瓦特（Swat）地区；“婆罗门”是印度的总称，婆罗门使应当是来自当时南亚次大陆上的强国笈多王国；“子合”是西域塔里木盆地西南部的一个小国；“焉耆”则是塔里木盆地北沿的大国；而这里的“吴客”，竟然是来自中原南方以建康（今南京）为都城的刘宋王廷。此外，文书中提到的“婆罗干”、“处罗干无根”等没有标明来历的使者，应当是阚氏高昌的宗主国——漠北柔然汗国的使者，他们对于高昌国来说是熟悉的客人，或者说就是“自己人”，所以没有必要再提他们的出处。这些经过高昌的使者主要发向两个方向：一是北山，一是焉耆。北山应当就是指吐鲁番盆地北面的天山，越过天山，东北有路通向柔然汗廷。焉耆则是位于吐鲁番西南边的绿洲王国，翻过天山即到焉耆，经过这里可以去往西域、中亚、南亚等国。如果我们把这件送使文书所涉及的高昌、柔然、焉耆、子合、刘宋、乌苌、婆罗门等国标识在一张地图上面，就可以获得公元 5 世纪下半丝绸之路东西南北各国交往的历史景象。

我们知道公元 5 世纪下半叶的中亚，正是一个非常混乱的时代。周边大国势力都想控制西域南北道、吐火罗斯坦和粟特地区的那些相对弱小的绿洲王国。北魏在 439 年灭掉河西走廊的北凉后，448—452 年间曾派万度归攻打焉耆、龟兹，但由于北方有柔然汗国的威胁，所以未能在西域站稳脚跟。与北魏敌对的柔然此时也伸出它强大的右臂，先是在 460 年杀掉占领吐鲁番盆地的北凉后裔高昌大凉王沮渠安周，立阚伯周为高昌王，把阚氏高昌当成自己的傀儡。从我们这件文书可以看出，柔然不仅牢牢控制了高昌，而且让焉耆国王也前来漠北汗廷称臣纳贡，甚至还越过塔克拉玛干沙漠，控制了于阗、子合等塔里木盆地西

《阚氏高昌永康九年、十年(474、475)送使出人、出马条记文书》

整理前后

南沿的绿洲王国，进而影响到北印度的乌苌。与此同时，在帕米尔以西地区，北方强国嚈哒击败萨珊波斯，占领了巴克特里亚（Bactria）的寄多罗（Kidāra）领地，随后在5世纪初，进而占领了索格底亚纳（Sogdiana），还把势力伸进塔里木盆地，攻击于阗、焉耆等国。嚈哒的扩张并非没有抵抗，不论是萨珊王朝的卑路斯（Peros，459-484年在位），还是印度笈多王朝的塞建陀（Skandha，454-467年在位），都曾努力与嚈哒争夺中亚，但都未能挡住这支强悍的游牧民族的铁蹄。在嚈哒的压力下，中亚、南亚的一些小王国寄希望于柔然或者北魏，我们过去从《魏书》本纪中看到过许多中亚王国遣使北魏的记载，现在我们又从这件送使文书中看到他们越过北山，奔赴柔然汗廷的身影，由此不难看出柔然汗国在五世纪后半中亚政治生活中的重要地位。而送使文书所自出的高昌，再次向人们展示了它在东西南北各国交往中的咽喉作用，也说明阚氏高昌作为柔然汗国的附属国，在柔然汗国控制西域、交通南北时所扮演的不可替代的角色。

（2）文书的定名：唐写古诗习字残片（岑德润五言诗等）

编号为2006TZJI:006v＋2006TZJI:007v＋2006TZJI:073v＋2006TZJI:074v的习字残片，我们最初看到的是没有展平的文书照片，许多字看不见，而且分在两处。后来经过整理，我们又看到原件，把同样类型、字体的纸片放到一起。很明显，这是一个学生习字，大概每三个字换另外一个字。

吐鲁番出土文书中，学生习字很多，一般不被研究者重视，《吐鲁番出土文书》中对于习字往往不做录文，只是在解题中提示一下。可是，我们发现这一件并不属于吐鲁番文书中常见的《急就章》、《千字文》或《开蒙要训》等习字模板系统（这些是吐鲁番文书中最普遍的蒙学材料），而是两首古诗：

□帘钩未落，斜栋桂犹开。何必高楼上，清景夜徘徊。

岑德润《咏鱼》：

［剑］影侵波［合］，［珠光］带水［新。莲］东自可［戏，安］用上龙［津］。

检索传世典籍，可知岑德润是隋朝的诗人，南阳人。前面一首诗，我们没有能够在《先秦汉魏晋南北朝诗》及其后相关的传世文学史料中找到，其性质应当是一首咏月诗，与岑德润的《咏鱼》诗在体式、风格上都非常相似，体现了具有南朝文人气息的清新小巧特点，可以拟名为"南朝或隋·佚名《咏月》诗"，按照吐鲁番文书整理的习惯，我们把这件文书定名为《唐写古诗习字残片（岑德润五言诗等）》（《新获吐鲁番出土文献》356页）。

这件写本大概是迄今在敦煌、吐鲁番出土文献中发现的第一件用古诗作为习字模板的文书，它是利用唐代公文书的废纸背面写的，反映了唐代西州对于南朝文学的崇尚，印证了唐初的西州也和内地一样，文学等领域都有着“南朝化”的倾向。对此，李肖、朱玉麒合撰了《新出吐鲁番文献中的古诗习字残片研究》（《文物》2007年第2期）。

（3）文书的释读：《唐开元七年（719）洪奕家书》

有许多文书的文字很难释读，其中有些是因为时代较早，和我们习惯所见的唐代以后规范的文字有较大的区别。还有的是由于个人习惯，或者是签名部分。这可以举2004TAM396:14背面《唐开元七年（719）洪奕家书》（《新获吐鲁番出土文献》16页）为例。

这个人写的字很有自己的风格，不容易释读，而且其中有别字、错字、同音假借字，多亏书信的基本格式和词句是符合唐朝的“书仪”（书信的模板），所以可以推断出一些文字。我们的录文，又得到黄征、张涌泉两位俗字专家的订正，现在基本可以读通了。其中说到洪奕这个人在两年前被征兵离开家里，来到西州，所带的衣物，还算够用。开元七年五月一日，他被（伊西庭？）节度使简点，要调往北庭。唐朝此时调西州镇兵到北庭，可能是为了对应突厥第二汗国的进攻，据内藤みどり先生1995、2000年在《东洋学报》上发表的文章，从先天二年开始，开元二年、三年、五年、八年，漠北的突厥汗国都曾发兵攻击北庭，因此北庭的防务是当时很大的问题。洪奕的家信里写到他没有福分，被兵役征发到这样远的地方，很怕老死边地，所以非常想家，恨不自死，说出了丝绸之路上征行的士兵的心声。（相关研究见韩香《吐鲁番新出〈洪奕家书〉研究》，《西域文史》第 2 辑，科学出版社，2008 年）

（4）文书的缀合和拼接：

整理文书的一项重要的工作是拼接，把原本看似不相关的碎片缀合起来，有的是直接缀合，有的是复原碎片之间的相对位置，前后关系。我们在这方面花费的精力和时间最多，而且这样的工作往往无法根据照片来做，所以大多数是我们整理小组在吐鲁番博物馆摆弄原卷而得出的结果。这里可以以《唐天宝十载（751）交河郡客使文卷》（《新获吐鲁番出土文献》331-340 页）为例。这个文卷共有 23 块残片，我们依据纸缝、纸的残痕、文书上留下的污渍痕迹、水印，特别是文书上的客使到馆、离馆时间等等因素，最终将这 23 块残片整理成了 6 个断片。

这个《文卷》记载了天宝十载从七月下旬到十月初来到西州交河郡客馆居住的官人、使者，从丝绸之路和中亚历史的角度来看，这些使者当中最引人注目的是宁远国的使者，即来自中亚锡尔河中游的费而干纳（Fergh ā na）盆地的使者，他们在天宝十载八月前后，至少分为八个般次，以分批行动的方式来唐朝，其中竟然有三个宁远国王子，其中一位叫“屋磨”，恰好我们在《册府元龟》卷九七一《外臣部·朝贡》条读到："（天宝八载）八月，宁远国王子屋磨来朝。"

宁远国为什么在这一年要频繁派遣使团前来唐朝？这是和天宝十载中亚发生了一场在唐代中国和大食阿拉伯历史上都赫赫有名的怛逻斯（Talas）之战有关。据阿拉伯文史料记载，宁远与邻国石国（Tashkend）不和，天宝九载，唐朝安西节度使高仙芝应宁远国王之请而击石国。其实，高仙芝攻打石国的另一个原因是石国当时与反叛唐朝的突骑施势力相互勾结，严重触动了唐朝在碎叶川一带西突厥故地的利益。天宝十载正月，高仙芝擒石国王至长安，斩首阙下。侥幸逃脱的石国王子向诸胡揭发高仙芝的种种残暴行径，群胡怨忿不已，于是援引大食（阿拉伯人）欲攻唐之安西四镇。高仙芝闻讯后，迅速集结大军前往应战。由于葛逻禄临阵倒戈，致使高仙芝军腹背受敌，大败而归。

除了宁远国使团，在这组客使文书的第（四）片上，还有一条信息值得注意，即"使押天威健儿官别将宋武达一人口（后缺）"。非常幸运的是，在我们整理的同一批新发现的吐鲁番文书中，有一件《唐天宝十载（751）七月交河郡长行坊牒为补充缺人事》文书，其中提到"天威健儿赴碎叶"。此时的碎叶是与石国联合的黄姓突骑施势力的政治中心，唐朝调遣位于青海西宁西南"石堡城"驻扎的天威军健儿在天宝十载前往碎叶，无疑是在发大军前往怛逻斯迎战大食、诸胡联军的同时，也派遣一部分兵力赶往碎叶地区，以防止那里的黄姓突骑施夹击唐军。客使文书第（六）断片中还记有“押突骑施生官果毅栾贵一人，乘帖马八匹（后缺）”，即负责押送擒获的突骑施俘虏的军将，尽管只有片言只语，但这位军将在交河郡客馆的出现，有力地说明了天威健儿赴碎叶以对付突骑施的军事行动的成果。有关这个问题的详细论说，见毕波《怛逻斯之战和天威健儿赴碎叶》（《历史研究》2007 年第 2 期）。

新出天宝十载交河郡客馆文书，不仅使我们看到丝绸之路要冲的吐鲁番地区送往迎来的情况，而且让我们对于中亚历史上著名的怛逻斯之战有了新的认识。由拼接的断片中看到广阔的历史画面，看到丝绸之路上频繁往来的各国使者的身影，这是我们辛苦劳累的最好报答，也是我们“新获吐鲁番出土文献整理小组”贡献给学界的最好成果。

四、《新获吐鲁番出土文献》出版后的反响

《新获吐鲁番出土文献》出版后，得到学界和出版界的好评。《中国图书商报》2008 年 7 月 22 日有闵欣的报道《新出土吐鲁番公私文书：发现史籍中未载的史实》；《中华读书报》2008 年 7 月 23 日刊有简短书评《〈新获吐鲁番出土文献〉重推历史新材料》；《文献》2008 年第 3

期、《北京大学文科科研通讯》2008 年第 2 期都载有《新获吐鲁番出土文献》已整理出版的书讯。

真正的学术书评有：张涌泉、陆娟娟《吐鲁番出土文献整理的典范之作》，《古籍整理出版情况简报》2008 年第 10 期；王素《〈新获吐鲁番出土文献〉书评》，《敦煌吐鲁番研究》第 11 卷，2008 年；孟彦弘《〈新获吐鲁番出土文献〉评介》，《中国史研究动态》2008 年第 10 期；王惠民《〈新获吐鲁番出土文献〉评介》，《吐鲁番学研究》2008 年第 2 期；赵和平《新资料、新方法、新速度——初读〈新获吐鲁番出土文献〉》，《敦煌学辑刊》2008 年第 4 期；Wang Ding，"Rong Xinjiang et al.(eds.), Newly discovered Turfan Documents(Beijing , 2008)"，*Hamburg Newsletter of Manuscript Culture,* No1, 2008；高田时雄《介绍〈新获吐鲁番出土文献〉》，《东洋史研究》第 68 卷第 1 号，2009 年；郝春文《〈新获吐鲁番出土文献〉读后》，《敦煌研究》2009 年第 1 期；王启涛《字斟句酌，精益求精——〈新获吐鲁番出土文献〉评介》，《吐鲁番学研究》2009 年第 2 期；柴剑虹《读〈新获吐鲁番出土文献〉的感受》，《艺术百家》2009 年第 4 期；赵红《细节的力量——〈新获吐鲁番出土文献〉读后》，《西域研究》2010 年第 1 期；等等。

2010 年 12 月，《新获吐鲁番出土文献》获得中国出版界的最高奖——"第二届中国出版政府奖（图书奖）"；

2013年8月，该书又被国家新闻出版广电总局和全国古籍整理出版规划领导小组列入91种“首届向全国推荐优秀古籍整理图书目录”。这无疑是对新获吐鲁番出土文献整理小组成员的最大鼓励和鞭策。

（2014年7月31日完稿，原载《古籍整理出版情况简报》2014年第11期，13-23页）

中古史

《入唐求法巡礼行记校注》评介

1992年9月，花山文艺出版社出版了白化文、李鼎霞、许德楠三位先生合作的《入唐求法巡礼行记校注》。此书是在日本学者小野胜年的《入唐求法巡礼行记之研究》四卷本的基础上，经过删剪、修订、补充而成的，最终由周一良先生审阅。它集中了日中两国学者的智慧，可以说是一部资料完备、注释详赡、使用方便、印刷精良的好书，可与季羡林先生主编的《大唐西域记校注》（中华书局1985年版）相媲美。

圆仁，俗姓壬生氏，日本下野都贺郡人，生于794年。幼年落发为僧，15岁时入佛教圣地比叡山，投入曾经入唐求法的名僧最澄门下，习学天台教典。大约822年，任“教授师”，下山传法。835年，日本政府组织一次新的遣唐使团，圆仁以“请益僧”名义，随团进发。由于气候的影响，这次的遣唐使团迟到839年才到达唐朝扬州等地。

圆仁在扬州住了半年多，然后北上巡礼，经楚州、海州，抵达登州，住进赤山法华院，在这座云集中、日、韩三国僧侣的寺院中住了九个多月。以后，圆仁继续西行，经登州、青州、贝州、赵州、镇州，到达佛教圣地五台山，巡礼各胜迹，然后下山，继续前进，经并州、汾州、晋州、蒲州、同州，到达唐朝的京城长安，时在840年八月末。圆仁在长安住了近5年的时间，由于遇上会昌排佛运动，于845年5月离开长安，经洛阳、汴州、泗州、扬州、楚州、海州、密州、登州，入海回国。

四卷本的《入唐求法巡礼行记》是圆仁用汉文所写的旅行、生活日记，虽然文辞并不优美，却保存了许多其他史籍所没有的资料。圆仁在各地都生活在佛教寺院中，因此，他生动地记录了唐代寺院中的各种活动。如“俗讲”和一年中的各种节日，书中都有具体的描述，是我们今天研究佛教社会史和佛教文学的重要参考资料。圆仁一路行走，都要得到唐朝官府的许可，一些往来公文，如公验、牒状等，成为研究唐代官文书制度的第一手资料。而圆仁所记地方与中央各级官吏，又是考察唐代官制时所必须参考的。圆仁入唐，在开成、会昌年间，在中国佛教史或中国社会史上，这短暂的年月里有两件大事，一是五台山的文殊菩萨信仰达到了全盛期，一是唐武宗的会昌排佛运动。圆仁在会昌排佛前夕到达五台山巡礼，记录下当时的文殊信仰盛况；而会昌排佛时，圆仁正在长安，是这一事件的直接受害者，他作为一个外国人，站在僧侣的立场上真切地记录了这一事件，是一般中国史料所不具备的。

《行记》在日本以抄本形式流传下来，到20世纪初排印问世。而在中国，除了1936年出版过石印全本外，就是迟到1986年上海古籍出版社出版的顾承甫、何泉达先生的点校本，因此其史料价值常常被研究者忽略。这次白化文先生等根据小野胜年精校详注的本子，修订成完整的《行记》校注本，这无疑为中国学者广泛使用《行记》来研究有关问题提供了方便。

小野胜年原书的注释极为详细，以至过于繁琐，不便使用。本书吸收其精华，而删繁就简，以简明的中文写出，一册在手，极便省览。小野氏原注，方面极广，举凡佛教名相、典籍、制度、唐代官制、地理等等专有名词和一般名词，都详加注解。本书不仅保留了这些注释成果，而且在许多注文中提出了自己的看法，比如对“所由”的理解，就是很好的一例。

本书用大字排正文，每段后接排小字校记和注文，使读者能够较快地了解原意。全书之后，有用四角号码检字法编制的专名词索引，便于一般读者使用。作为一部新印古籍，除了全书未加专名线，不免有些遗憾外，应当是很规范的做法。

《校注》完稿于1987年，而小野胜年的原著是1963-1969年间出版的，由于考古与研究的进步，使我们对圆仁提到的某些佛教胜迹有了进一步的认识，而敦煌文献研究的进步，大量唐代墓志资料的刊出，使我们对圆仁所描述的佛教社会和他所汇录的唐朝官制，都可以做更多的补充，作者已经认识到这一点，希望在将来再版时补订。

（原载《中国史研究动态》1993年第11期，28—29页。）

《新中国出土墓志·河南》壹书评

唐研究者最为关注的新史料之一，是出土的唐代墓志。这一方面是因为墓志多为前人不曾见过的新材料，另一方面是墓志数量多，涉及面广。解放前出土的唐墓志，相当一部分已经收入清朝以来出版的金石学著作，没有发表的大多也传拓多本，在学者中流传，看到并不困难，只不过拓本有优劣而已。1949 年新中国成立后，考古文物事业蒸蒸日上，地不爱宝，古志石华，层出不穷。新出土的墓志有不少随后不久即在《文物》《考古》《考古学报》及其他一些出版物中发表，但由于种种原因迄今没有发表的材料也不在少数，而且因为管理体制已不同于解放前，所以新出墓志的拓本流传极少，有的甚至没作拓本。在这种情形下，学术界一直盼望文物部门能够出版一部比较完整的墓志合集。现在，中国文物研究所联合全国各地的文物考古工作者，共同编纂这部《新中国出土墓志》，分省陆续刊布解放后出土的全部墓志材料，上起两汉，下迨民国，虽然事情刚刚开始，但已可预见其对于学术研究的巨大贡献。

摆在我们面前的中国文物研究所、河南省文物研究所合编的《新中国出土墓志·河南》第壹卷上下两册（北京，文物出版社，1994 年 10 月），是这一事业的开端成果。上册是墓志原件或拓本的图版，一般一页一方，大都清晰可辨。图下有说明文字，概要介绍墓志的出土时间、地点、现存何处等情况。全书按馆藏为单元，每馆所藏再按时代顺序排列。第壹卷所收，计有安阳、林、滑、内黄、汤阴、新乡、卫辉、辉、获嘉、原阳、封丘、延津、长垣、濮阳、南乐、鹤壁、濬、淇、焦作、修武、武陟、博爱、沁阳、温、孟、济源、平顶山、宝丰、鲁山、叶、郏、襄、汝州、巩义、新郑、密、登封、郑州、许昌、禹州等县市博物馆或文化馆以及河南省文物研究所所藏，总共 460 件，应当是近于实际收藏数的。下册是与图版对应的录文，有志盖者先录志盖，然后是志文。录文通栏，有原文转行标志，加新式标点，缺字填“□”，不补字。有些志文后面，有编者写的简跋，提示与志文有关的文献材料。书后有以年代先后为序的《墓志检索表》，便于研究者查找有关朝代的史料。

本书计收唐代墓志 81 方，志盖 2 方。这些材料个别的已经在《中原文物》《华夏考古》发表的发掘简报中刊

《唐裴识墓志铭》

出，而且图版均收入《隋唐五代墓志汇编》河南卷（其中一方入江苏卷），周绍良先生编《唐代墓志汇编》也有若干方的录文，但大多数录文是首次刊布，其图版清楚，为唐研究提供了多方面的新史料。其中，《唐上柱国邢国公李君（密）墓志》（109号）是研究隋末唐初政治史的重要参考材料；《唐故银青光禄大夫巂州都督长沙郡公赠幽州都督吏部尚书文献公姚府君（懿）玄堂记》（444号），是开元名相、时任兵部尚书紫微令的姚崇迁葬其父的墓室记录，所记墓葬形制有助于唐朝丧葬制度的研究；《唐故国子祭酒赵君（冬曦）圹志》（410号），为这位唐代文士、诗人的传记增补了素材；《唐郎州员外司户薛君妻崔氏墓志》（287号），系唐代大手笔柳宗元为其外甥女所作，原已收入《柳宗元集》卷十三，可考校两者的异同。另外，如《大唐故宣威将军左卫汾州清胜府折冲都尉上柱国难君墓志铭》（232号）的志主难元庆，是出身百济的蕃将，任职朔方，累历战功，为此前研究唐代蕃将者所不知；《大唐故东都畿汝州节度先锋兵马使兼押衙充阳翟镇遏兵马使中大夫检校太子宾客合浦郡王太原郭府君（郭超岸）墓志铭》（429号），记录了唐朝与淮西藩镇的战事及郭超岸在其间的作用，颇有助于中晚唐藩镇的研究；而《大唐魏博节度随军勾当南院孔目事朝议郎行魏州大都督府南乐县丞故河南阎公（肇）及故夫人平昌孟氏墓志铭》（88号），则有俾于唐朝方镇官制的探讨。

从史料价值来讲，笔者最感兴趣的是以下两方。

一为《唐故邠宁庆等州节度管内观察营田处置等使银青光禄大夫检校尚书右仆射兼御史大夫□□□□□□公食邑三千户袭食实封一百五十户赠司空河东裴公墓志铭》（374号），即宪宗宰相裴度第三子裴识的墓志。志文记裴识历任泾原、忠武、天平、灵武、邠宁等镇节度使，以咸通五年四月九日薨于庆州。在天平节度任内，志文记载："天子以河西新收，西凉府以归，帅张议潮欲强盛边事，择其人（下残）。"虽然上下文均残，却提供了有关沙州归义军史的重要信息。笔者曾撰《初期沙州归义军与唐中央朝廷之关系》一文，据传世史料和敦煌文书，力图说明咸通二年（861）张议潮率军收复凉州后，唐朝并不希望把凉州交归义军统辖，而是派遣郓州天平军二千五百人西戍凉州，随即在咸通四年设凉州节度使，想把凉州控制在唐中央朝廷的手中，这反映了初期沙州归义军与唐中央朝廷间的矛盾关系的一面。（载黄约瑟、刘健明编《隋唐史论集》，香港大学亚洲研究中心，1993年，106—117页。）裴识是当时唐朝经营西北的主要人物之一，志文此处讲到张议潮在凉州收复后欲积极防守，下缺当即《新五代史》卷七四《吐蕃传》所记"发郓州兵二千五百人"一事，而出自邠宁节度副使之手的这篇墓志铭用语，对张议潮颇不礼敬，正反映了唐朝兵将对归义军的态度，从而印证了拙文的论点。

二为《唐张氏墓记》(420号),这是历任邠宁、凤翔、忠武、荆南诸镇节度使的刘异为乐工张三英写的墓记:“张氏者,号三英,许人也。家为乐工,系许乐府籍。伯姊季妹及英悉歌舞,縻于部内。咸通五年,有刘异自凤翔节度使移镇于许,始面张氏。八年,纳而伫于别馆。”后来一直随刘异南转北徙,最后于咸通十四年十月十七日殁于东都洛阳,年二十四。饶宗颐先生有《唐末的皇帝、军阀与曲子词》一文,申论歌舞曲词在晚唐藩镇中的流行(载《明报月刊》1989年8月号)。这篇墓记是曾几度任节度使的刘异为一个乐人所写,更可以证明晚唐军阀对曲子音乐之喜好,也有助于我们对唐朝州府中乐户的认识。

本书的整理工作主要是录文和简跋,录文大体反映了原貌,而简跋也比较扼要。因为同时刊布了图版,所以我们可以随时校订录文。其中232号《难元庆墓志》:“俄转夏州宁朔府左果毅都尉,直中书省内供奉。属边尘屡起,烽火时惊。以君宿善帷筹,早参师律。文乃□□□□□□□军□弓旌□重,要之绥抚,倒载(戟)干戈。遂授朔方军总管。君以□□□□令能建奇,□九姓于是歼夷三军宴然无事,凯歌旋入,高会星楼。天子以禄不足以酬能特赐紫金鱼袋,衣一袭,物一百匹。□属羌戎,氐□河西胡亡,俾君招征,降者如雨集。□俘操袂,内宴褒功,特赐口六,马十,物一百匹。授宣威将军,迁汾州清胜府折冲都尉,勋各如故。”按这里标点和录文似可商権，一是从职官迁转看，难元庆由夏州宁朔府左果毅都尉，升朔方军总管，又以功迁汾州清胜府折冲都尉。朔方军总管远比清胜府折冲都尉品级要高，所以此处“朔方军总管”下句号及“君以”二字似误，当为朔方军总管下之某官。又“歼夷”下当有逗号；“□属羌戎，氏□河西胡亡”，似应作“□属羌戎氏（？）贰，河西胡亡”。

另外，有些残缺的姓名可据其他资料补考。如221号《□模墓志》，因为《隋唐五代墓志汇编》已收，所以戴伟华《唐方镇文职僚佐考》517—518页已据之考订其姓元；而103号《王仁□墓志》，《中原文物》1988年第2期第34页发表时，作“王仁波”。

《新中国出土墓志·河南》第壹卷是个良好的开端，我们期待着这套丛书的其他各卷早日出版。

（原载《唐研究》第1卷，北京大学出版社，1995年，557-560页。）

刘统《唐代羁縻府州研究》书评

有唐一代设置的羁縻府州，有名可考者已近千个，远较唐朝的正州要多得多。但因为羁縻府州都位于唐朝的边疆地区，有的时叛时服，归属不定，有的游牧迁徙，居所常移，所以学者们明知其重要，但研究尚不充分。而且，术业有专攻，前人涉及羁縻府州者，往往也是只就自己的研究范围，或则东北，或则西南，详于西域，而不及岭南。因此，刘统先生这本《唐代羁縻府州研究》（西北大学出版社，1998 年 9 月）专著的出版，全面探讨唐代羁縻府州，无疑是受到学界欢迎的。

本书是在作者 1985—1988 年在复旦大学师从谭其骧先生所做博士论文基础上完成的，虽然正式出版已是十年以后的事了，而且似乎出版之前没有据新发现的材料和研究成果做什么补充，但仍不失是对唐代羁縻府州的第一本综合研究的论著。全书分上下两篇，上篇为《唐代羁縻府州研究》，共由七个章节组成，在引论之后，各章分别探讨羁縻府州的建置与组织、制度与管理、羁縻府州对唐朝的义务和贡赋、与正州间的转化、羁縻府州的迁徙与变化、其兴废与唐朝疆域的伸缩等问题；下篇是《唐代羁縻府州考证》，分别考证关内、河北、陇右、剑南、黔中、岭南道的各个羁縻府州的建置沿革、迁徙、分合及其方位所在。

作者指出史籍记载的缺漏和只研究某一地区的羁縻府州的缺陷，希望把各个地区的材料汇集起来，综合全面地研究这一问题。在这一总的目的指导下，作者收集了史籍和博士论文完成的 1988 年以前的新出土文献和考古资料，对两《唐书》地理志有关羁縻府州的记载和缺漏作了补充和订正。对于羁縻府州的创设、设置方式、任官制度和各个地区羁縻府州的迁徙变化，都有较为系统的论说。因为作者收集了各个地区的羁縻府州材料，所以在设置方法和任官制度方面，解释得比较周到，在论述各种类型的羁縻府州与唐朝的关系时，也比较全面，如四种设置方法的总结，又如唐朝任命羁縻府州的官员以及“华官参治”等问题。本书第六章《羁縻府州的迁徙与变化》、第七章《羁縻府州与唐朝疆域的关系》以及下篇《唐代羁縻府州考证》篇幅最多，也是作为历史地理的研究方向应当用力所在。作者在这些章节里，基本上给出了每个地区的羁縻府州的主要沿革变化和地理方位，虽然由于近年的研究进步和新出土石刻资料的公布，有继续深化的可能，但这些章节仍

刘统《唐代羁縻府州研究》书影

是今后探讨羁縻府州问题的基本出发点。

由于本书基本上完成于1988年，在出版之前似未多加补充，所以在作者所希望的“广泛收集唐代正史、笔记、文集、碑志、出土文书以及后代地理书、正史、地方志、考古发现、外国古籍和今人研究成果”方面，做的显然不够充分。也许是写于八十年代的缘故，即便是已发表的史料和已有的研究成果也有所遗漏。以下就本书中的一些问题，略做讨论。

11—17页讨论贞观四年及其后以突厥投降部众设置羁縻府州问题，这是一个迄今学术界还没有圆满给予解说的问题，作者由于对相关的史料考证不细，因此16页称“〔贞观〕十四年三月，唐太宗‘置宁朔大使以护突厥’。长、化等州显然应隶于宁朔大使管下”，而下页则说“化州及长州均于同年（贞观十三年）废弃”，显然自相矛盾。如果作者参考了石见清裕《唐の突厥遗民に对する措置をめぐつて》（载《日野开三郎博士颂寿记念论集・中国社会・制度・文化史の诸问题》，中国书店，1986年；现收入石见氏《唐の北方问题と国际秩序》，汲古书院，1998年），或许可以论证得更加充分。

22页引云南安宁出土《唐河东州刺史王仁求墓志》，同页下面引作《王仁求碑》，27页又作《在周河东州刺史王仁求碑》，“在”显系“大”字之误，但是否既有“墓志”又有“碑”，因作者没有给出处，易使读者误解，也无从核对引文正误。实则这条史料在《云南志》、《安宁州志》、《金石萃编》等书中都可见到，最方便的要属孙太初《云南古代石刻丛考》（文物出版社，1983 年）。据孙书所刊拓片，此系碑文，碑额“大周故河东州刺史之碑”，碑题为“故使持节河东州诸军事河东州刺史上护军王府君碑铭”。以下所引墓志，也大多没有给出所据拓片或出处。

在讨论“华官参治”时，作者辑出一些墓志、文书材料，十分难得。但结论说“凡有华官参治的羁縻州，都是内附于边州都督府境内定居的或有固定治所的”，“看来在迁徙无常、无固定治所的地方，很难设固定的唐朝官吏，而采取了其他方法”（40 页），与 56 页所引《李卫公问对》记唐太宗话“铁勒诸部，乞置汉官，朕皆从其请”相矛盾，实则游牧民族的羁縻府州内，也有设置汉官的情形。

54 页关于羁縻府州对唐朝的贡赋形式，似乎有所误解。《新唐书 · 西域传》所记焉耆供应唐朝使客，并不能看作是贡赋的一种，因为这是焉耆王国供应使客的负担问题，而不是羁縻府州百姓的赋税负担。突厥、突骑施与唐朝的市马交易，则更非贡赋。59 页引《唐六典 · 户部尚书》“凡诸国蕃戎内附者”条，来论证羁縻府州是承担赋税的，似乎也可以讨论，因为“蕃戎内附”后，指编入正州后的内附蕃戎，已作唐人视之，其所生子女“即同百姓”。而羁縻府州的百姓，无论哪一代，都还是蕃户，所以这条史料似不能说明羁縻府州的赋税问题。从作者所举证的材料看，唐朝对不同地区和控制程度不同的地区在赋役问题上有不同的做法，不可一概而论。

63页以下讨论六胡州问题，认为调露元年（679）唐朝“把六个小羁縻州合为一个正州，以唐人刺史总领，下边仍由部落首领担任六个羁縻州刺史”（65页）。这个逻辑似很难说通，因为“六胡州”是两个字的州名，而唐朝的正州一般都是一个字的州名。唐朝地理书中所列正州中也从来没有记录过“六胡州”这个州名。从现在所见到的材料看，构成六胡州的六个羁縻州一直存在，其中最说明问题的一条材料是敦煌出土《唐景云二年（711）张君义勋告》（敦煌研究院藏），其中记录了景云二年时受勋的二百余人中，有含州、依州、鲁州、契州的粟特人（见朱雷的跋文，《中国古代史论丛》1982年第3辑）。又六个胡州的刺史，据《安附国碑》，调露元年以后有以粟特人任州刺史者；而据《张仁楚墓志》，也有唐人任刺史者（周绍良等《唐代墓志汇编》1022页）；并非唐人只任“六胡州”的刺史。

以上例证，只是说明唐代羁縻府州这个重要的研究课题还有不少工作要做，相关的问题也不是一本书所能解决的。刘统先生做出了一些很基础的开拓工作，希望这一艰苦的研究工作可以进一步得到开展。

（原载《唐研究》第5卷，北京大学出版社，1999年，515–518页。）

《新中国出土墓志·陕西》壹评介

继 1994 年文物出版社出版的《新中国出土墓志·河南》壹（上下册，以下简称《河南》）以后，中国文物研究所联合陕西省古籍整理办公室，又合作完成《新中国出土墓志·陕西》壹，2000 年 11 月由北京文物出版社出版（以下简称《陕西》）。与《河南》一样，《陕西》也分上、下册，上册影印墓志原件照片或拓本的图版，一页一方，有简要说明，介绍墓志外观、出土时间、地点、收藏单位等情况；下册是录文，并附有简跋，说明有关志主的文献材料。

笔者曾经在《新中国出土墓志·河南》壹的《书评》中，概要介绍了中国文物研究所推动进行的“新中国出土墓志”计划的主要内容和对学术研究的价值（见拙编《唐研究》第 1 卷，1995 年，557—558 页），此不赘述。这里只就新出版的《陕西》的学术价值，略陈管见。

本书计收录 1949 年以后陕西西安及其附近出土的墓

志类材料 448 方，从秦汉到民国初年都有，其中秦刑徒墓瓦文 1 件（18 片），西汉墓砖铭 1 件，东汉画像石题记和墓砖铭 17 件，曹魏墓砖铭 1 件，北魏墓志 5 方，西魏北周墓志 3 方，隋代墓志 6 方、唐代墓志 120 方、五代 1 方，宋代 12 方，金代 3 方，元代 3 方，明代 101 方，清代 160 方，民国 12 方。我们知道，宋代以前，长安（今西安）是汉唐两大帝国的首都，东汉、北魏、北宋等王朝，虽然以洛阳或开封为首都，长安仍然是西北地区最重要的都市，历来为高官、贵族聚集之地，唐朝三品以上的官员，大多数埋葬在长安周围，一些帝陵和家族墓地，更是会集了一个时期的文臣武将，或者系统地摆放着一个家族的地下家谱。1949 年以后，随着新中国考古事业的发展，西安周边大量的墓葬陆续发掘，许多墓志随同墓葬中丰富的文物一道出土，为我们提供了文物和文献双重的考古资料。1949 年前，学术界所利用的墓志材料，主要是洛阳地区出土的北魏至隋唐的墓志，相对来讲，隋唐墓志的志主往往没有北魏墓志的志主重要。但 1949 年后西安出土的墓志，情形完全不同。本书发表的墓志，有相当多的是隋及唐朝前期的重要历史人物，如隋朝的杨素、唐太宗时期的唐俭、张士贵、尉迟敬德、郑仁泰、程知节、李勣等；有高宗、武则天时期的皇家成员和重要朝臣，如章怀太子李贤、永泰公主、贺兰敏之、薛元超等；还有一批入仕唐朝的胡族将领，如阿史那忠、安元寿、李谨行、执失善光、李元谅、契苾通等。这些人物是我们研究隋唐政治史、民族史时必然要接触到的角色，我们由此可以拥有在正史等传世史料之外的另一系列的材料，而且这些材料有些同时具有考古文物资料加以佐证。

研究中国历史的学者，一般比较重视汉魏南北朝和隋唐五代的墓志资料。前一时段的资料，有赵万里编《汉魏南北朝墓志集释》（科学出版社，1956 年）、赵超编《汉魏南北朝墓志汇编》（天津古籍出版社，1992 年），后一时段有《唐代墓志汇编附考》（1—18 册，毛汉光主编，台北中央研究院历史语言研究所，1984—1994 年）、《千唐志斋藏志》（上下，北京，文物出版社，1984 年）、《隋唐五代墓志汇编》（天津古籍出版社，1991—1992 年）、《唐代墓志汇编》（上下，周绍良主编，上海古籍出版社，1992 年）、《全唐文补遗》（1—7 辑，吴钢主编，西安，三秦出版社，1994—2000 年）等。这部《新中国出土墓志》和《北京图书馆藏中国历代石刻拓本汇编》（100 册，中州古籍出版社，1989—1991 年）的做法相似，收录秦汉到民国的全部墓志材料，但优点是所收都是 1949 年后的新资料，而《北图藏拓》则主要是 1949 年前的材料。《陕西》中收录的汉魏、宋、明时期的材料，和上述隋唐时期的墓志一样，也同样包含着许多重要的信息。

本书是《新中国出土墓志》整体计划的一部分，而且工作比较细致，先由地方上的编者做出录文（本卷主编吴钢负责），再在北京由中国文物研究所的专家复审订正（本丛书主编王素负责）。这样一来，工作做得细致了，编辑出版的速度也就慢了下来，《陕西》收录的墓志，图版基本上又见于《隋唐五代墓志汇编·陕西卷》四册当中，昭陵范围出土的墓志，则收入《昭陵碑石》（三秦出版社，1993年），大概只有《唐太宗妃子韦珪墓志》，因为是1991年的出土物，才没有收入上述图录。而墓志录文，则大多数都已经在《全唐文补遗》前几辑中发表。但是，从图版印制的质量，特别是录文的正确率来看，后出转精，无疑以《陕西》最精审。而且，《隋唐五代墓志汇编》和《全唐文补遗》不是一套书，没有对应关系，不像《陕西》这样，上下两册，一图一录，可以一一比照对读，这种做法尤其方便了读者，也利于学者们校正录文的正误。

墓志录文，虽然没有敦煌吐鲁番文书录文那样困难，但遇到残缺不全或拓本模糊的墓志，抄录下来，也并非易事。我们拿本书的录文和《全唐文补遗》的录文对照，就可以看出这种录文的进步。正像敦煌文书的录文是经过了几代人的反复校录方才形成现在出版物中的文本一样，墓志的录文也是越来越精，越来越好。

如上所述，本书所收墓志的志主，往往涉及隋唐时期一系列重大历史事件，所以相关的参考文献较多，简跋往往不能给读者以全面的信息。而相关的史料，有时可以帮助辨释不够清晰的字迹。另外，这些墓志出土时间不一，早些时候出土的墓志有的已经有研究者加以探讨，对文字也有订正，这些论著应当受到重视，如《杨素墓志》，就有姚双年《隋杨素墓志初考》（《考古与文物》1991年第2期）、周铮《〈杨素墓志初考〉补正》（《考古与文物》1993年第2期）、刘健明《杨素政治生涯考析》（《唐研究》第5卷，1999年），其录文可以和《陕西》所刊录文互相订正。

墓志作为一种出土文献，除了和传世文献相发明外，还应当与同墓出土的其他文物、墓室形制、壁画等结合起来，完整地理解墓志的内容。但是，因为1949年以来考古事业突飞猛进，往往一个墓葬发掘以后，只有简报发表，而没有正式的考古报告出版，我们难以根据墓志来对照整个墓葬的情况。《新中国出土墓志》的出版，也向地方考古工作者提出了一个挑战，即在繁忙的考古发掘的同时，应当尽快地把已经发掘出来的墓葬资料整理成正式的考古报告，就像罗丰编著的《固原南郊隋唐墓地》（文物出版社，1996年）、山西省考古研究所编著的《唐代薛儆墓发掘报告》（科学出版社，2000年）那样，这必将全面推动中国古代史和考古学的研究。

（2001年8月26日完稿，原载《古籍整理出版情况简报》第369期，2001年11月，21–24页。）

《岑仲勉著作集》书评

学术研究和出版事业是紧密相关的，如果没有好的学术研究成果，也就谈不上会有好的出版物，而好的学术著作的出版，又会进而推动学术研究的向前发展。近年来，出版业对于学术研究起到了巨大的推动作用，表现在一方面加快了学者们原创性著作的出版速度，另一方面把过去难以看到的资料或者难以寻找的书籍大量地编印出来。对于我们这些唐研究者来说，我们非常感谢北京的生活·读书·新知三联书店在2001年出版了14册《陈寅恪集》和中华书局在2004年出版了15册《岑仲勉著作集》。陈寅恪（1890—1969）和岑仲勉（1886—1961）两位先生都是著述丰厚的史学巨子，他们所处的年代多灾多难，出版环境不佳，著作散在四方，对于研究者来说，收集非常不易。1980年上海古籍出版社出版过蒋天枢先生编的《陈寅恪文集》，计九册，极便学人，为后来《陈寅恪集》的出版

《岑仲勉史学论文续集》书影

打下了基础；而著述更多的岑仲勉先生的著作，却一直没有一个很好的合集。中华书局编辑部看到这一情形，把几乎全部岑仲勉先生已刊和部分重要的未刊论著收集起来，编成《岑仲勉著作集》，这无疑是嘉惠学林的举措，而对于我们唐研究者来说，更是省去了许多跑路的功夫。

岑仲勉先生著述十分丰富，在隋唐史、文献学、金石学、塞外民族、历史地理、中外关系等方面咸有贡献，非笔者所能置评。由于这套书大多数是影印，常常把其他的单行本编入某种书中，有些著作在影印时做了一些改动。为了读者使用方便，笔者这里只是转述一下《著作集》本和原刊本之间的异同，兼提示其中有关唐研究的内容。

1.《两周文史论丛》系用新知识出版社 1956 年版影印，其所收外一种《西周社会制度问题》，则是商务印书馆 1958 年版影印。

2.《隋书求是》，用商务印书馆 1958 年版影印。

3.《通鉴隋唐纪比事质疑》，用中华书局 1964 年版影印。

4.《隋唐史》，原为中华书局 1982 年版，现尚未出版。此书河北教育出版社曾出版简体字本，列为《二十世纪中国史学名著》丛书的一种。

5.《唐人行第录（外三种）》，用中华书局上海编辑所 1962 年版影印，原本的外三种是《读全唐诗札记》《读全唐文札记》《唐集质疑》，系相关的长篇论文。此书有上海古籍出版社 1978 年据 1962 年版纸型新印本，前有该社所写的《出版说明》，可以参考。

6.《唐史余渖》，用中华书局上海编辑所 1960 年版。按本书有 1979 年上海古籍出版社重印本，文字较清楚，这次依 1960 年的版本影印，有些文字不够清晰。此外，1979 年重印本有《出版说明》一纸，对于读者参考本书还是有帮助的。又外一种《府兵制度研究》，用上海人民出版社 1957 年版重排，因为是重排，所以文字非常清楚。

7.《郎官石柱题名新考订（外三种）》，用上海古籍出版社 1984 年版影印。原书已编入的外三种是《翰林学士壁记注补》《补唐代翰林两记》《登科记考订补》，都是岑仲勉先生有关唐代郎官、翰林、进士的考订成果。这项工作学术界现在仍在继续，如本卷所收傅璇琮先生的《岑仲勉〈补僖昭哀三朝翰林学士记〉正补》，即是其一。有关《登科记考》的补订工作，最近出版的孟二冬《登科记考补正》三册（北京燕山出版社 2003 年版），是一部集大成的著作。

8.《金石论丛》，用上海古籍出版社 1981 年版影印。其中《金石证史》《贞石证石》《续贞石证史》三篇于唐研究最富参考价值，但因为其细目在每篇文章的前面，所以常常不被人注意，以后重刊，应把这三篇的细目印在前面的目录中，这样更有利于读者利用。

9.《汉书西域传地里校释》，用中华书局 1981 年版影印。

10.《突厥集史》，用中华书局 1958 年版影印，其中有不少订正。

11.《西突厥史料补阙及考证》，用中华书局 1958 年版影印。

12.《中外史地考证》，用中华书局 1962 年版影印，又外一种《佛游天竺记考释》，据商务印书馆 1934 年版重新标点排印。

13.《黄河变迁史》，用人民出版社 1957 年版影印。

14.《岑仲勉史学论文集》，用中华书局 1990 年版影印，唯目录重排。又，大概因为《著作集》封面统一用印刷体，所以原书封面所用商承祚先生题签，改为竖排在内封后。此为《著作集》通例，即凡是原书有题签者，均影印保存在书前，可见编者的仔细。

15.《岑仲勉史学论文续集》，中华书局此次首次印刷。此书系岑仲勉先生弟子陈达超先生于 1987 年整理而成，但一直没有出版，所收论文是 1949—1961 年间所撰而没有收到其他集子中的单篇论文，大致分成四组：（1）关于土地制度方面的研究，包括《租庸调与均田有无关系》《唐代两税基础及其牵连的问题》；（2）关于民族史方面的研究，包括《〈楚辞〉中的古突厥语》，系作者未刊稿；（3）关于古代文献的研究，包括《跋敦煌抄本唐人作品两种》《〈张曲江集〉万历癸丑刊本之攘功斗争及集本文字与残余石刻之会勘》；（4）只有一种，即《敦煌于阗文件地理译考》，也是未刊稿，系对敦煌发现的钢和泰藏于阗文书中地名的考证。这件文书是敦煌发现的重要文献之一，从 1929 年托玛斯（F. W. Thomas）和柯诺夫（S. Konow）将其刊布以来，西方学者对其中的地名做了反复的考证，但因为能够处理于阗语的学者往往不谙汉文，所以在 1958 年哈密顿（J. Hamilton）发表《钢和泰写本研究》（ Autour du manuscrit Staël-Holstein, *T'oung Pao*, XLVI, 115-153）之前，对于这件文书中的地名，学者只是单个的推测，而没有系统的解说。岑仲勉先生此文大体作于 1958 年前后，与哈密顿的文章可谓东西辉映，两人虽然没有通信联络，更不可能看到对方的文章，但都发现这个地名表的内在理路，因此比定出来的名字超越前人，至于具体的一些考证，则各有千秋。遗憾的是岑仲勉先生的这篇文章一直没有发表，我们早就在他的《中外史地考证》一书中得知它的存在，但无缘见到。而哈密顿的有关研究，由耿昇先生介绍给中国学者（《亚洲文明论丛》，成都，1986 年，247—259 页），黄盛璋先生在此基础上，又做了详细的考释（《敦煌学辑刊》1986 年第 2 期，1—18 页；1987 年第 1 期，235—246 页）。虽然现在看来各家的结论殊途同归，但从学术史上来讲，我们仍然应当给予岑先生的劳绩以很高的评介，而且他在本文中的有些研究成果，至今仍有参考价值。

在《续集》的最后，附录有中华书局编辑部所编《岑仲勉著作集论文及札记篇目索引》，将所有《著作集》所收录的论文和札记名称，按汉语拼音音序排列，由于札记是岑先生著述的主要方式，所以这个索引对于我们读者来说，真是功德无量。

陈寅恪和岑仲勉两位先生是无可置疑的“中古史两位大师”（刘节先生语，见蔡鸿生《康乐园里忆“二老”》，所著《学境》，香港，博士苑出版社，2001 年，13 页），对隋唐史贡献尤多。两位大师的性格不同，治学方法和取向也不一样。陈寅恪先生为后人理解隋唐史，提出了许多今人尚无法逾越的解释框架；岑仲勉先生则为后人研究隋唐史，整理了几乎所有相关的隋唐史资料，同时也开启了隋唐文献研究的许多领域。中华书局这次一次性出版如此多的岑仲勉先生著作，可以让我们很容易看到他对隋唐史的贡献：《隋书求是》《唐史余沈》是他对《隋书》和两《唐书》的考订；《通鉴隋唐纪比事质疑》是对《资治通鉴》隋唐部分的辨正；《唐人行第录》《读全唐诗札记》《读全唐文札记》《唐集质疑》和一些有关唐人文集的论文，是对唐代诗文的整理；《郎官石柱题名新考订》《翰林学士壁记注补》《补唐代翰林两记》《登科记考订补》是对唐朝制度史料的补正；《著作集》没有收录的《元和姓纂四校记》是对唐朝最重要的姓氏书的整理复原；《金石论丛》用石刻碑志材料来补正隋唐史；《突厥集史》《西突厥史料补阙及考证》是对唐朝重要的北方游牧民族史料的整理和考证，后者是补沙畹《西突厥史料》一书之缺；《中外史地考证》则包含有关隋唐时期中外关系史事的考证；《隋唐史》则是系统地阐述隋唐历史的著作。可以看出，岑仲勉先生自中年开始步入史学领域后，似乎是有计划地一部一部地整理考订隋唐史的各种史料，我们今天从事隋唐史研究的人，几乎都受到岑仲勉先生的恩惠，几乎都要从他的著作中吸取营养，从这个意义上来说，《岑仲勉著作集》的出版，不仅仅具有学术上的意义，同样也有学术史上的意义。

（2004年10月12日完稿，原载《唐研究》第10卷，北京大学出版社，2004年12月，581-584页。）

新发现的中国中世史

在日本的东洋史学界，对于中国古代史的分期问题，20世纪中叶曾经在京都和东京两派学者中间有过激烈的争论。简单地说，京都大学内藤湖南先生把从五胡十六国到唐中期称作“中世”，而唐末五代是从中世到近世的过渡期，从宋代开始，中国进入近世阶段[①]。这种说法虽然受到东京方面的学者的质疑，但内藤先生的“唐宋变革论”已经是后人理解唐宋时期中国历史的一个重要的思路。中国学术界对于内藤先生的历史分期没有一致的意见，实际

①《概括的唐宋时代观》初刊于《历史与地理》第9卷第5号(唐宋时代研究号)，1922年5月，1–12页；再收于《内藤湖南全集》第8卷中之《东洋文化史研究》，1969年，111页；黄约瑟译《概括的唐宋时代观》，收于刘俊文编《日本学者研究中国史论著选译》第1卷《通论》，中华书局，1992年，10页。

上只是到了最近，中国学术界才开始透彻地清理内藤先生的学术史[①]。1985年，当北京大学历史系邓广铭、周一良等先生发起成立“中国中古史研究中心”的时候，他们的看法显然是把魏晋南北朝到宋辽金这段时间，整个地看作是中国的“中古”阶段，但好像没有人具体地论证过为什么把这么长的一段历史时期称作“中古”，似乎当时的先生们只是为了方便而给予了这样的称呼，而没有特别的时代区分的意义。

关于“中古”、“中世”等概念的具体所指，以及有关“唐宋变革论”的纷争，不是本文所要处理的问题。我只是想说明的是，本文的撰写是应京都大学方面的要求而做的，“新发现的中国中世史”的题目也是杉山正明教授给我的“命题作文”。因此，这里所用的“中世”的概念，大体上是按照内藤湖南先生的说法，指的是魏晋南北朝至隋唐这段时期。相对于宋代以后典籍丰富的历史阶段，魏晋到隋唐的历史的确不断受到新发现的考古数据的更新，甚至有不少内容可以重写或者补写。

最近二十多年来，中国各地都在大兴土木，在城市建筑房屋、城市间开辟道路的时候，大量古代文物和遗迹被

① 张广达《内藤湖南的唐宋变革说及其影响》，荣新江、邓小南编《唐研究》第11卷“唐宋的社会流动与社会秩序研究专号”，北京大学出版社，2005年12月，5—71页。

发现，考古资料可以说是日新月异，让我们目不暇接。即使我们主要着眼于最近二十多年的新发现，尽管我们只谈论魏晋南北朝到隋唐这一段历史，我们也无法驾驭全部新的考古资料。因此，我这里不得不用举例的方式，选取能够揭示前所未知的历史内涵的资料，来简单介绍一下我们今天从新的考古发现中，能够从哪些方面来展现中国中世史的新面貌。

1. 长沙走马楼吴简中的孙吴档案

我们都知道，20世纪初叶以来在敦煌藏经洞和吐鲁番墓葬发现的官私文书，曾经大大丰富了我们对于魏晋南北朝隋唐史的知识，但是，不论是位于甘肃最西端的敦煌，还是位于新疆东部的吐鲁番盆地，其所出文献的主要内容，必然是和河西、西域、中原北方的关系最为密切，有关南方的资料非常缺乏。而且，这些西北出土的文书资料，主要是属于十六国、北朝和隋唐地方政权或地方政府的官文书，以及当地民间使用的各种私文书，有关早期如魏晋的资料很少。

1996年，湖南省长沙市文物工作队在长沙市走马楼街平和堂商贸大厦建筑工地的古井窖藏中，发掘出大批三国时期吴国的简牍，总数有近十四万枚之多[①]，这些应当就是当地官府废弃的档案。根据已经整理的一少部分简牍，这些档案的内容包括有关税收的各种文书、各类名籍、户籍、司法文书、私人书信等等，大多数是属于长沙郡及其下属的文书，主要应为临湘县即临湘侯国的档案。

由于这些简牍的数量极其庞大，在文书释读之前有不少简牍需要脱水处理和进行必要的保护工作，所以整理、释读文字的工作进展不可能很快，其中许多简牍的内容还无法得知。1999 年 9 月，长沙市文物考古研究所、中国文物研究所、北京大学历史学系组合而成的走马楼简牍整理组编辑的《长沙走马楼三国吴简》第 1 卷《嘉禾吏民田家莂》由文物出版社出版，这是一组非常重要的文书集。"田家莂"是由乡制成，由乡和县（侯国）分别保管的纳税人的总账目，它可能具有土地拥有者（或耕作者）总账、课税者总账、甚至纳税者总账等多种账簿的作用。"田家莂"是一种分为三份的木券，一份由乡保管，一份由县（侯国）保管，还有一份可能由纳税者保管。有的学者认为"田家莂"实际具有土地租佃契约和官府收受吏民

① 长沙市文物工作队、长沙市文物考古研究所（宋少华、何旭红执笔）《长沙走马楼 J22 发掘简报》，《文物》1999 年第 5 期，4—25 页；王素、宋少华、罗新《长沙走马楼简牍整理的新收获》，《文物》1999 年第 5 期，26—44 页。

租、税、布、钱凭证或收据的双重性质。但因为这些文书都是首次公布，其中的许多问题还需要进一步论证。在中国和日本，有不少研究魏晋南北朝史、研究简牍或敦煌吐鲁番文书的学者投入了这项艰苦的研究工作，日本还成立了“长沙吴简研究会”，于 2001 年 7 月出版了《嘉禾吏民田家莂研究——长沙吴简研究报告》第 1 集的论文集。

过去有关三国时孙吴的资料很少，这批简牍虽然主要是长沙郡的官私文书，但也是研究三国史，特别是孙吴历史的重要历史文献。由于是地方官府的档案，所以涉及许多非常细致的问题，比如一些名籍上对于人的身体特征有详细的记录，如盲左目、聋两耳、腹心病等，包括了无法直接观察到的内容，这种具体的记载，正是传统的文献材料所缺的内容，因此异常珍贵。又如当时妇女为户主的情况，也是我们了解女性状况的珍贵资料。而文书中妇女多以“妾”为名，还有单名盛行，以及姓氏十分庞杂等情况，表明中国南方姓氏特征与起名习俗的发展[①]。当然，大量的税收文书无疑对我们了解当时的社会经济与生产状况有极大的帮助。

2003 年 10 月，走马楼简牍整理组编辑的（编者：王

① 参看高敏《从嘉禾年间〈吏民田家莂〉看长沙郡一带的民情风俗与社会经济状况》，《中州学刊》2000 年第 5 期，129—133 页。

素、罗新)《长沙走马楼三国吴简·竹简》[壹]上、中、下三册由文物出版社出版，又引起学术界一阵新的讨论和研究。我们相信，随着整理工作的深入，走马楼简牍将会给我们带来更加丰富多彩的历史内涵。

2. 北朝后期的胡人墓葬与入华粟特人

一般来说，魏晋南北朝时期，是中国历史上民族大融合的时期。这种说法更多地是指北方或者东北民族南下中原，即所谓“五胡乱华”。五胡是指匈奴、鲜卑、羯、氐、羌，主要是由北方南下的少数民族。其实，在魏晋南北朝到隋唐时期，西域的胡人也大量进入中原地区，由于史料记载比较零散，而这些西域民族也没有建立自己的政权，因为容易被过去的历史家所忽视。北朝末年，北齐君主推崇胡化，崇任宫廷中唱歌、跳舞的西域胡人，有的人甚至开府封王，这是我们从史籍中所熟知的事实。但我们对于非常强调汉化的北周王朝的西域胡人的情形，却没有多少知识。这个状况被1999年以来一系列的考古发现所打破。

先是1999年在山西省太原市郊距离晋祠很近的地方，

发现了一座墓主人叫虞弘的墓葬[①]。根据墓志，虞弘出自鱼国，可是我们在史书上完全找不到这个鱼国的存在，有的学者认为他是漠北游牧族的柔然人，因为他的祖、父以及他本人原本都是在柔然中任职的；有的人认为他是稽胡人，因为他的家族是柔然的别部；有的人认为他是月氏人，因为“鱼”和“月”在古代是发同样的音；还有的人认为他是粟特人，因为他的墓葬和已知的粟特图像有许多共同的母题。不论如何，虞弘是应当写入历史典籍的一位非凡的人物，他年轻时曾代表柔然出使波斯、吐谷浑，后来出使北齐的时候，被北齐羁留下来，授以官位。北周灭北齐后，虞弘又入仕北周，在北周末年，曾经“迁领并、代、介三州乡团，检校萨保府”，负责并、代、介三州乡团，并且兼管以粟特人为主的西域胡人聚落——萨保府的事务，是晋中、代北地区胡人聚落首领的上司。隋朝取代北周后，他又成为隋朝统治并州地区的主要人物，最后死于隋开皇十二年（公元 592 年）[②]。从墓志所记虞弘的履历，真是具有传奇色彩的一生。

① 山西省考古研究所、太原市晋源文物旅游局《太原隋代虞弘墓清理简报》，《文物》2001 年第 1 期，27–52 页；山西省考古研究所、太原市文物考古研究所、太原市晋源区文物旅游局《太原隋虞弘墓》，文物出版社，2005 年 8 月。

② 张庆捷《虞弘墓志考释》，荣新江编《唐研究》第 7 卷，北京大学出版社，2001 年 12 月，145—176 页。

更让人们吃惊不已的是，埋葬虞弘的石椁，虽然完全是歇山顶的汉地样式的建筑，但上面用浅浮雕并加彩色绘制的图像，却地地道道的是伊朗文化系统的主体，也就是波斯和粟特的风格特征，比如骑着骆驼、大象射猎雄狮的场景，完全是波斯艺术的主题；而另外一些画面，则和其他属于粟特系统的石棺床或石椁图像相互对应。虞弘石椁的图像，首次让我们在中原的核心地带看到如此这般的异域风情[①]。

在发现虞弘墓的一年后，2000 年，在西安北郊唐朝大明宫北侧——也就是北周都城长安的东郊——发现了同州萨保安伽的墓葬。安伽原本是中亚粟特地区的安国（Bukhara）人，祖上来到河西走廊东端的凉州（今武威）属下的苍松县，后来迁到关内的同州（今陕西大荔），即十六国以来胡人聚居较多的冯翊，出任当地胡人聚落首领，即萨保。他卒于大象元年（579），埋葬在长安东郊[②]。他的墓葬从来没有被盗掘，这在陕西地区的古代墓葬中是不多见的。在一个完全中国式的斜坡墓道尽头，在墓室石门

① 张庆捷《虞弘墓石椁图像中的波斯文化因素》，叶奕良编《伊朗学在中国》第三集，北京大学出版社，2003 年 11 月，237—254 页。

② 陕西省考古研究所《西安发现的北周安伽墓》，《文物》2001 年第 1 期，4—26 页；又《西安北周安伽墓》，文物出版社，2003 年。

的前面，散落着安伽的头骨，并经过火烧。墓门上方刻画着一幅祆教（琐罗亚斯德教）的祭祀场景，表明安伽和其他这一时期入华的粟特人一样，信奉祆教。虽然他的墓葬是采用汉地式样的斜坡土洞墓，但他的墓室当中只有一个围屏石榻，石榻上三面浮雕彩绘了 12 幅屏风画，描述了粟特人以及与之密切相关的突厥人的各种日常生活场景，有宴饮、会见、歌舞、狩猎、出行等各种各样的场景，展现了我们从文献史料中完全无法知晓的早期入华粟特人在自己聚落中的生活情景，大大地丰富了我们从史料中所了解的入华粟特人的情况[①]。

无独有偶，就在安伽墓发现两年之后，在距离安伽墓不远的地方，发现了另一位胡人聚落首领——凉州萨保史君的墓葬[②]。史君卒于大象元年，葬于二年（580），和安伽墓的埋葬年代只差几个月而已。史君原本是中亚粟特地区的史国（Kashana）人，迁居中国以后，入籍为凉州人，以后被北周皇帝任命为凉州萨保，即当地胡人聚落的首领。他的妻子姓康，是粟特康国（Samarkand）人。凉州位于河西走廊东端，魏晋以来一直是河西地区的首府，也是西

① 荣新江《北朝隋唐粟特聚落的内部形态》，作者《中古中国与外来文明》，北京三联书店，2001 年 12 月，111—168 页。
② 西安市文物保护考古所（杨军凯、孙武执笔）《西安北周凉州萨保史君墓发掘简报》，《文物》2005 年第 3 期，4—33 页。

域胡人聚集最多的地方，许多前往中原的粟特商人，都把凉州当作自己的第二个故乡。史君一家，是一个典型的粟特人之间相互通婚的家庭。在他墓室内发现的石椁，也同样用浅浮雕加彩绘的方式刻画了粟特人的日常生活场景，有和安伽图像相似的宴饮、乐舞、狩猎等场景，还有安伽墓所没有的表现粟特祆教徒丧葬过程的图像，据研究琐罗亚斯德教的专家称，这是目前所见最完整的展现祆教徒从过“筛选之桥”到升入天堂全过程的图像资料[①]。使人惊异的另一点，是在史君墓石椁的门楣上，用汉语和粟特语（Sogdian）双语书写着他的墓志，分别从中间的位置向两边书写，两者的内容并不完全对应，粟特文要比汉文稍微详细一些，表明河西的凉州萨保史君要比关内的同州萨保安伽更加接近粟特人的本来面貌。这篇粟特铭文，应当是有明确纪年的粟特文字在中原地区的首次发现，也是中国所发现的有纪年的最早粟特语文献，对于我们认识入华粟特胡人的语言、文化、宗教信仰的坚持与演变，都具有极高的史料价值。

史君原为河西武威地区的凉州萨保，安伽原为陕西同州（今大荔）的萨保，两人同时去世，相继埋葬在北周都

①F. Grenet, P. Riboud et Yang Junkai, “Zoroastrian Scenes on a Newly Discovered Sogdian Tomb in Xi’an, Northern China”, *Studia Iranica*, 33.2, 2004, 273–284.

城的东郊相距不远的地方，这不能不让人怀疑这一地区有可能是北周皇帝专门安排埋葬胡人首领的地方。这一推测得到随后的考古发现的强有力支持，在与安伽墓相距只有数百米的地方，考古工作者又发现了粟特康国人康业的墓葬和罽宾人李诞的墓葬，两人也是胡人首领或者上层贵族。康业的石棺床图像的主题已经是中原式的了，李诞则已经采用了中原的姓名，都程度不同地有所汉化。这些胡人领袖的集中埋葬在都城的东面，表明他们在北周王朝所具有的地位。从他们所受到的礼遇来看，北周范围内西域胡人的势力并不小，他们可能不像北齐的胡人那样在宫廷中以伎乐愉悦君主，而是作为地方胡人聚落的首领，以较强的军事力量以及商业贸易带来的较强的经济实力，来得到北周皇帝的重视。

过去我们从敦煌长城烽燧下发现的公元 4 世纪初叶的粟特文古信札，以及敦煌吐鲁番文书、汉文墓志中有关粟特移民的材料，对于粟特商人刚刚进入中国的商业经营情况，以及他们成为唐朝乡里居民，或入仕唐朝各级官府、军队的情况有较为深入的了解[①]。安伽、史君、虞弘等墓葬的发现，正好添补了入华粟特人从商人转变成中原王朝编户齐民的情况，我们也可以透过图像观察到从自治的粟特聚落变成州县乡里的过程。这不仅是中古时期中外关系史的大问题，也是北朝到隋唐北方社会变迁的一个重要方面。

3. 长安周边考古发现所见的唐朝物质文明和国际文化

中国中古时期最为辉煌的时代是唐朝。唐朝的首都长安（今西安）是一个国际都会，对此我们从史籍材料和唐人诗文中已经有了非常清楚的了解，特别是唐人小说里所讲述的长安西市胡人卖宝的故事，早已通过石田干之助先生的《长安之春》而为广大读者所熟悉[②]。

① 参看 N. Sims-Williams, “The Sogdian Ancient Letter II”, *Philologica et Linguistica: Historia, Pluralitas, Universitas. Festschrift für Helmut Humbach zum 80. Geburtstag am 4. Dezember 2001*, hrsg. von Maria Gabriela Schmidt und Walter Bisang unter Mitarbeit von Marion Grein und Bernhard Hiegl, Wissenschaftlicher Verlag Trier, 2001, pp. 267–280；池田温《8世纪中叶における敦煌のソグド人聚落》，《ユーラシア文化研究》第1号，1965年，49—92页；姜伯勤《敦煌吐鲁番文书与丝绸之路》，文物出版社，1994年；荣新江《北朝隋唐粟特人之迁徙及其聚落》，《中古中国与外来文明》，37—110页。

② 石田干之助，榎一雄解说，《增订・长安の春》，东京平凡社，1967。参看妹尾达彦《唐代長安の店铺立地と街西の致富谭》，《布目潮沨博士古稀纪念论集・東アジアの法と社会》，汲古书院，1990年，191—243页。

西安周边自20世纪50年代以来就陆续有重大的考古发现，特别是陪葬乾陵的章怀太子墓、永泰公主墓、懿德太子墓，都是“号墓为陵”的大型墓葬，其中有辉煌的壁画，表现了唐朝长安宫室的壮观和皇室、贵族生活的奢华，比如其中的壁画客使图，以及胡人带着猎豹和猞猁随皇室贵族外出打猎的图像[①]，就非常形象地展现了长安不论从政治上，还是从生活上，都具有相当广泛的国际性。

最近二十多年来，又有相当一批皇室、贵族、高级官人的墓葬在西安周边被发现，出土了大量的壁画、陶俑、三彩等文物和图像材料，都极大地丰富了我们对于唐代长安社会风尚、物质文化、国际风貌的认识。一些金银器窖藏，特别是法门寺地宫出土的金银器，使我们联想到“文革”期间出土的何家村（在长安兴化坊）窖藏，从中我们可以看到钟鸣鼎食之家在长安豪华的生活，以及诸多的舶来品和仿制异域风格的饮食器皿。近年发现的金乡县主墓出土的陶俑，更使我们对于长安贵族的狩猎活动获得新知，我们不仅又一次看到靓装露面、女扮男装的长安贵族妇女，而且还看到她们带着猛兽猞猁出行骑射的情形[②]。

① 张广达《唐代的豹猎——文化传播的一个实例》，《唐研究》第7卷，2001年，177—204页。

② 荣新江《女扮男装——唐代前期妇女的性别意识》，邓小南编《唐宋妇女与社会》下，上海辞书出版社，2003年，723–750页。

除了文物、壁画之外，近年来西安周边发现的大量唐朝长安居民的墓志，也使我们对于长安的国际化有了更为深入的了解。我们不仅可以看到突厥、铁勒等北方强大民族首领子弟的墓志，也可以发现大量入仕唐朝禁军或卫府的粟特胡人的墓志，甚至最近发现了引起广泛讨论的日本遣唐使井真成的墓志，还有在唐朝司天台任职四十多年的波斯人李素和他的突厥妻子卑失氏的墓志，为我们提供了长安波斯人入仕以及宗教信仰的许多信息。

2004 年 4 月，西北大学历史博物馆征集到一方唐开元二十二年（734）日本人井真成的墓志。志文叙述井真成随遣唐使来华，是一个“蹈礼乐，袭衣冠”的天才之士，但他虽然有志“强学不倦”，可是却“问道未终”，年仅三十六岁，就在开元二十二年正月去世[①]。井真成应当是天平五年（733，唐开元二十一年）随同多治比广成而来唐朝的遣唐使成员[②]。这次的遣唐使团在四月出发，漂

① 贾麦明《新发现的唐日本人井真成墓志及初步研究》、王建新《西北大学博物馆收藏唐代日本留学生墓志考释》，《西北大学学报》第 34 卷第 6 期，2004 年 11 月，12 — 14、18-20 页。同时该刊还发表了墓志照片和拓片。

② 大多数学者认为井真成是随 717 年出发的日本第九次遣唐使团来华的留学生，参看专修大学・西北大学共同プロジェクト编《遣唐使の见た中国と日本》，朝日新闻社，2005 年；《东アジアの古代文化》123 号（特集：遣唐使墓志をめぐる日中交流史），东京古代学研究所编，2005 年春。

泊到八月，从苏州上岸，在十月或十一月到达正在闹饥荒的长安，大概经过一路颠簸，风餐露宿，像井真成这样的文弱书生没能经受住折磨，而不幸于翌年正月去世。唐玄宗在为缓解长安饥馑而率百官匆匆奔赴洛阳之际，对井真成的去世不仅表示了哀伤之意，还安排了丧事，特别是追赠给这样一个没有任何官职的日本使者以“尚衣奉御”的五品职事官，可以说是一种特殊的待遇了[①]。从这方非常朴素的墓志上，我们可以看出唐朝所具有的国际主义精神，也谱写了唐朝长安城内中日交往史的一段佳话。

（2006 年 4 月 1 日完稿，原用日文发表在纪平英作、吉本道雅编《京都と北京——日中を结ぶ知の架桥》，角川学艺出版，2006 年 12 月，191—207 页。）

① 荣新江《从〈井真成墓志〉看唐朝对日本遣唐使的礼遇》，《西北大学学报》2005 年第 4 期，108—111 页。

漫谈隋唐史研究中的史料运用问题

在北京大学上课，时刻谈论史料与史学的问题，但真的要就这个题目写篇文章，似乎还颇费考量。材料有传世与新出，问题有旧义与新见，我主要从基本史料与新材料运用两个方面来谈，不够全面周到，所以只能说是一个漫谈。

一、研究历史首先要抓住基本的、核心的史料

与印度、伊朗相比，我们研究中国古代史的人是非常幸运的，因为中国古代史料可谓汗牛充栋，有纪传体、编年体的史书，还有政书、地志、行记、谱牒、笔记等史料价值很高的撰述，也有文集、选集、总集等各类文本的合集，甚至类书、丛书等大部头的文献集成，加上出土的典籍和文书，留存的档案、书信、日记等等，真是琳琅满目，多得难以驾驭。好在对治隋唐史者而言，史籍数量相对来

说比较适中，据说一辈子可以读完遗留的隋唐史著述，而又不至于像前面的历史朝代那样史料明显不足。但是，没有材料无法研究历史，有材料也不见得就能研究好历史。面对这么多的史料，应当如何下手，从哪里开始，往往是困扰年轻学子的一个问题。

传统的历史研究，首先重视的是制度史和政治史，这对于帝制时代的中国确实是最重要的历史内涵，因此，阅读历史、研究历史，首先要重视制度史和政治史。教我隋唐史的老师们，首先让我们精读《唐六典》和《资治通鉴》，意思就是先要熟悉唐代基本的制度框架和政治史脉络，有了制度，可以举一反三，知道一个官名、一个称呼之后意味着什么；有了基本的政治史脉络，就可以把更多的细节，一步步添补上去。

把握历史的基本问题，应当在史料阅读中把握最基本的史料。陈寅恪先生的《隋唐制度渊源略论稿》和《唐代政治史述论稿》，一个讲魏晋南北朝到隋唐的制度变迁，一个是讲唐代政治史的基本脉络。他的写法更是看起来十分枯燥无味的，就是抄史料加“寅恪案”，胡适对这种写法颇有异议，说他的文章写的不好看。但这两本著作奠定了现代学术意义上的隋唐史研究的基本框架，不论后人说好说坏，只要你讨论到隋唐史的基本问题，都跳不出如来佛的掌心。原因就是陈先生所用史料是基本史料，按语所论是基本问题，虽然他的写法是“以论带史”，而其论又是“论从史出”的，所以他用史料堆砌出来的观点，不容易颠覆。比如有关“关陇集团”的讨论，后人总是想用统计数字来反驳他的观点，却总是无法驳倒，因为陈先生是用最基本的史料来谈关陇人物的，这些人物掌握着一时代的国家命运和政府最重要的部门、控制着最重要的地域，你举一堆无关紧要的人物，数量虽多，是些“备位宰相”之流，那是驳不倒陈先生的理论的。

隋唐是律令制实施比较透彻的时代，制度规定是我们应当特别关注的基础史料。虽然制度在实施过程中有一定的变通，但基本情形是不会有大的变化的，所以把握了制度，有些史料就能够找到合理的位置，没用的残篇断简可以变成有用的材料。

比如我在开始研究晚唐五代宋初的归义军历史时，面对的是一批敦煌发现的杂乱无章而又残缺不全的公私文书，有些有明确的年号纪年，有些是甲子纪年，有些没有任何纪年文字，但当地官民在指称归义军节度使时，一般都是使用他的检校官或加官名称，或者是荣誉的称号，如“尚书”“仆射”“太保”“大王”等。节度使属于差遣官，本身没有品秩，所以都加检校官衔以表示官资的高低崇卑。钱大昕《廿二史考异》卷五八对此有过整理，岑仲勉《唐史余渖》也有进一步申说，即一般的进阶顺序是，从御史中丞或诸寺卿到御史大夫或散骑常侍，再到各部尚书或左右仆射，然后进至三公、三师[①]。根据《唐六典》卷一、宋敏求《春明退朝录》卷下，唐朝自武德、贞观以来，三师三公的顺序从高到低依次为：太师、太傅、太保，太尉、司徒、司空；至晚唐时，由于地方节度使尚武，起源于秦朝主兵之任的太尉这一武职称号日益受到尊重，逐渐升到太保、太傅之上；五代宋初，节度使都是由检校太傅迁太尉，由太尉迁太师[②]。至于具体到一位节度使，他的初次加官的高低也是有一个发展变化的。我曾引洪迈《容斋三笔》卷七“节度使称太尉”条的概括记载：

唐节度使带检校官，其初只左右散骑常侍，如李愬在唐、邓时所称者也。后乃转尚书及仆射、司空、司徒，能至此者盖少。僖、昭以降，藩镇盛强，武夫得志，才建节钺，其资级已高，于是复升太保、太傅、太尉，其上唯有太师，故将帅皆称太尉。[③]

由此再看敦煌文书有年份记录的材料，得知中原王朝给予归义军节度使的称号也是从较低的“尚书”开始，但归义军节度使往往在朝命下达之前就自封为某种较高的官

① 岑仲勉《唐史余渖》，上海古籍出版社，1979年，264页。
② 宋敏求《春明退朝录》下，中华书局，1985年，45页。
③ 洪迈《容斋随笔》，上海古籍出版社，1978年，498页。

衔了，特别是五代、宋初几位曹氏执政者，虽然政权组织仍是节度方镇一级，但却在检校太师兼中书令之上，号称大王。尽管某些节度使自封的称号很高，但仍是按官品等级由低向高升进的，只是往往比中原王朝给予的职称高一个级别。按照这样一个线索，就可以把大多数有甲子纪年或没有纪年的文书，结合其他内容，放置到相应的年代范围中去，使得原本杂乱无章的残文书，变成有系统的史料群，许多此前不明的归义军史，也得以揭示出来。

归义军虽然是晚唐中央政府无法直接控制的藩镇，到五代宋初甚至被中原王朝看作外蕃而放到“四夷”或“外国”的序列当中，但因为其基本体制是节度使制度下的方镇，所以可以用唐朝的制度来考察归义军的文书，利用这些文书来补写中原没有记录的归义军历史。这个例子想强调的是，即使是研究像沙州归义军这样的问题，即使敦煌发现了大量归义军时期的文书，但我的出发点，仍然是从《唐六典》《春明退朝录》《容斋随笔》所记录的唐朝制度开始的。

对于隋唐时期一些问题的讨论，比如士族问题、科举问题、民族问题、中央与地方关系问题，也是要抓住最核心的史料。什么是核心史料？我觉得陈寅恪先生在讨论唐代政治史问题时，比较强调唐朝人对于本朝相关问题的一般性看法。这就是正确认识一个问题的核心史料。

关于唐朝人的社会观点，我们可以举个例子。《册府元龟》卷三一〇《宰辅部·问望》记载：

李揆为中书侍郎、平章事。揆美风仪，善奏对，每有敷陈，甚得称辩。肃宗赏叹之，尝谓曰："卿门第、人物、文章，皆当代所推。"故时人称为"三绝"。[①]

无独有偶，出土墓志中也有类似记载，见卢轺撰《唐故范阳卢氏（轺）荥阳郑夫人墓志铭》：

肃宗朝，中书侍郎、集贤崇文大学士揆，即夫人外曾祖也。故杭州刺史幼公，即夫人外祖父也。肃宗常谓揆曰："卿门地（第）、人物、文章，皆为当代之冠。朕宗族中乃遂有卿，足为朝廷羽仪也。"当时称揆为"三绝"。[②]

李揆是山东甲族，与荥阳郑氏、范阳卢氏，都是高门士族，相互有婚姻关系。这两条材料结合在一起，可以看出到了安史之乱后的肃宗时，唐朝社会上的门第观念仍然如此之重，在品评一个人物时，重视的是门第、人物、文章。明白了这样的唐朝价值观念，对于理解唐朝士族社会，

①〔宋〕王钦若等编《册府元龟》，中华书局影印本，1960 年，3658 页上栏。
②吴钢主编《全唐文补遗》第 6 辑，三秦出版社，1999 年，174 页。

以及如何看待唐朝士人的所作所为，就不困难了。如果脱离了门第、人物、文章三个方面，也就把握不了唐朝士族的本质。如果我们研究唐朝的士族问题，这两条材料就是属于基本的、核心的素材。

唐朝的社会在发展变化，士族社会也在变化，社会观念也同样在变。我们举一个长安的例子，来看唐朝人一种新的社会观念。宋敏求《长安志》卷七安仁坊记载：

> 东南隅，赠尚书左仆射刘延景宅。坊西南，汝州刺史王昕宅。注：延景即宁王宪之外祖，昕即薛王业之舅，皆是亲王外家。甲第并列，京城美之。[1]

一般来说，宋人《长安志》中这种能够指明开元十年以前坊里位置的记录，都是来自唐开元十年韦述所撰的《两京新记》[2]，这里的记录应当就是韦述的原话。换句话说，开元时期的人对于京城长安中的甲第，是以一种赞叹的口气来称颂的，"京城美之"正是代表着当时流行的社会观念，因为甲第代表着住宅主人的身份地位，是京师一

①〔宋〕宋敏求《长安志》卷七，辛德勇、郎杰点校本，三秦出版社，2013 年，258 页。

② 参看妹尾达彦《韦述的〈两京新记〉与八世纪前叶的长安》，《唐研究》第 9 卷，北京大学出版社，2003 年，14—16 页。

般人所追求的方向。因此，我们可以通过对甲第的考察，来看唐朝长安社会的发展变化。甲第是壮丽而又具有相当规模的府第，和宫阙、街道联系在一起的，使得城市变得雄伟壮观，透视甲第的文献记载，可以推想长安城市的立体景观。可以说，我们研究长安城的时候，抓住了“甲第并列，京城美之”这句话，就抓住了长安研究的一个核心问题[①]。

陈寅恪先生在谈到拉萨树立的《唐蕃会盟碑》时说道：“此逻逤片石，实为乌斯赤岭（此指拉萨之赤领而言）之大玉天球，非若寻常碑碣，仅供揽古之士赏玩者可比也。”[②]就是说，《唐蕃会盟碑》是核心史料，如大玉天球，与一般仅供文人玩耍的普通碑刻完全不同。推而广之，史料非常丰富，但对于历史研究来说，有的是大玉天球，有的是普通文字，需要抓住基本的、核心的史料，从这些史料出发，才能够把握历史的正确脉搏，得出经得住考验的结论。

二、新材料的使用

陈寅恪先生《陈垣敦煌劫余录序》：“一时代之学术，

① 详参拙文《高楼对紫陌，甲第连青山——唐长安城的甲第及其象征意义》，《中华文史论丛》2009 年第 4 期，1—39 页。
② 陈寅恪《吐蕃彝泰赞普名号年代考》，《金明馆丛稿二编》，上海古籍出版社，1982 年，106—107 页。

必有其新材料与新问题。取用此材料，以研求问题，则为此时代学术之新潮流。治学之士，得预于此潮流，谓之预流（借用佛教初果之名）。其未得预者，谓之未入流。此古今学术史之通义，非彼闭门造车之徒，所能同喻者也。”利用新材料来研究问题，此时代学术的新潮流，这是陈先生的著名论断，对于隋唐史学界影响非常之大[①]。

陈寅恪写文章时说的新材料，主要是指敦煌藏经洞发现的文书。现在，由于考古新发现和印刷技术的进步，我们拥有了更多的新材料，敦煌文书之外，还有吐鲁番文书，又有许多新出土的碑志资料，这些虽然也有魏晋南北朝和宋元时期的，但从有学术价值的材料的数量上来说，以隋唐时期的资料最多。

敦煌、吐鲁番文书和石刻碑志，应当是研究隋唐史最主要的新史料了。这三大史料群各有其特性，使用时首先需要对它们的属性有所了解。敦煌、吐鲁番都有一些官私文书，是无意遗留下来的，价值最为珍贵，内容也涉及较广，但除个别抄在佛经长卷背面者外，多是残纸。碑志则相对完整，但属于有意撰述的文字，特别是墓志的文字过去备受诟病，以为是“谀墓之辞”，其实大多数墓志还是

① 笔者对陈先生此文有详细阐说，拙文《陈寅恪先生〈陈垣敦煌劫余录序〉读后》，蔡鸿生等著《中西学术名篇精读·陈寅恪卷》，中西书局，2014年，34—74页。

有其学术价值的，特别是对于职官迁转等方面的研究，要详于史籍记载。新史料，特别是那些不是有意撰写的文书，虽然一般不涉及宏大的历史叙述，但却提供了历史的许多细节，提供了传统史家不曾关注的方面，而这些方面，如社会下层、妇女、儿童、西北史地、丝绸之路等等，正是今天史学界所比较关注的方面，新史料在某些课题上起到了更加重要的作用。

如何利用这些新出史料？这就需要研究者有问题意识，因为只有知道利用传统史料所解决不了的问题所在，才能在新出史料中找到可以说明问题、解决问题的材料。过去学者们常常说敦煌、吐鲁番文书主要的贡献是“补史”“证史”，一些学者利用这些文书材料，对于北朝隋唐均田制、赋役制、军制、兵制等等，都做了详细的补充和订正，成绩斐然。但由于敦煌、吐鲁番这些边疆地区出土的文书中，涉及中原王朝政治史的材料不多，像陈寅恪先生研究玄武门之变时利用的敦煌写本《常何墓碑》[①]，是敦煌写本中比较少见的中原碑志抄本，因此，敦煌、吐鲁番文书在政治史上更为重要的价值，是在西域史、边疆史、西北民族史、丝绸之路史等方面，比如我利用敦煌文书撰

① 参看陈寅恪《论隋末唐初所谓“山东豪杰”》，《金明馆丛稿》，上海古籍出版社，1980年，222、225—226页。

写的《归义军史研究》[1]，即属此类，其中例证很多，此不赘举。

这里举另外一个例子，就是我们在研究归义军与周边民族关系史时，注意到敦煌写本 S.6551《佛说阿弥陀经讲经文》(或称《说三归五戒文》)。过去学者们认为这是一个从中原去西天取经的僧人在于阗讲经时所用的文本，我们经过对内容和时代背景的考察，认为这是公元 930 年前后一位取经折返的汉僧在西州回鹘汗国讲经时留下的文本。考虑到新旧《五代史》都没有西州回鹘传，这个《讲经文》的一些内容就显得非常重要了：

(A)(小僧)遂乃远持微德，来达此方，睹我圣天可汗大回鹘国，莫不地宽万里，境广千山，国大兵多，人强马壮。天王乃名传四海，得(德)布乾坤，卅余年国安人泰，早授(受)诸佛之记，赖蒙贤圣加持，权称帝主人王，实乃化身菩萨。诸天公主邓林等，莫不貌夺群仙，颜如桃李。诸天特懃，莫不赤心奉国，忠孝全身。扫戎虏于山川，但劳只箭；静妖纷(氛)于紫塞，不假绯纮。遂得葛禄、药摩、异貌达但，竞来归伏，争献珠金；独西乃纳驼马，土蕃送宝送金；拔悉密则元是家生，黠戛私则本来

① 荣新江《归义军史研究——唐宋时代敦煌历史考索》，上海古籍出版社，1996 年；再版，2015 年。

奴婢。诸蕃部落，如雀怕鹰，责（侧）近州城，如羊见虎。更有诸宰相、达干、都督、敕使、萨温、梅录、庄使、地略，应是天王左右，助佐金门，官僚将相等，莫〔不〕外匡国界，内奉忠勤。更有诸都统、毗尼法师、三藏法律、僧政、寺主、禅师、头陀、尼众、阿姨师等，不及一一称名，并乃戒珠朗耀，法水澄清。作人天师，为国中宝。

（B）门徒弟子言归依佛者，归依何佛？且不是磨尼佛，又不是波斯佛，亦不是火祆佛，乃是清净法身、圆满报身、千百亿化身释迦牟尼佛。……且如西天有九十六种外道，此间则有波斯、摩尼、火祆、哭神之辈，皆言我已出家，永离生死，并是虚诳，欺谩人天，唯有释迦弟子，是其出家，堪受人天广大供养。

（C）即将已（以）此开赞《大乘阿弥陀经》所生功得（德），先用庄严可汗天王，伏愿寿同日月，命等乾坤，四方之戎虏来庭，八表之华夷启伏，奉为可汗天王念一切佛。诸天公主，伏愿云仙化（花）态，鹤质恒芳，长丞（承）圣主之恩，永沐皇王之宠。诸天特懃，奉愿命同松竹，不逢雕（凋）谢之灾，福等山河，永在圣天诸（之）后。诸僧统大师，伏愿琉璃殿内，高然（燃）般若诸（之）灯，阿耨池边，永赞无生之偈。诸宰相，伏愿福齐海岳，寿对松椿，永佐金门，长光圣代。诸都督、梅录、达干、敕使、庄使、萨温、地〔略〕，应是在衙诸官人等。总愿人人增禄位，各各保延年，官职渐高迁，居家长安泰。诸寺毗尼、法律、僧政、法师、律师、诸僧众、尼众、阿姨师等，总愿龙花三会，同登解脱之床，贤劫数中，早证无为之果。

A、C 两段，为我们提供了西州回鹘汗国内部两种最重要的职官序列，大致应当是按身份等级先后排列的：（A）天王（回鹘文 tängri qaghan）、天公主邓林（tängri qunchui tämgrim）、天特懃（tängri tegin）、宰相、达干（tarqan）、都督（tutuq）、敕使（chigshi< 刺史）、萨温（saghun< 将军）、梅录（buyruq）、庄使（changshi< 长史）、地略（tiräk）；（C）可汗天王、天公主 / 邓林公主（tängri qunchui）、天特懃、宰相、都督、梅录、达干、敕使、庄使、萨温、地略。比较而言，似乎 C 段的排法更近情理。我们在史籍和出土文书中都见到过一些零散的回鹘官称，现在可以利用这两个有序的记录，来判定它们在回鹘汗国职官体系中的位置。在 A、C 两段中又保留了一系列的僧官名称，两者基本一致，以 C 为例：僧统大师、诸寺毗尼、法律、僧政、法师、律师。这就为我们提供了西州回鹘汗国内佛教教团的僧官设置情形以及各个僧官之间的高低位置。

此外，这篇《讲经文》还举出当地流行的宗教，除作者颂扬的佛教外，还有崇拜波斯神（景教神）、摩尼神、火祆神和哭神的各种宗教。最后，还提到这个回鹘汗国所控制的葛禄（Qarluq）、药摩（Yaghma）、异貌达但（Tatar）、独西（Türgish 或 Tukhasi）、土蕃、拔悉密（Basmil）、黠戛私（Qirghiz）等部族的情形。可以说，S.6551 虽然是一篇讲经文类的文学作品，但只要考证出它所描述的回鹘汗国的实际地点和大致时代，并阐明其所记官称、部族等专有名词，我们就不难从中复原出五代时期西州回鹘王国职官、僧官体制，以及内部流行的宗教和分布的各部族等情况。换句话说，我们在某种程度上复原了一篇《五代史》"西州回鹘传"的大部分内容[①]。

我们还可以举另外一个碑志的例子。1984 年，陕西省泾阳县云阳镇发现一座《杨良瑶神道碑》，后移存泾阳县博物馆。1998 年，咸阳市地方志办公室张世民先生撰写《中国古代最早下西洋的外交使节杨良瑶》，抄录了其中有关杨良瑶出使大食的一段文字，并略加考释[②]。此后，周伟洲先生在《唐朝与南海诸国通贡关系研究》一文中，依据张文，对杨良瑶事迹也有简要介绍[③]。2005 年，张世

① 详参张广达、荣新江《有关西州回鹘的一篇汉文文献——S.6551 讲经文的历史学研究》，《北京大学学报》1989 年第 2 期，24—36 页。

② 载《唐史论丛》第 7 辑，陕西师范大学出版社，1998 年，351—356 页。

③ 见《中国史研究》2002 年第 3 期，72—73 页；同样内容又见周伟洲《长安与南海诸国》（古都长安丛书），西安出版社，2003 年，157—159 页。

民先生又发表《杨良瑶：中国最早航海下西洋的外交使节》一文，录出全部碑文，并对其中丰富的内容一一做了考释[①]。

杨良瑶是不见于传世史料记载的一位宦官，他在贞元初年出使大食一事，在中外关系史上是一件被遗忘千年的大事。我读了碑文的相关内容，觉得仍有可以深入探讨之处，这里从如何对史料进行分析运用的角度，来加以申说。碑文云：

> 贞元初，既清寇难，天下乂安，四海无波，九译入觐。昔使绝域，西汉难其选；今通区外，皇上思其人。比才类能，非公莫可。以贞元元年四月，赐绯鱼袋，充聘国使于黑衣大食，备判官、内傔，受国信、诏书。奉命遂行，不畏厥远。届乎南海，舍陆登舟。邈尔无惮险之容，懔然有必济之色。义激左右，忠感鬼神。公于是剪发祭波，指日誓众。遂得阳侯敛浪，屏翳调风。挂帆凌汗漫之空，举棹乘颢淼之气。黑夜则神灯表路，白昼乃仙兽前驱。星霜再周，经过万国。播皇风于异俗，被声教于无垠。往返如期，成命不坠。斯又我公杖忠信之明効也。四年六月，转中大夫。七月，封弘农县开国男，食邑三百户。

① 文载《咸阳师范学院学报》第20卷第3期，2005年，4—8页。

首先一个问题是，贞元元年（785）前，唐朝与黑衣大食之间没有什么特别的事情，为何派出杨良瑶使团，不远万里去黑衣大食呢？这要从建中四年（783）十月长安发生泾原兵变说起。朱泚在长安称帝，德宗逃至奉天。兴元元年（784）正月，唐朝派秘书监崔汉衡出使吐蕃，搬取救兵，条件是讨平朱泚，唐朝以安西、北庭土地相赠。七月，兵变事平，德宗返回长安。吐蕃遣使来索安西、北庭之地，德宗听信谋臣李泌建议，拒绝所请。于是吐蕃大举进攻，长安戒严。唐朝正是在此时派遣杨良瑶出使黑衣大食，其目的恐怕不是像《神道碑》中所说的仅仅是“播皇风于异俗，被声教于无垠”，而是要联合黑衣大食，共同对付吐蕃。

第二个问题是为何选择海路呢？碑文说：“奉命遂行，不畏厥远。届乎南海，舍陆登舟。”“南海”即广州。贞元元年四月杨良瑶出使时，从长安往西最便捷的河西走廊通道已经落入吐蕃人之手，所以要走海路去大食，先到广州。广州是唐朝海外贸易的重要港口，也是海上丝绸之路的中国起点之一，方便准备远洋船舶。进一步追寻，我们知道杨良瑶一行到广州的时候，正是杜佑担任广州刺史、岭南节度使。杜佑的侄子杜环 751 年在怛逻斯（Talas）之战中被俘，却因此得以从中亚前往阿拉伯世界游历，流寓黑衣大食都城苦法（al-K ū fah，今 Meshed-Ali）等地约十年，762 年附商舶经海路回到广州，写有旅行记录《经行记》。

杨良瑶可以从杜佑那里见到杜环的《经行记》，这是他出使大食的最好指南手册。

第三个问题是杨良瑶一行具体的经行路线是怎样的呢？碑文对此用墨极少："挂帆凌汗漫之空，举棹乘颢淼之气。黑夜则神灯表路，白昼乃仙兽前驱。星霜再周，经过万国。"幸运的是，我们今天可以从《新唐书·地理志》保存的贾耽《皇华四达记》中，看到详细的从广州到缚达（巴格达）的路线。贾耽贞元九年入朝为右仆射、同中书门下平章事，担任宰相。他曾经和杨良瑶同时在长安，那么贞元初年杨良瑶的海航日记，应当是贾耽撰著《皇华四达记》所可以依据的最新鲜而又真实的材料了。贾耽贞元十七年完稿的这部著作中南海航程一段，很可能来自杨良瑶使团的报告。

至此，我们通过《杨良瑶神道碑》，可以勾勒出贞元初年唐朝与黑衣大食之间一段久已湮没的史事，极大地丰富了经海上丝绸之路的中国与阿拉伯世界的交往史[①]。通过对新出碑志史料的深入发掘，特别是与传世史料的相互发明，可以把杨良瑶出使大食一事的相关材料串联起来，使得碑文简洁的记录得以丰满，也让断断续续的传世史料

① 详细论证参看荣新江《唐朝与黑衣大食关系史新证——记贞元初年杨良瑶的聘使大食》，《文史》2012 年第 3 期（百辑纪念特刊），中华书局，2012 年，231—243 页。

记录得以连续。

陈寅恪先生说："群经诸史，乃古史资料多数之所汇集。金文石刻则其少数脱离之片段，未有不了解多数汇集之资料，而能考释少数脱离之片段不误者。"[①] 新史料的价值是传统史料所烘托出来的，只有熟悉了传统史料的优点和不足，根据所研究问题的内涵，才能发现新史料的价值。

以上仅就史料与史学研究相关的两个问题略作陈说，不当之处，敬希指正。

（2015年10月1日完稿，原载包伟民、刘后滨主编《唐宋历史评论》第2辑，社会科学文献出版社，2016年6月，3-13页。）

① 陈寅恪《杨树达积微居小学金石论丛续稿序》，《金明馆丛稿二编》，230页。

期待《史记》三家注那样的传世之作

今天，很高兴应邀参加第33届全国古籍出版社社长年会暨全国古籍整理出版规划领导小组成立60周年座谈会，也很有收获地参观了2017年优秀古籍图书评奖会的参评图书展览，很开眼界。

回顾1958年全国古籍整理出版规划领导小组成立以来，特别是最近30年来的古籍整理，虽然也有沟沟坎坎，但总体来说，全国古籍整理出版取得了巨大的成果，我作为古籍整理研究队伍中的一员，感到有三个方面十分突出。

一是古籍整理的范围越来越宽。古籍小组成立开始，主要是重点图书，如《资治通鉴》、“二十四史”、《永乐大典》等。近年来，古籍整理可以说是遍地开花，除中华书局、上海古籍出版社作为领头羊之外，各地的古籍社、人民社等，都有所贡献。从过去以点校、影印为主，进入到校注、集注、分类整理等深层次的工作；同时，也由于印刷技术的进步，各种类型的古籍得以整理出版，比如金石碑刻、谱牒绘画之类的古籍，过去排版不易，比纯文字的图书难于整理，现在可以扫描图版、电脑绘制新图，因而也有很好的整理本面世；地方出版社对于地方文献、乡贤文人著作的整理用力颇多，这类图书也越来越成为古籍整理的重要组成部分。

二是出土文献的整理出版成为近年来的热点。20世纪初叶以来新出土的文献材料，是中国历史文献的重要组成部分，也是不同于传世古籍的写本文献，是中国早期古籍的原生状态，因此价值连城。过去古籍整理学界最关注的是敦煌古籍的整理与研究，后来又加上吐鲁番出土文书。其实也就是在最近三十年内，敦煌文献得到比较彻底地整理与刊布，吐鲁番文献虽然还没有全部整理影印出版，但国内外的家底基本摸清，比较大的几家收藏也在陆续出版当中。相对而言，近年来的热点，是新出土的战国、秦汉时期的简牍帛书，这些资料许多是考古发掘的真品，不论从构筑中国文化的核心价值，还是探讨丝绸之路的历史脉络，都是及其重要的文献典籍资料。在古籍整理出版规划小组的推动下，这类出土文献得以及时出版，奉献学术界。

三是海外保存的中国古籍陆续整理出版。随着改革开放，在摸清自身古籍家底的前提下，我们开始了大规模海外中国古籍的调查、整理。到目前为止，已有部分古籍以不同的方式整理出版，其中不乏珍贵的文献，如《永乐大典》残本、中土已佚的中医古籍、宋元版著作，当然也包括秦汉简牍、六朝隋唐的写本文献。

正像摆在我们面前的2017年出版的优秀古籍图书一样，近年来的古籍整理，真可谓品类多样，琳琅满目。这些成果的取得，许多是与全国古籍整理出版规划领导小组的推动和支持分不开的，也是古籍出版工作者辛勤劳作的结果。

在总结成就的同时，我们仍然要保持冷静的心态，看到不足，思考如何做得更好。我本人主要做一些敦煌、吐鲁番出土文献的整理与研究，也比较早地到欧美、日本寻访中国古籍，所以我这里主要从出土古籍和海外收藏与研究两个角度，来谈谈我的几点初步的思考，或者说是对今后古籍整理出版的几点期望。

一、出精品，出权威。古籍整理并不是仅仅把古人传下来的古籍整理好出版就行了，而是要产生21世纪新的古籍整理研究著作。一个时代应当有一个时代的贡献，我们应当有《史记》三家注、《通鉴》胡注、《十三经注疏》、《四库提要辩证》那样的精品和权威的古籍整理著作。因此，如何发掘、推动、支持学术界这类著作的撰作与出版，应当有所规划和重点扶持。

二、物质载体要追求上乘。古籍出版的量已经相当可观，有些可出可不出的书其实可以不出，消减图书出版的量，而把节省的经费用在图书的质上来，现在需要追求质地。与西方、日本的出版物相比，我们的书精装本不多，纸张、油墨档次不够。日本的学术书和史料书都是精装的，美国的公立图书馆不能入藏非精装本的书。所以我们也应当考虑把最好的古籍整理图书用最好的纸张印刷，精装加函套，这样才可以传世。

三、加强民族古文字典籍的整理出版，这是中华文明的组成部分，不能置之不理。在古代丝绸之路沿线发现了大量中国古代先民使用的民族古文字典籍，如吐火罗语（焉耆—龟兹语）、于阗语、古藏文、回鹘文、西夏文书写的文献材料，还有在中国境内流行过的外国古文字资料，如梵语、犍陀罗语、粟特语、叙利亚语、中古波斯语等所写的文献，也应列入整理日程。这对于阐释中华文明多元文化，深入研究沟通东西方文明的丝绸之路，乃至巩固边疆，开启民智，既有学术价值，又有现实意义。

四、中华古籍的外译。明朝末年以来，中国的一些经史子集著作陆续被翻译成各种西方文字，后来又有日文、韩文的译本。但这些出自外国人之手的译本，所依靠的是他们的理解和研究成果，与今天我们新整理校注的古籍相比，从底本到注释都有不少问题。因此，在国家大力推行中文著作外译的计划中，应当仔细考虑、规划中华古籍的外译，译哪些，用什么本子，采用哪家的注释。应当找好母语为外语的译者，与中国专家合作，陆陆续续形成中华古籍的外文标准本。

五、有计划地翻译国际汉学界古籍整理的优秀成果。现在虽然翻译海外中国学的著作成为热潮，但较多的是西方、日本学者对于中国历史、文化的研究专著或通俗读物，一些比较著名、但也比较没有阅读性的古籍译注本，则没有多少人问津。如荷兰学者胡四维（A. F. P. Hulsewé）翻译的《汉书·西域传》、校注的云梦秦简，西方、日本出版的《法显传》《大唐西域记》《大慈恩寺三藏法师传》《正史北狄传》译注本，吸收外国学者见长的古籍整理成果，也应当考虑翻译出来，作为古籍整理出版事业的一个组成部分。

（2018年8月28日，原为在第33届全国古籍出版社社长年会暨全国古籍整理出版规划领导小组成立60周年座谈会上的发言稿，载《中华读书报》2018年9月19日第13版《文化周刊》第420期。）

凤凰枝文丛

三升斋随笔	荣新江	著
八里桥畔论唐诗	薛天纬	著
跂予望之	刘跃进	著
潮打石城	程章灿	著
会心不远	高克勤	著
硬石岭曝言	王小盾	著
云鹿居漫笔	朱玉麒	著
老营房手记	孟宪实	著
读史杂评	孟彦弘	著
古典学术观澜集	刘　宁	著
龙沙论道集	刘　屹	著
春明卜邻集	史　睿	著
仰顾山房文稿	俞国林	著
马丁堂读书散记	姚崇新	著
远去的书香	苗怀明	著
汗室读书散记	王子今	著
西明堂散记	周伟洲	著
优游随笔	孙家洲	著
考古杂采	张庆捷	著
江安漫笔	霍　巍	著
简牍楼札记	张德芳	著
他乡甘露	沈卫荣	著
释名翼雅集	胡阿祥	著

壶兰轩杂录	游自勇　著
己亥随笔	顾　农　著
茗花斋杂俎	王星琦　著
远去的星光	李　庆　著
梦雨轩随笔	曹　旭　著
半江楼随笔	张宏生　著
燕园师恩录	王景琳　著
鼓簧斋学术随笔	范子烨　著
纸上春台	潘建国　著
友于书斋漫录	王华宝　著
五库斋清史存识	何龄修　著
蜗室古今谈	丰家骅　著
平坡遵道集	李华瑞　著
竹外集	朱天曙　著
海外嫏嬛录	卞东波　著
耕读经史	顾　涛　著
南山杂谭	陈　峰　著
听雨集	周绚隆　著
帘卷西风	顾　钧　著
宁钝斋随笔	莫砺锋　著
湖畔仰浪集	罗时进　著
闽海漫录	陈庆元　著
书味自知	谢　欢　著
三余书屋话唐录	查屏球　著
酿雪斋丛稿	陈才智　著